中公文庫

DEAMON SEEKERS 3

異なる色の月

宮沢龍生

中央公論新社

目次

第一章　山崎太陽の話　7
第二章　舞浜理理花の話　43
第三章　沢村草月の話　110
第四章　徳川清輝の話　143
第五章　舞浜理理花の話、再び　189
エピローグ　沢村草月のささやかな蛇足　318

Characters

沢村草月（さわむら　そうげつ）

民俗学を学ぶ大学院生。頭脳明晰だが、性格残念イケメン。ある事情で普段は喋らない。

舞浜理理花（まいはま　りりか）

謎の失踪を遂げた父親をさがす大学生。美人なのにオタクで、性格が男前な女の子。

DEAMON SEEKERS 3
異なる色の月

第一章　山崎太陽の話

山崎太陽《やまざきたいよう》の携帯に外川彫美《とがわえるみ》から着信があったのは午後十一時過ぎのことだった。少年野球の練習があった上に、ここ最近、周囲で色々な問題が発生していて、クタクタに疲《つか》れていた。母親には宿題をやる、と言って部屋に籠《こ》もったが、ベッドの上で軽く横になったらすぐに眠ってしまった。太陽はちらりと掛け時計に目をやってから、溜息《ためいき》交じりに通話ボタンを押した。

「あのさ、時間考えようぜ？　外川」

ひそひそとまず相手への文句を口にする。母親とは夜九時を過ぎて友達と電話をしない、という約束をしてスマホを買って貰《もら》っている。こんなところを見つかったら折角《せっかく》、買って貰った携帯を取り上げられかねなかった。

しかし、返ってきたのは、

「あのね、ごめんね」

ろくに聞き取れない泣きじゃくるような声だった。太陽は緊張に身体《からだ》を強《こわ》ばらせながらゆっくりと姿勢《しせい》を正した。

「……おまえ」

「うん」

「今、あのビルの前にいるんだな？」

「うん」

思わずぞっとする。彫美はあのビルに入る気なんだ。直感的にそれが分かった。太陽は自分でも驚《おどろ》くくらいすぐに覚悟《かくご》を決めていた。

そうなる予感はどこかにあったのかもしれない。

「いいか？　絶対にそこ動くなよ。俺もすぐ行くから」

通話を切って三秒後に彫美からＳＮＳ経由でメッセージが届いた。

『ありがとう。本当にごめんね』

太陽は溜息をついた。身支度《みじたく》を調《ととの》え、自分の部屋から廊下《ろうか》に出る。母親はリビングでソファに寝転がったまま健《すこ》やかに寝息を立てていた。営業職で多忙《たぼう》な父親はきっといつものように日付をまたがないと帰ってこないだろう。

問題は父親の帰宅までに家に戻れるかどうか、だ。あるいは太陽がもう寝たと判断して両親が彼の部屋を覗《のぞ》かないことに賭《か》けるか。

太陽は首を振《ふ》った。

そのどちらも望み薄だ。行こう。確実に大目玉は食うだろうが、どのみち彫美を一人で行かせる訳にはいかない。

（あのビルは絶対）

ぞくりと寒気《さむけ》を感じた。

（絶対にやばいんだから）

太陽は日中にあのビルに足を踏《ふ》み入れたことがある。それでももう二度とごめんだと思った。

きっと彫美は今、暗い中、震《ふる》えながら自分のことを待ち侘《わ》びている。

眠っている母親を起こさないように忍び足で玄関《げんかん》を出た後、マンションの自転車置き場に向かう。太陽は何事もシンプルで頑丈《がんじょう》な方がかっこいい、と思うタイプだ。ごてごてした装飾《そうしょく》の一切ない、黒いフレームの愛車を引っ張り出し、サドルにまたがると力強くペダルを漕《こ》ぎ出した。

空は今にも雨が降り出しそうな分厚く暗い色の雲で覆《おお》われていた。真夏だというのに妙に肌寒《はだざむ》い。太陽は身体にまとわりついてくる湿気《しっけ》と心の奥から止めどもなく湧《わ》いてくる不安を振り払うようにしてさらに自転車のスピードを上げた。

彫美は言われた通り、ビルの前で一人で待っていた。短パンにTシャツ姿。むき出しのか細い手足が街灯《がいとう》に淡《あわ》く照らされ、白く浮かび上がって見える。彼女はこちらを認めると泣き笑いの表情を作った。

太陽は先ほど彫美に出した指示を軽く後悔《こうかい》していた。

(自分の家で待ってろ、って言えば良かった)

こんな人通りの少ない場所で女の子を一人で待機《たいき》させておくべきではなかった。世の中には小学生の少女に酷《ひど》いことをしようとする輩《やから》もいるのだ。

「待ったか、彫美?」

自転車をビルの壁《かべ》に立てかけ近づくと、彫美は両手でぎゅっと太陽の右肩《みぎかた》辺《あた》りを摑《つか》んできた。

「ううん。ぜんぜん。太陽くん。来てくれて本当にありがとう」

我慢《がまん》できなくなったのだろう。みるみるうちに涙が溢《あふ》れ、青白い頬《ほお》を伝わっていく。太陽はぶっきらぼうに、

「いいから」

その手を振りほどいた。照れくさい以上に彫美の行動に苛立《いらだ》っている、というのが本音《ほんね》だった。

「俺、言ったよな？　夜は本気で危ないって。なんで言うこと聞かねえんだよ？」

つい口調が乱暴《らんぼう》になる。

「でも」

彫美は鼻をすすり、訴《うった》えた。

「でも、お父さんも」

「え？」

「あのビルに」

そう言って彫美は目の前のビルを細い指で指し、わっと破裂《はれつ》したように泣き出す。

「あのビルに入っちゃったの！」

太陽はぶるっと身震いした。

「は？　おじさん、も？　あの中に？」

見えない糸で引かれるかのように首を巡《めぐ》らし、背後のビルを見上げる。窓の一つ一つは全《すべ》て暗闇《くらやみ》で塗《ぬ》り潰されており、中を窺《うかが》い知ることができない。太陽は身体を強ばらせたまま、どうしても次の動きをとることが出来ないでいた。

まるで針のような悪意が建物全体から吹《ふ》き上がっているような気がした。

彫美の父親がそこにいるのだとしたら――。

最悪の事態を考えねばならなかった。


元々は彫美の両親の不和から始まっていた。

彫美の母親が精神的に不安定になってしまい、奇行《きこう》に走るようになったのだ。近くのコンビニに行ってくる、と言ったきり、何時間も帰宅しなかったり、家中の衣服をかき集めて洗濯機《せんたくき》を延々《えんえん》と回し続けたり、公園から持ってきた砂をビニール袋に入れ、冷蔵庫《れいぞうこ》内の刺身《さしみ》や肉の隣に並べたりしだした。

そしてそのうち夜になると近所の廃《はい》ビルに入って、中を徘徊《はいかい》するようになった。

彫美の母親はここ最近夫が浮気《うわき》をしている、とずっと信じ込んでいた。

小学校の校庭で彫美はそう太陽に説明した。

〝お父さんは、誤解《ごかい》だ、ってお爺《じい》ちゃんたちに言っているみたい〟

親族が集まっての会議になってそこで父親は相当、糾弾《きゅうだん》されたようだ。だが、彼は終始一貫、浮気の疑惑《ぎわく》を否定し続けた。

〝それでお母さん、病院に通うようになって。そうしたら色々だいぶ良くなったんだけど、そのビルに行くことだけはまだ続いていて〟

彫美は悲しそうにそう話を結んだ。

サッカーボールを手で弄《もてあそ》んでいた太陽は〝ふーん〟とまるで興味《きょうみ》がないような声を出して

いたが、その日のうちにひとりで彫美が語っていたビルへと向かった。彫美とは幼《おさな》なじみで家族ぐるみの付き合いをしていたから彫美の母のことはよく知っていた。

彫美が現在、居住している一軒家に引っ越すまではマンションのお隣さん同士で、母親たちは互いの家をよく行き来し合っていたものだ。太陽も彫美の母親に随分《ずいぶん》可愛《かわい》がって貰っていた。太陽には気がかりなことがあった。


一度だけ彫美に請《こ》われて彼女が転居した家に遊びに行ったことがあった。五回くらい続けて誘《さそ》われていてその全てを断っていたのだが、それでもめげずに自分を呼ぼうとする彫美にいわば根負《こんま》けした形だった。

小学校高学年の男の子らしく太陽としてはそろそろ女の子と距離を置きたい気持ちだったが、彫美はどうやらそれを許してくれそうになかった。彫美の姉からは、

〝おとなしそうに見えて彫美はあれでなかなか頑固《がんこ》だからね。太陽くん、色々と覚悟した方がいいよお〟

などとニヤニヤしてそう言われ、普段、モノに動じない太陽だが気恥《きは》ずかしくなった。

その当時は彫美の家庭もとても円満で、健康的によく笑う彫美の母は久しぶりに遊びに来た太陽のためにわざわざケーキまで焼いて歓待《かんたい》してくれた。太陽はそのケーキを食べたり、彫美とゲームをしたりして過ごし、結局、日が暮れるまで彼女の家に滞在《たいざい》してしまった。かなり不覚だった。

そして夕暮れ時、オレンジ色の空の下、彫美の家の玄関から外に出た太陽は三軒ほど家を挟《はさ》

んで真向かいに建っている廃ビルを見て、総毛立《そうけだ》つ思いをした。

有り体《あてい》に言ってそのビルは禍々《まがまが》しい気配に充《み》ち満《み》ちていた。


太陽にはほんの少しだが他人《ひと》には見えない世界を見る力があった。

物心ついてから今まで親戚《しんせき》宅の天井《てんじょう》に奇声を上げ続ける老婆《ろうば》が張り付いていたり、外国人の生首が幾《いく》つも幾つも公道をゴロゴロと転がっていったり、黒い影《かげ》が学校の体育倉庫を徘徊しているのを目《ま》の当《あ》たりにしたことはそれこそ一度や二度ではなかった。

だが、太陽は生来、聡《さと》い性格だったので、自分が見ている事象をあえて突き詰めて考えようとはしてこなかった。アレらはただあいったモノなのだ。その正体に関して白黒つける必要性など全くない、と。

そんな行動指針をしっかり守ってきたおかげなのか、太陽は幼少期《ようしょうき》から今までこれといった大過に遭《あ》わずに済んでいる。

彫美の話を聞いた日の放課後、太陽は自らが定めた禁《きん》を破《やぶ》ってただならぬ雰囲気《ふんいき》を醸しだしているそのビルに足を踏み入れてみた。彫美の母親の異常《いじょう》行動にその場所自体がなにか関係しているかもしれないと推測《すいそく》したからだ。

太陽には年齢《ねんれい》に似合わぬ胆力《たんりょく》があった。

慎重《しんちょう》に辺りに気を配りながらビル内を見て回る。埃《ほこり》の積もった床。所々、割れた窓ガラス。

ほんの微《かす》かにどぶくさい臭《にお》い。

確かにお世辞《せじ》にも居心地《いごこち》が良いとは言えないような場所だが、以前、目の当たりにした時のような強烈《きょうれつ》な違和感は感じなかった。この世のものではないナニカも見えない。そのため彫美の母の奇行と建物の因果《いんが》関係はいまいちよく分からなかった。

これといって脅威《きょうい》になるようなものを感知しなかったからなのか、少し緊張の緩《ゆる》んだ太陽はしかし、とある部屋で息を呑《の》んだ。

なんだ、ここ？

驚きはやがて混乱と狼狽《ろうばい》に変わっていく。

いや、いや、いや、いや、なんのための部屋なんだ、これは？

二十畳《じょう》ほどの空間いっぱいにパイプでバリケードが築《きず》かれていた。それはかなり新しいもので、どうやら素人《しろうと》ではなく、専門の業者が組み上げたもののようだった。入り口から入ってすぐと、さらに奥に二層。

パイプが組み合わさった間のスペースはかなり狭《せま》く、小学生の太陽が頑張《がんば》っても潜《もぐ》り込《こ》めそうにはなかった。

猫《ねこ》は余裕《よゆう》で、幼児でもぎりぎりくらい。

自然と導《みちび》き出される答えは、

(部屋の奥に行かせたくないのか？　なんで？)

部屋の奥は窓で、そこには木材が打ちつけられていた。

それが全部で四本。長さはばらばらで、規則性はなく、パイプのバリケードと異なってかなり雑《ざつ》な仕事っぷりだった。

(それになんか無理に引きはがしたような跡もあるな――)

目をこらしてそれだけ見て取った。

太陽はさらに気味の悪いことに気づく。

彼の頭上に小さなお守りがぶら下がっていた。

それは太陽も知っている近所のお寺のモノで、『無病息災《むびょうそくさい》』と袋に記《しる》されていた。物々しい護符《ごふ》でもなければ、神式の御幣《ごへい》でもない。その本当にごく日常的な〝いわゆるお守り〟がかえって太陽を不安にさせた。

彼が視線をまた部屋の奥に向けたその時、

（！）

ソレはすでに現れていた。パイプの向こう、ゆらりと影のように。

細く長い胴体《どうたい》。

ちぐはぐな印象の古ぼけた服。

本当に生きている人間のようにはっきりと見えた。でも、そうでないことはすぐに分かった。

女は天井から逆さになってパイプにとりついているのだ。人である訳がない。

あまりにも衝撃《しょうげき》的すぎて呼吸をするのも忘れていた。

恐怖《きょうふ》も強すぎると心が麻痺《まひ》してなにも感じなくなることを太陽は初めて知った。逆さになった顔がちょうど小学生である太陽の視線と同じくらいの位置にある。

目も鼻もあるのになぜか全く印象に残らなかった。ただ大きく開けた口だけが太陽の脳裏《のうり》に視覚情報として飛び込んできた。顔の半分くらいが口。それがガチガチと二回、歯がみした後。

ガタガタガタガタガタガタガタガタガタ。

女が突然、パイプを両手で摑み、揺《ゆ》すってきた。身体を捻《ひね》り、頭をパイプに押しつける。まるで無理矢理そこから這《は》い出てこようとするかのようだった。

女は痙攣《けいれん》するようにその身を何度もくねらせる。

ぐちゅ。

ぐちゅっと大口からよだれがあぶくのように吹き出ていた。

太陽は叫《さけ》び声《ごえ》を上げた。背中を向け、懸命《けんめい》に走った。血も凍《こお》るような恐怖に囚《とら》われ、ただひたすら走り続けた。完全に建物の外に飛び出した後もずっと背後でパイプを揺する大きな音が聞こえていた。

人生でもっとも恐ろしかった瞬間《しゅんかん》だった。


異常な現象へのセンサーは持ち合わせていても、太陽は本質的にはただの小学生だ。そのためあのビルがなんなのか、あの部屋がなんの部屋なのか、なによりあの女がなんだったのか、明確にその正体が見極《みきわ》められた訳ではなかった。

ただ一つ。

あのビルと彫美の母親の異常行動は関係している、ということだけはほぼ確信出来た。

太陽は恐怖心を抑《おさ》え、さらに様々な方法で情報収集を続けた。そしてあのビルで一体なにが起こったのか、あのバリケードは誰《だれ》が作製したのか、あの女はなんだったのかを、彼なりに結論づけることに成功した。

それから少し悩《なや》んだが、

〝おばさん、縛《しば》りつけてでも外に出しちゃだめだぜ？〟

　彫美にそう伝えた。彼女に事実を語ってもかえって混乱させるだけだと思い、詳細な説明は省《はぶ》いたが、彫美はすぐ頷《うなず》いてくれた。

　それだけ彫美は太陽を信頼していたのだ。

　もっとも太陽がどうこう言わなくても彫美の父親がもうとっくに動いているはずだった。太陽の推察が正しければあのバリケードを設《もう》けたのは彫美の父親のはずだからだ。

　彫美の父親は建設関係の会社に勤めていた。きっとあの程度の工事はお手の物なのだろう。家族思いで、頼りになる人だった。太陽は彼が浮気をしている、などとは最初から微塵《みじん》も疑《うたが》っていない。

　しかし、その矢先、さらに不測の事態が起こった。彫美の母親だけではなく、彫美の姉もまた夜、家を抜け出し、母親と同じくビルに忍び込むようになったのだ。彼女には母親と違って異常行動に走るような理由などどこにもなく、実際、朝起きて自分がしたことを父親や彫美から知らされてパニックに陥《おちい》ったらしい。

　家族の危機を解決すべく彫美の父親は妻と長女を遠くの医療機関に隔離《かくり》することを決心し、彫美にもそう伝えた。しかし、その対策を実行する前に彫美の父親もまたあのビルに取り込まれてしまったようだ――。

　太陽は暗澹《あんたん》とした気持ちのままビルを見上げた。

「……」

ふいになにか言いたげな彫美の視線に気がついた。長い付き合いだからなんとなく理解出来た。彼女は焦《じ》れていたのだ。

その様子を見て太陽はぴんと来た。

「もしかして」

太陽が口にする前に彫美はこくりと大きく頷いた。また涙が彼女の瞳《ひとみ》から盛り上がって頬をゆっくりと伝わる。彫美もおばさんたちが中でなにをしているのか知っているのか……)

（そっか。彫美もおばさんたちが中でなにをしているのか知っているのか……)

だとしたら彼女が焦《あせ》る気持ちもよく分かった。

「おじさんから聞いたのか？」

そう問うと曖昧《あいまい》に首を振り、

「――お父さんやお姉ちゃんの言ってることからなんとなく」

そう答えた。太陽は言った。

「大丈夫。おじさんがそうならないように手を施《ほどこ》しているから。今すぐどうこうってことはないから」

その言葉に彫美は少しだけほっとした顔つきになった。太陽は彫美に表情を見られないよう背を向け、また険しい目つきでビルを見上げた。

(でも、今はそのおじさん自身もあそこにいるんだよな)

太陽はそのままの姿勢で彫美に尋《たず》ねた。

「おじさんは――その、やっぱりおかしくなっていたのか？」

「うん」

哀《かな》しみを帯《お》びた彫美の暗い声。

「すっごく変な風に笑って、踊るように出ていったの。お母さんやお姉ちゃんみたいに。全く一緒」

「そっか」

太陽は決意した。

「行くぞ」

そして太陽はビルの敷地内に足を踏み入れた。彫美が無言で自分の後に続くのを太陽は気配で感じ取っていた。


そのビルは六階建ての鉄筋コンクリート製で築三十年は経過していた。

かつては一階に個人経営の歯科医《しかい》と判子屋《はんこや》、学習塾が、二階より上には中小企業の事務所などが入居していたが、五年ほど前にぼや騒《さわ》ぎが起こり、建物自体がほとんど使用不能となってしまった。

またそれと前後するように高齢だった家主《やぬし》が逝去《せいきょ》。テナントも全て退去し、設備の補修もずっと行われないまま、建物全体が放置されているらしい。

聞いたところによるとこのビルを相続すべき家主の息子《むすこ》は所在が分からなくなっているそうで、行政としても取り壊すに取り壊せない状態なのだそうだ。最近の日本ではそういったケースが増えてきている、と太陽は色々調べているうちに知った。

ぼやがあった割に外観はそこそこ綺麗《きれい》で、見るからに廃墟《はいきょ》、という訳でもないのだが、周りの建物に比べるとやはりどこか荒廃《こうはい》した印象がある。

　正面玄関は一応きちんとシャッターが降りているが、太陽が知るだけでも二箇所、このビルには侵入《しんにゅう》出来る場所があった。

　元々、判子屋だった空間の裏口と階段を上がって三階の非常口がそれだった。そのどちらも錠《じょう》が壊れており、自由にビルに出入りすることが出来る。太陽は非常階段を上り、いきなり三階を目指した。前回、探索した時は一階から慎重に中を観察しながら上っていったが、今回は目標とすべき場所が分かっていたので間を飛ばしたのだ。

　非常口の重たい扉《とびら》を開けると鼻を摘《つ》まれても分からないほどの闇が広がっていた。中から淀《よど》んだ空気がむわっと漏《も》れ出てくる。イヤな気配だ。その奥の奥に生理的嫌悪感《けんおかん》を掻《か》き立てる存在が蠢《うごめ》いていることを敏感《びんかん》に感じ取る。

　太陽は急き立てられるようにして背負《せお》ってきたナップザックから防災用の大きめのマグライトを取り出した。

　中に向かって投光する。

　真っ黄色な光が広がり、煤《すす》けた廊下と置きっ放しにされた泥《どろ》のようなモノを被《かぶ》った焦《こ》げた棚《たな》が見えた。

　とにかく明かりをつけて多少、心の余裕が生まれた。

　太陽は、

「俺の背中摑んでもいいから絶対離れるな」

そう言って中に足を踏み入れた。返事の代わりに彫美の小さな手が自分のTシャツを握り込む感触があった。

この時点で上の階からはずっと物音が聞こえていた。その音を耳で確認しながら、廊下をある程度進み、左手に見えた階段を上る。

彫美がぴったりと身を寄せてきているのでかなり動きにくかった。彼女の震えが直《じか》に伝わってくる。太陽も正直なところ叫んで逃げ出したいところだったが、それでも勇気を振り絞《しぼ》って、前へと進んだ。どこへ向かえば良いのか、この物音がなんなのか、一体なにが起こっているのかはほぼ分かっている。

だからこそ余計《よけい》に恐ろしかった。四階、五階まで来たところで一瞬、そちらに懐中《かいちゅう》電灯の光を向けることを躊躇《ちゅうちょ》する。

音の出所《でどころ》はもうほんの目の前だ。

「彫美。気をしっかりな！」

小さく、強くそう告げてマグライトで目の前を照らした。数メートル先にやはり彫美の父、母、姉が揃《そろ》って立っていた。

バリケードが築かれた部屋の前だ。これも予想通り。

（やはり、アレを破ろうとしているのか……）

驚いたことに彫美の父は工具を持っていた。太陽が訪《おとず》れるまで明かりなどなにもなかったので彼は真っ暗な闇の中、ずっと作業をしていたことになる。もうどう考えてもまともではない。

三人は黄色い光に照らされてこちらを見ていた。目をいっぱいに見開き、不気味《ぶきみ》な笑みを浮かべ、そしてニタニタ笑いながら、首を左右にゆっくりと振っていた。

三人とも全く一緒のリズムだ。

メトロノームのような動き。笑っている。目を大きく、大きく見開いていた。

ぐ、ぶ、とくぐもった声が背後でした。衝撃を受けた彫美がもどしそうになっているのが分かった。

振り返らず、

「しっかりしろ！」

鋭《するど》く叱咤《しった》してから、

「おじさん！」

「おばさん！」

太陽は呼びかけた。

気合いを込めて呼びかける。

「お姉さん。こんな夜中になにやってるんですか？　しっかりしてください！」

三人はまだ首を振っている。それから何事も無かったかのようにまたバリケードに向き直った。先ほどからずっと聞こえていた物音は彼らが障壁《しょうへき》を突破《とっぱ》しようとして発生させているものだった。

父親は工具を使い、ボルトを外《はず》し、母親と姉はずっとパイプを機械的に手で揺すっている。

「おじさん！　おばさん、お姉さん……」

太陽の声が弱々しくなる。

出来れば身体を張ってでも阻止《そし》しに行きたいのだが、あの部屋に近づくこと自体が恐ろしかった。バリケードの奥にまたあの女がいるかもしれない。

そう考えると自分でも情けなくなるほど怖《お》じ気《け》づいてしまった。

その時。

「んーんー」

背後で彫美がなにか声を発した。うるさい、と注意しようと振り返り、

「！」

ショックのあまり喉《のど》が一瞬で干上《ひあ》がった。

彫美は笑っていた。目を見開き、首を左右に規則正しく振りながら。

「んーんー」

太陽は、

「あああああああああああああああ！」

思わず跳《は》ね飛び、背中を壁に打ちつける。その横を彫美が悠然《ゆうぜん》と歩いていった。もう太陽のことなど一切、見てはいない。そしてニタニタと笑いながらパイプを外す作業を続ける家族とごく自然に合流する。

ガッチャガッチャと音が鳴り響《ひび》いた。

不気味で異様な光景に太陽は思わず膝《ひざ》を突いてしまった。

（ダメだ）

ここまで保ってきた気丈《きじょう》さが崩《くず》れかける。

（俺にはなにも）

彼が絶望しかけたまさにその時。

「——まあ、ここはこの曲かな」

いきなりそんな涼《すず》やかな声が聞こえてきた。いつの間にか彼の隣には丸いリュックを背負った女性が立っていた。とても綺麗な女性だ。髪は金色。透《す》き通るような白い肌をしていた。手にはランタン型のライト。

暖かみのある光が太陽をも包んでくれている。

そして女性はライトと反対側の手に持っているデジタル音楽プレイヤーを操作《そうさ》した。

突然とあるアニメの主題歌が大音量で流れ出した。

太陽は絶句した。

『僕たちとてもお喋《しゃべ》り上手《じょうず》な茄子《なす》とニンジン。今日も元気にカレーライス。わんぱく、わんぱく、わんぱくカレーライス』

のんきな——。

言い方を換えるととても頭の悪そうな曲だ。だが、その音楽が流れ出したとたん彫美たち家族は動きを停止《ていし》した。まるで電気が供給《きょうきゅう》されなくなったロボットのようだった。太陽はただただ言葉を失ってその女性を見上げている。

「こういう明るくて屈託《くったく》のない音楽って呪《のろい》的なモノを打ち消す力があるのよ。覚えておいて損《そん》は無いわ、山崎太陽くん」

朗《ほが》らかに笑ってその美しい女性は言った。太陽はやがて掠《かす》れ声で尋ねた。

「あの、あなたは」

正直なところ混乱の極みだった。

「あなたは一体、誰なんですか？」

その言葉に女性は少しかっこつけたような言い方で名乗った。

「舞浜理理花《まいはまりりか》。〝怪異を追う者《DEAMON SEEKER》〟よ」

「……」

DEAMON SEEKER？

なんだ、その漫画《まんが》みたいな呼称は。どこかの団体なのか、それともこの人だけの名称なのか。

そういえば綺麗すぎて、なんだか現実味のない人だな。

あまりに色々なことが起こりすぎて頭が若干《じゃっかん》、機能停止気味の太陽はぼんやりとそんなことを考えていた。

「太陽くん。これからわたしはこの怪異の根源を突き止め、対処《たいしょ》します」

その女性――舞浜理理花はしゃがみ込み、太陽と視線を合わせて言った。

『ポテトニンジンポテトニンジン』

「――あなたにわたしと一緒に行動する気はある？　お友達を救いたい？」

『キャベツを煮込んでマヨネーズをかけるさヘイ』

「無理に、とは言わない。なぜなら心と身体に傷を負う可能性があるから。でも、あなたにその覚悟があるならこれからわたしはあなたと行動を共にする」

きりっとした顔で色々とカッコイイことを言っているが、背後に流れている音楽が気の抜けたものなのでいまいちしまらなかった。だが、太陽の意気と勇気を取り戻すには十分だった。彼の表情がみるみると輝《かがや》いた。

理理花が語っている内容をおおむね理解したのだ。彼女は端的《たんてき》に言うと太陽に向かってこう告げていた。

自分はこの異常な現象を止めることが出来る、と。

「……本当ですか？　本当に」

ちらっと彫美たち家族に目をやってから、

「彫美たちを助けられるんですか⁉」

理理花は難しい表情になった。それからおもむろに一つ頷く。

「絶対に、という保証《ほしょう》はしてあげられないけど」

「いらないです」

きっぱりと太陽は答えた。

「少しでも可能性があるなら俺、やります！」

へえ、というような感心した目つきで理理花は太陽を見た。

「やっぱり肝《きも》が据わっているね、太陽くんは。昼間とはいえ、たった一人でこのビルに忍び込んだだけのことはある。普通の小学生じゃなかなかそんなこと出来ないよ」

太陽は改めて疑問に思った。

本当にこの女性は何者なのだろう？

なぜ、太陽の行動をここまで詳しく知っているのか。そもそもこんなところにたった一人でやって来ている理由もよく分からない。

ただ、と太陽は考える。

（なんか悪い人には見えないんだよな。綺麗だけどなんか色々と緩い、というか）

その直感が太陽を決意に向かわせた。

「――俺いったいなにをすればいいんですか？」

そう尋ねると、

「このビルの因縁《いんねん》、どこまで知っている？」

そんな問いが逆に返ってきた。理理花は真剣《しんけん》な表情をしている。太陽は迷いながら答えた。

「えっと、このビルで起こった事件のことですよね？　彫美たちの家に前住んでいた家族がいてそのお父さんをストーカーしていた女が」

その瞬間である。

じっじっとなにかが焼け焦げるような音がしてデジタル音楽プレイヤーから流れていた音楽がふいに止まった。心臓《しんぞう》がどきんと跳ねた。なまじ緩い気配に気持ちが馴染《なじ》んでいた分、静寂《せいじゃく》がより濃《こ》く、恐ろしく感じられた。理理花はすでに彫美たち家族にじっと目をやっている。

太陽の視線も自然とそちらに向く。

心臓が煩《うるさ》いくらいに跳ね回る。

動きを止めていた彫美たち家族はまたニタニタ笑いながら首を振っていた。そしてパイプを外す作業に戻っている。

がっちゃがちゃと廊下に音が響き渡《わた》り、父親が外し終えたパイプが一つころんと音を立てて床に転がった。

太陽は呆然《ぼうぜん》としていたが、

「……あらあら」

驚いたことに理理花は目を細め、笑っていた。

「語られたくなくて、妨害《ぼうがい》を始めた、ということはどうやらストーカーという自覚はあったみたいね」

その挑発《ちょうはつ》的な物言いに太陽は身を硬直《こうちょく》させた。そこには太陽がぎょっとするくらい激しい怒りの感情が籠《こ》もっていた。

目が。

笑いながら炯々《けいけい》と光っている。だが、それも一瞬だった。

「急ぎましょう、太陽くん」

理理花が急に声を潜《ひそ》め、太陽に向かって囁《ささや》いてきた。

「え？」

「早くしないと」

彫美たちの家族を見る。そこで太陽もぴんときた。確かにそうだ。早くしないとこのペースなら一時間ほどで彫美たち家族はバリケードを突破してしまう。自分で構築しただけあって彫美の父親は常軌《じょうき》を逸《いっ》した状態になっても的確にパイプの解体を進めていた。

もし。

もし、これが完全に外されてしまったら。

きっとこの家族は我先にその部屋の窓から地上に向かって飛び降りていくはずだった。

それがこのビルに巣《す》くう女の望みのはずなのだから。

太陽は己《おのれ》が直面している事態に改めて向き直った。


太陽が彫美の家を訪れた際、このビルが見えたようにこのビルからもまた彫美の家はよく見えた。

彫美たちが越してくる以前、その家には別の一家が住んでいた。かつての彫美たち家族がそうであったように父と母、兄弟《きょうだい》が揃っていて円満な家庭環境《かんきょう》にあったようだ。ところがその幸せは一人の女によって崩された。

発端は二年ほど前のこと。

とある女がこのビルの五階から転落死したことから始まる。女が落下した、と思われる部屋の壁にはびっしりとその家族の写真が貼《は》られていた。気味の悪いことに女はその写真を何度も、何度も舌で舐《な》めていたらしく写真は全て変形したり、ひしゃげたり、黴《か》びた上、異様な臭気《しゅうき》を放っていたそうだ。

「ずっと盗撮《とうさつ》してたみたい。望遠レンズのついたカメラを使ってね」

理理花はそんな風に語った。

このビルは確かに彫美たちが住んでいる家を覗き込むのに最適な位置にあった。おまけに当時からすでに廃ビルになっていたから、侵入はさぞ容易《ようい》だっただろう。部屋に貼られていた、という大量の写真はそういう経緯《けいい》で撮《と》られたものだった。

また不可解なことにその女の身元は事件が警察《けいさつ》の手に委《ゆだ》ねられた後も結局、最後まで判然としなかった。二十代から四十代と思《おぼ》しき外見で、衣類や日用品はビニール袋三つに全て収められていた。

財布《さいふ》にはろくにお金は入っておらず、身分を証明するモノは一切なかった。彼女が使用していた高性能のカメラは後日、盗品だと判明した。データの現像などは近くのコンビニで行っていたらしい。

ただ一つ特徴的だったのは女が様々な寺社の千社札《せんじゃふだ》を大量に保持していたことだ。それらは全てクシャクシャに丸められてビニール袋と日用品の間にまるで緩衝材《かんしょうざい》のように詰められていた。

ここまでだったら頭のおかしな女性が事故死した、という出来事で済んでいた。盗撮の被写体となっていた一家全員、その女との面識を否定したし、警察の調べでも彼女と一家との繋《つな》がりなどは全く発見されなかった。また捜査《そうさ》の結果、女の転落は完全に事故によるものだと結論づけられた。

だが、事件はそれで終わらなかった。

その女の転落死から二月ほどして家族の母親もまた同じ階の同じ部屋から飛び降り、半身不随《ふずい》の重傷を負ったのだ。まるで二ヶ月前、女が行ったことをそのままなぞるかのように。一家はそして深い悲しみと痛手を抱え、いずことなく引っ越していった。彫美たちが転居してきたのはその後のことだった。

ちなみに太陽もとうに承知《しょうち》していたことだったが――。

二人の女性が落下した場所こそまさしくバリケードが築かれた部屋だった。

全ての因果に死んだ女が絡《から》んでいる。

最初、このビルを目の当たりにした時に感じた禍々しさは人の不幸をこいねがい、破滅していく姿をまるで飴玉をしゃぶるかのようにして楽しもうとする妄念《もうねん》そのものだった。女は幸せな家族が自分と同じような境遇《きょうぐう》になることを望んでいる。

「――で、どうしたらいいんですか？」

二人でざっと互いに知っていることを確認し合った後、太陽が尋ねた。理理花は端的に答えた。

「核《かく》があると思う」

彼らが会話をしている間にも彫美たち家族――主に父親だが、は着実にパイプを解体していった。赤い蟹《かに》の爪《つめ》のようなレンチを器用《きよう》に回して次々と作業をこなしている。もう三分の一くらいバリケードが撤去されつつあった。

時間がない、と太陽は焦りを感じる。

「核？」

問い返す太陽に、

「女の妄執《もうしゅう》が」

その時、彼女が持っているランタンの明かりがすうっと丸まってすぼまるように弱くなった。

「依《よ》り代《しろ》になっている核」

またすうっと膨《ふく》らむように光量が戻った後、すっと二秒、消える。辺りが深い闇に包まれた。

太陽は反射的《はんしゃ》に理理花に手を伸《の》ばしそうになったが、それはなんとかこらえた。

先ほどからずっとこうだった。ランタンに不調が起こり続けている。理理花が陽気な鼻歌を歌うとまた光は安定したが、今度は先ほど沈黙《ちんもく》したデジタル音楽プレイヤーから軋《きし》むような、聞きようによっては人の呻《うめ》き声《ごえ》にも似た音が漏れ始めた。

理理花はリュックを下ろすと中から市販の消臭剤を取り出し、異音を立て始めたデジタル音楽プレイヤーに吹きかけた。

まるで自宅で掃除《そうじ》でもしているかのよう気楽さだった。

「下手《へた》なお札や聖水とかより効くのよ、これ」

そう言って笑っている。

アニソンに、消臭剤。陽気で人を食ったような態度。今の太陽には分かる。一見、ふざけたような理理花の言動は全て怪異に対処するためのものだった。感覚的な表現でいうと非合理的な怪異に自分の存在を飲み込まれないよう全てを〝平常状態〟に落とし込んでいるというのが。

そして、その効果が現れているのか定かではないが、不協和音を奏《かな》でていたデジタル音楽プレイヤーは再び機能を停止した。

「核？」

それを見届けてから太陽が尋ねた。すぐに思いついて、

「つまり――あの女の本体、みたいなモノがこのビルのどこかにあるということですか？」

理理花は頷いた。

「それをあなたに探して欲しいの」

「いや、俺、別に霊能者《れいのうしゃ》ではないので――」

太陽は一度、言い淀んで、

「というか、そもそもそれはどんな形をしているんですか？」

そう問うた。理理花は即答した。

「デジタルな記録媒体《ばいたい》。恐らくはなんかのメモリーカード、かな？」

太陽はしばし考えてから、

「――なるほど」

すぐに納得した。

先ほど理理花はこう語っていた。女はコンビニなどで写真の現像を行っていた、と。そのためにはデータの持ち出しを行うデバイスが必要だ。それなのにそういったモノが女の持ち物から発見された、という話は一切、出てこなかった。恐らくそこに女が撮りためた写真のデータが大量に保存されているのだ。

女が執着《しゅうちゃく》した幸せな家族の写真。

大量の妄執の塊《かたまり》。

いかにも怪異の元凶《げんきょう》になりそうな代物《しろもの》だ。

「さっきも言いましたけど俺、霊能者でもなんでもないけど――分かりました。やれるだけやってみます」

太陽は一度、深呼吸すると覚悟を固め、彫美たち家族に向かって近づいた。今まで意図的に避《さ》けていた行動だ。彫美、彫美の姉、彫美の母親が太陽に視線を向けた。ニタニタ笑いながらずっと首を振っている。

特に彫美の母親が身体を折り曲げ、首を突き出し、鼻息がかかるくらい近くまで顔を寄せ、太陽のことを覗き込んできた。

ニッタニッタ。

ゆったゆった、と首が振られる。

太陽は平静を装い、パイプを摑んで、中の暗がりを覗き込んだ。

いつの間にか理理花もついてきていてランタンで中をかざしてくれた。それで多少の視界《しかい》は確保できた。

部屋と向き合うのを避けていた理由はただ一つ。また逆さになったアレを見てしまうことを恐れたからだ。脂汗《あぶらあせ》で手がぬるっとし、呼吸が激しくなる。いつアレが出るか。いつアレと目が合うか。

恐怖に押し潰されそうになりながらも一つ分かったことがある。

「そうですね。やっぱり——感じます。アイツは、この奥。パイプの奥にいます。本体は」

パイプのバリケードの向こうに濃厚な悪意がわだかまっているのを肌で感じ取れた。太陽の言葉に理理花は悔しそうな表情になった。

「そっかあ。でも、そうすると、どっちみち彫美ちゃんのお父さんにこれを一度、外して貰わないといけないって訳か」

理理花の言っていることは自明なことだった。

そうしないとそもそも中を探すことが出来ない。

だが、その時点ではもう残っているのは窓に打ちつけられた板きれのみだ。彫美の父親にかかればそれこそあっという間に引きはがされてしまう。そして女の望み通り彫美たち家族は窓から次々と飛び降りていってしまうだろう。待ち受ける不幸と破滅。それを小学生の太陽というかにも華奢《きゃしゃ》な体格の理理花で止められるとは思えない。

「どうしたらいいのかな」

理理花が初めて迷うような表情になった。太陽は息苦しくなるような感覚を覚えた。そもそも一度は警察の捜査が入った現場だ。かなり探しまわらないと目標のモノを見つけることは難しいだろう。

彼はその時、ふと違和感を覚えた。

「——あれ？　なんで」

なんで記録媒体が見つからなかったのだろう？

女にとってそれは一番大事なモノのはずだった。それこそ肌身離さず持っていてもおかしくない。なのに女の持ち物からそれは発見されていなかった。コンビニで現像した記録はあるからデータを保存し、携帯する器具を使用していたのは間違いないのに。

なのに——なぜだ？

「あ、れ」

違和感が頭の中でさらなる疑問に発展し、次の瞬間、脳裏に稲妻《いなずま》が走った。

「ねえ、舞浜さん。そもそもなんで女は転落死したのかな？」

声が震えていた。

「あ、えーと」

理理花は思い出すように、

「そういえば徳川《とくがわ》さんが言ってたかな？　お父さん——彫美ちゃんたちが引っ越してくる前に住んでいた家族のお父さんが女の盗撮に気がついて、家から飛び出してこのビルに向かったんだって。その直後に女はビルから落下したから、きっとお父さんから逃げようとしてそれで誤って落ちたんだろうって結論が出たみたいよ」

理理花は言い添えた。

「あ、でも、そのお父さんが女を突き落とした、とかではないみたい。お父さんがビルに辿《たど》り着く前に女は落下していたし、それには目撃者もちゃんといたんだって」

太陽の思考が加速する。

大事なモノ。

無くなった記録媒体。

女が転落死した理由。そしてこの建物の外観。構造。さらにもう一つ。

なぜ、女は太陽の前に現れた時、逆さ向きだったのか？

「分かった！」

太陽は駆け出していた。面食らっている理理花を振り向き叫ぶ。

「ここじゃない！　もう一階、上だ！　急ごう！　時間がない！」

そして理理花がなにか喚《わめ》いているのも無視して一気に全力で疾駆《しっく》する。彼女は後からついてきてくれるとなぜだか強く信じることが出来た。闇の中、恐怖よりも使命感が勝る。少年野球で鍛《きた》えた俊足《しゅんそく》を駆使して階段を二段飛ばしで駆け上り、身体をくるっと回転させて廊下を走り抜け、目的の部屋へと飛び込んだ。

　バリケードが築かれた部屋のちょうど真上だ。

（ここだ！）

　太陽は窓枠に向かって飛びつき窓を開けようとした。しかし、サッシが錆《さ》び付いているのか上手《うま》く開かない。

　体重を思いっきりかけて窓を引っ張る。そこへ、

「もう！　あとでちゃんと説明してよ！」

　理理花が追いついてきた。驚いたことに息を全く切らしていない。彼女が太陽に合力《ごうりき》したことによって突然、開かなかった窓が勢いよく開いた。太陽はいったん尻餅《しりもち》をついてしまったが、すぐに跳ね起き、サッシから身を乗り出し、下を覗き込む。

　夜の闇が彼の上半身をすっぽりと包み込んだ。

「ちょっと！　危ないって！　太陽くん！　太陽くんってば！」

　理理花が太陽のズボンを摑んで懸命に後ろへ引っ張っていたが太陽は聞いていなかった。

　じっと目を凝《こ》らす。

「あった！」

　理理花の返事は待たなかった。

「理理花さん！　俺のことしっかり摑まえていて！」

そして思いっきり身体を宙に投げ出した。

「え？　ちょっと！　きゃ！」

それでも理理花はがっしりと腰に手を回し、太陽を支えてくれる。太陽は身体をくねらせ、さらに手を伸ばした。彼の視線の先にエアコンの室外機があった。ちょうどバリケードが築かれた部屋の少し上部に設置してある。

とっくに使用されなくなった古い、埃と泥にまみれた遺物《いぶつ》。建物の機能が停止した際に撤去されなかった過去の残骸《ざんがい》だ。その上に小さな黒い包みが置いてあった。太陽の目的物はそれだ。それを取ろうと懸命にあがく。

その時。

彼の目にあるモノが映った。

地面。

地面に横たわる人影があった。

見てはいけない。

集中しろ！

そう自分に言い聞かせても自然と視界の隅に入る。それは女だった。横たわった女がゆらあっとまるで糸で吊《つ》られたように立ち上がった。そしてこちらを見上げる。目も鼻も印象に残らない。

ただ大きな口だけがゲタゲタと笑っていた。

そして。

それはゆっくりと壁に手をかけると――。

ペタペタペタペタペタペタペタペタペタ。

壁を四つん這いで上ってきた。

ゲタゲタと笑いながら。

ペタペタペタペタペタペタペタペタペタ。

這い上がってくる。絶叫《ぜっきょう》をあげそうになった。だが、

「太陽くん！　こらえて！　飲み込まれちゃ駄目《だめ》！」

理理花の声が聞こえた。太陽は我慢した。目に涙を浮かべながら、

「うわああ！」

二の腕を攣《つ》りそうなくらい伸ばし、人差し指と中指で袋をつまみ上げた。もう女の顔が目の前にある。

その瞬間。

「おっりゃあああああああああああああ！」

ものすごい気合いの声と共に太陽の身体は一気に室内に引っ張り上げられた。正直なところ理理花ではなく、体格の良い相撲取《すもうと》りにでも放り投げられたのかと思った。勢い余って太陽は床を転がる。

それでもなんとか顔を上げた。

女が窓枠にたどり着いていた。ゲタゲタと笑いながら大口を開け、異様に長い手足を丸めるようにして中に入ってこようとする。しかし、その前に、

「太陽くん。よくやったわ。後は任せて！」

すっ、と理理花が前に歩み出た。

片手に袋から出したと思しきUSBメモリー。

「——消えなさい。あなた、ほんと、たちが悪い」

もう片方の手にはいつの間にかレンチが握られていた。どうやら彫美の父親から失敬《しっけい》してきたらしい。それをUSBメモリーにあてがい一気に粉砕《ふんさい》する。パキッと音がしたのと窓枠にいた女が理理花に飛びかかるのがほぼ同時だった。

女の指先が理理花の額《ひたい》に触れる寸前に女は足下から頭にかけて一瞬で塵《ちり》と化していった。

その光景を太陽は呆然と眺めていた。

理理花の瞳には先ほどちらっと見せた冷たい怒りのような感情が浮かんでいた。太陽が思わずたじろぐほどの迫力《はくりょく》だった。

理理花が太陽を振り返った。

その時にはもう彼女の強ばった気配は消えていて、むしろその声音《こわね》はやや疲れたように感じられた。

「太陽くん。ねえ、一つ聞かせて」

粉々になったUSBの破片を示しながら、

「なんで、これがあそこにあると思ったの？」

「あ、いや」

太陽はしゃがれた声で答えた。

「女がなんで落下したのか。そしてなんであるべき記録媒体がなかったのか。そう考えたら分かったんです」

「というと？」

「えーと、さっき理理花さん言っていたじゃないですか？　盗撮していた一家のお父さんに見つかって女は焦ってたって。それで女の視点に立って考えてみたんです。もうじき相手がやってくる。そうすると折角、自分が撮りためたデータを取り上げられてしまうかもしれない。ならせめてどこかに隠そう」

　スムーズに声が出るようになってきた。座り直し、理理花と向き合う。

「そして窓の外のクーラーの室外機に隠すことを思いついた。窓から身を乗り出し、手を伸ばした。データの入った小袋だけは無事に置けたけど、自分はバランスを崩して地面に落下し、激突した。それが真相なんじゃないかって」

「――」

「だから、女は幸せな家族に対する執着をたっぷりと含んだ妄念をあの部屋に残した。自分は無為に死んでしまった訳ですから。そして新たに引っ越してきた彫美の家族を自分と同じ境遇に引きずり込もうとした。ついでに言うと女が逆さになっていたのは部屋の少し上に核となるデータが置いてあったからじゃないですかね？　あのエアコンの室外機から窓を覗き込むとちょうど逆さになります。だから」

　話を結んだ。

「そういうことなんだと思います」

ふいに良い香りがした。理理花が太陽の首に手を回したのだ。ぎゅっと抱きしめられる。それは強く痛いくらいだった。

力一杯。

心臓がどきどきする。

それから、

「そう」

「――うん。たぶん、それで合っている。事実はきっとそれで当たっていると思う。わたし」

その物言いはなぜかとても寂しそうで、哀しそうに太陽には聞こえた。

「頭の良い人が好きだよ」

太陽はそして理理花に対してふいになんの脈絡《みゃくらく》もなく思った。この人はきっと深い闇と哀しみを抱えて生きている、と。

第二章　舞浜理理花の話

舞浜理理花の知人、徳川清輝《きよてる》は自身が両親から受け継いだビルの最上階に大量の蔵書と共に暮らしていた。

今日は駅ビルで買ったシュークリームを手土産《てみやげ》に最上階まで直通する専用のエレベーターに乗り込む。もう何度も通っているので初訪問時のようにエレベーター内の豪奢《ごうしゃ》な造りに気圧《けお》されることもない。

スムーズな上層への移動の後、エレベーターは最上階に到着した。扉が開くといきなり本の山脈が左右に続いている。徳川の所有している蔵書があまりに多すぎてエレベーターから玄関まで続く内廊下にまで本が積まれているのだ。

古い料理雑誌、和綴《わと》じの郷土史《きょうどし》、図鑑、古本屋で百円均一で売られているような文庫本、それとは逆に発行部数の少ない稀覯本《きこうぼん》、マニアが喜びそうな古い漫画本などなど。

古本の問屋、顔負けのバラエティと量である。

(最初の頃は圧倒されたけどさすがにこれだけ通えば慣れてきたわね)

理理花は徳川邸の正式な玄関まで歩いていった。ドアノブを回すといつも通り鍵はかかっていなかった。

「こんにちは、徳川さん。お邪魔《じゃま》します」

そう声をかける。

チャイムは鳴らす必要はない。

家主である徳川からそう言われている。一階のエントランスで既《すで》にモニターによる面通《めんとお》しは済んでいた。

程なく、

「やあ、いらっしゃい、理理花さん」

白皙《はくせき》の美青年が奥から車椅子《くるまいす》に乗って出てきた。その後ろからこの家の家政婦であるエレ
イナも顔を覗かせる。

「リリカ、いらっしゃい」

縁あって徳川の家に週三日ほど通いで洗濯、掃除などをしにきているドミニカ人の中年女性
だ。

古本やら得体《えたい》の知れない民俗学的資料などに埋もれている徳川の家が、ある程度の文化的秩《ちつ》
序《じょ》を保っていられるのは全てこの女性が家事を差配《さはい》しているからだと言えよう。理理花がお土
産のシュークリームを渡すと、

「おー、ありがとうね、リリカ」

情熱的なハグと優しいキスを頰にしてから、踊るような足取りで台所の方へ歩いていった。

きっとお得意のドミニカ風コーヒーでも淹《い》れてくれるのだろう。初めて飲んだ時はその甘《あま》さに
驚いたものだが、今では割とこの家を訪問する際の楽しみの一つになっている。

「さあ、どうぞ。上がってください」

徳川が優しくそう差し招いてくれたので理理花は靴《くつ》を脱いだ。

通されたリビングは三十畳ほどもあった。窓からはたっぷりと夏の陽光が差し込んできている。空調がほどよく効いているので特に暑くも、寒くもない。眼下には新宿《しんじゅく》の一等地が広がっていた。

相変わらずドラマのセットみたいな部屋だな、と理理花は思った。予想通りしばらくするとエレイナが手ずから淹れたコーヒーと理理花の手土産のシュークリームを持ってきてくれた。

早速それを賞味しながら理理花は、

『口だけやたらと大きい女と彼女が棲《す》んでいたビル』

について説明を開始した。

事前にある程度、体裁《ていさい》を整えた報告書を提出してあったが、それに彼女自身の生《なま》の感情も添えて語る。それが少なからぬ調査費用を出して貰っている身としては当然の義務だと理理花は考えていた。

そして徳川は真剣な表情と熱意でその報告を受け止めてくれた。現代日本にまるで黒いアブクのように湧き続ける異常現象。怪異。それが二人の最大の関心事にして絶対の絆《きずな》なのだった。

徳川がその資産と人脈、知識をフル活用して事前調査を行い、理理花が現地に赴《おもむ》いて実際にその怪異を見極める、というのが基本的な役割分担となっている。先日の山崎太陽との出会いもそういった活動の流れによるものだった。

「しかし、その太陽くんというのはなかなか肝の据わった子みたいですね」

徳川がそう指摘すると、

「ええ。びっくりするくらい」

理理花は微笑《ほほえ》んで答えた。少しぶっきらぼうな感じもするが、年齢の割には驚くほど落ち着き払った少年だった。

「別れ際にわたしが、怪異にはとびきり明るいアニメ音楽とかが効く場合があるからなにかあった時のために覚えておいてね、と言ったら、〝俺、基本、洋楽しか聴かないんで〟って言ってたんですよ。生意気ですね！」

ははは、と徳川も笑う。それから感慨深《かんがいぶか》そうに、

「理理花さんも随分と怪異への対処が上手くなりましたね」

「いえ、単純に怪異に対する回数を重ねただけです」

理理花は、きっぱりとそう言って首を横に振った。

「毎回、本当にギリギリで。今回だってどっちに転んでいたか分かりません」

それが本音だった。

この一年、彼女は徳川と協力して様々な怪異を追いかけてきた。そしてその際にこの世から逸脱《いつだつ》した闇への対処法を経験則で覚えていった。怪異には下手なお経や呪符《じゅふ》などよりも消臭剤や明るい音楽、炭《すみ》などがよく効くこと。自分の心を蝕《むしば》む恐怖は早めに呼吸を整えればなんとか抑え込めること。

なにより〝余裕〟と〝物事を俯瞰《ふかん》する心がけ〟というモノが怪異に対する最強の武器となること。それにはどんな窮地《きゅうち》に立たされてもとりあえず〝微笑み〟を浮かべるのが最良の方法

であることなどを知った。

全部、血も凍るような恐怖を乗り越えて体得したものばかりだ。

「……」

物思いに耽《ふけ》っていた彼女は照れたように、

「ごめんなさい。で、なんの件でしたっけ？」

そう尋ねた。

徳川はなぜかしばしの間、押し黙っていた。それから急に、

「……ここ一年、あなたは様々な場所に赴きましたよね？」

そんなことを唐突に聞いてきた。理理花は変な顔になる。

「ええ、まあ」

徳川は吐息《といき》とともに、

「質問させてください。そこでどのような体験をされました？」

「えっ、と。それはどういう意味ですか、徳川さん？」

慎重な態度になる理理花に対して、

「ごめんなさい、理理花さん。必要なことなんです。ゆっくり、大まかでいい。答えて頂けませんか？」

徳川の顔は真剣だった。不可思議に感じた。ここ一年ほどで彼女がした経験は全て彼に口頭で報告してある。それを今更、もう一度、語れ、というのは一体、どういう意図なのだろうか？

「……そうですね」

多少の不満はあったが、そこは徳川への信頼感で抑え込む。理理花は自分の中の記憶を掘《ほ》り返していった。

「たとえば京都の魚の臓物が降り注ぐアパート。三日間、近くの倉庫で見張ったりしましたね。結局、なにもないのか、と思ったその日の夜、土砂《どしゃ》降りのようにびちゃびちゃ内臓が降ってきて」

「ありましたね、そんなことが」

徳川は目をつむって少し笑った。理理花は首をかしげながら、

「不思議なことにそのアパートの二階のある一部屋だけでした。でも、結局、なぜ、そんな現象が起こるのか全く分からなかった」

話しているうちにだんだんと他の事件も思い出してきた。

「分からないと言えば井戸の底から歌声が聞こえる民家、というのがありましたね。この時は撤収した後、一週間くらい高熱が出たけどその歌声との因果関係も全く分かりませんでした。単なる風邪《かぜ》なのかそれも怪異なのか」

理理花はさらに、

「そうそう。分からないといったらアレですね、山奥で曰《いわ》くつきの道祖神《どうそじん》を触った時かな?」

苦笑気味に、

「あれには本当に参りました。空中で逆さになった烏帽子《えぼし》と袴姿《はかますがた》の男性が白昼《はくちゅう》堂々と見えるようになって。おまけにソレが少しずつ近づいてくるし、最後には耳元で〝金輪際《こんりんざい》〟って言っ

て消えたけど、本当に意味不明でした」

　理理花は顔をしかめて、

「あ、でも、はっきりと理由が分かったのもありましたね。火だるまになった猫が夜中に走り回るマンション。あれはそこでかつて飼い猫と一緒に焼死した人がいて、私もその人の顔が部屋いっぱいに広がるのを見てしまって」

　そこで彼女は言葉を切った。

「……こんな感じでイイですか？」

　徳川のことを上目遣いで確認した。徳川は深く一度、頷いた。

「ありがとうございます」

　なにかを考え込む表情で、

「……本当に色々と経験されてきたんですね」

　なんだか本当に様子が変だった。ふいに徳川が視線を合わせて尋ねてきた。

「怪異に通常ではありえないくらいの頻度で接してきたあなたです。これらの案件に共通するモノを感じたり、考えたりしたことはないですか？」

　これまた一風、変わった質問だった。徳川と理理花の会話は大体において事件の報告や情報の共有など具体的かつ実務的なものに終始していて、こんな総論めいた問いかけを受けることは極めて稀《まれ》だった。

　理理花は首を横に振った。

「んー、ありません。私が経験したことは全部、バラバラで無秩序で特に決まった法則性なんかなかったと思います。でも」

理理花はなんとなく徳川が誘導《ゆうどう》したがっている話の筋道を察しながら、

「そうですね。でも、これだけは言えるかな？　怪異には大きく分けて二つの傾向《けいこう》があるような気がします」

ちらっと徳川を見ると彼は落ち着き払った態度でこちらを見つめている。ただその瞳には先ほどまではなかった強い関心の色合いがあった。理理花は思っていることを率直に口にすることにした。

「〝分かる〟怪異と〝分からない〟怪異です」

理理花は喋りながら自分の考えを整理していく。徳川にはあまり話してこなかったが、理理花は理理花でここしばらくの経験からなんとなく頭の片隅《かたすみ》でずっと考えていることがあった。

「今回の太陽くんの案件や火猫の件は原因が〝分かる〟怪異で、烏帽子の男や魚が降ってきた奴《やつ》や井戸の中から歌が聞こえてきたのは〝分からない〟方ですね」

「……〝分かる〟と〝分からない〟、ですか」

「そう。感覚的なものなんですけどね。ある程度、なんでそんなことが起こるのか背後関係が調査できる案件と全く意味不明な案件、とでもいえばいいのかなあ」

徳川がまた深く頷いた。

「理理花さん。率直にお尋ねしますね」

そんな前置きから、

「〝分かる怪異〟と〝分からない怪異〟、あなたはどちらが怖いですか？」

「……」

理理花が押し黙っていると徳川は少し強めの口調で、

「奇妙《きみょう》なことをお尋ねしている自覚はあります。ですが、できたらお答えいただければありがたい」

「……〝分からない怪異〟です」

徳川の意図は不明だが、とりあえず理理花はそう即答した。

「なぜ？」

それはここ最近、理理花も考えていたことだった。

「そうですね。はっきり言って今回の太陽くんの一件みたいに〝分かる怪異〟の方が直接的な危険性は高いと思います。ドロドロしていたり、身体的に危なかったり」

やけどや怪我《けが》など物理的な傷害を受けたことは圧倒的にこちらの方が多い。対して〝分からない怪異〟でそういった類《たぐい》の脅威を感じたことはあまりない。

ただただ不可解なのだ。

「でも」

理理花は言葉を選ぶ。そしてぽつりと言った。

「こちらの方が――〝深い〟」

その表現が適当な気がした。根源的な禁忌《きんき》に直接、繋がっている気がする。それは思考するだけで深い深い理不尽の世界に引き込まれてしまう気がして、だから、怖い。そして恐ろしい。

「そうですか」

徳川は頷いた。そしてぺこりと頭を下げ、

「分かりました。ありがとうございます」

深々と溜息をつき、車椅子に身体を埋めるようにして押し黙ってしまった。理理花は数秒間、
待ってから、

「それで」

彼に問いただす。

「次の案件の資料を頂けたら嬉《うれ》しいのですが……どうでしょう？」

今まで一つの調査が片付くと次に着手すべき怪異の概要《がいよう》がすぐに伝えられていた。前回はとある団地の噂話《うわさばなし》を調査したのだが、その時も徳川に調査報告をしにきたその席で今回のファイルを手渡されていた。

しかし、徳川は、

「ああ、申し訳ない。少し立て込んでいまして。近いうちに必ず読んでいただくものを用意しますので少しだけ待っていただけますか？」

微笑んでそう言った。

もはや理理花が尋ねたい事案は一つしかなくなっていた。

「徳川さん」

彼の目の奥底を覗き込むようにしてぐいっと顔を近づけた。

「なにか色々、大丈夫ですか？」

彼の心身が心配だった。

「はい、大丈夫です」

徳川がきっぱりと答えた。

理理花はここ一年でだいぶ色々な経験を重ねてきた。それでも霊感のようなものは一切持ち合わせていない。なので徳川がどのような精神状態にいるのかよく分からない。ほんの少しだけ疲れているように見える以外は特におかしなところは見受けられないのだが——。

「本当に、本当に——大丈夫ですか？」

最後に重ねてそう問いかけたが、徳川はただ笑って頷くのみだった。


いつもだったらそれから多少の世間話をして別れるのが常だったが、今日はあまりにも会話が盛り上がらないため、自然とすぐに辞去する流れとなった。理理花は買い物に出かける家政婦のエレイナと共に徳川のマンションを後にした。エレイナとはエントランスのところで左右に別れ、駅の方角に向かって歩き出す。

夕刻《ゆうこく》も近いというのにこのビル街にはまだ陽光の残滓《ざんし》が淀んでいた。アスファルトに蓄《たくわ》えられた熱でかなり蒸《む》し暑い。

額と首筋に浮かんだ汗をハンカチで一度ぬぐい、またバッグにしまう。

徳川は別れ際、いつものように玄関先まで見送りに来てくれたが、やはりどこか心ここにあらずな様子だった。理理花が挨拶《あいさつ》をする前にふいっと車椅子を反転させて、戻っていってしまった。

彼の態度を頭の中で何度も反芻《はんすう》する。

「……」

理理花は足を止めた。

ここしばらくの間で徳川に対して抱いていた〝ある疑念〟が再び胸中に湧き起こってくるのを感じていた。少しの間、考え込む。それからふいにその〝疑念〟に対する答えを持っている可能性のある人物に思い当たった。

理理花は身を反転させ、軽やかに駆け出した。

徳川の家政婦、エレイナ。

誰よりも長い間、徳川清輝という人間のそばにいる彼女からだったら、もしかしたら理理花が欲している情報が得られるかもしれなかった。ついさっき別れたばかりの彼女の背中はすぐ追いつける範囲に見えていた。

突然、追いかけてきた理理花にびっくりした顔をしたものの、エレイナは理理花の質問に快く応えてくれた。

そしてそれなりに有益な情報を入手することができた。その証言単体ではあまり意味をなさないが、理理花が収集した事実を重ね合わせたらもしかすれば真実に近づけるかもしれない。

その想いで少し遠出をし、いくつかの場所を巡り、日付が変わる前にようやく自分の家へと戻ってくることが出来た。

まず誰もいない部屋の電気をつけて回る。それから外出着を脱ぎ、高校時代の古びたジャージに着替えて簡単な清掃を行う。どうせ誰も見る者などいない。汚れても構わない恰好《かっこう》だった。

掃除機もあるがあえて箒《ほうき》を使い、雑巾《ぞうきん》がけも怠《おこた》らない。

さらには各部屋や廊下の要所要所に炭の入った籠《かご》を置く。過剰《かじょう》は〝闇〟を招く。やり過ぎないように。しかし、しっかりと家全体は掃《は》き、磨《みが》き、清める。これもここ一年で習い覚えたことだった。

こうしないと外の世界で理理花が関わった怪異の残滓がへばりついてまるでウイルスのように室内に蔓延《まんえん》する可能性があるのだ。もっとも簡易で強力な魔除《まよ》けは、自分がいる空間を清潔に整えること。

霊感や霊能力の類を一切持っていない理理花にとっては、護符やお守りよりも実用的な方法だった。

そして小一時間ほどかけて作業を終えるとシャワーを浴びた。家だけではない。己の身を清めることもまた魔を遠ざける禊《みそぎ》となる。

その間、ずっと考え事をしていた。

シャワーを浴び終え、髪を乾《かわ》かし、寝間着《ねまき》に着替え、居間でくつろぐ。ふうっと息をつき、息抜きに缶ビールを一本だけ飲むことを自分に許す。ソファの上で豪快にあぐらをかき、タオルを頭の上から掛けたままさらに思索に耽った。

そして一つの結論に達する。徳川は自分に隠し事をしている。少なくともその可能性が非常に高まってきた。

（理由はなんとなく分かるんだけど、さ）

理理花は携帯を取り出し、徳川へ面会要請のメッセージを一つ送った。とりあえず疑念が生じたのなら彼と直接、顔を合わせて虚心《きょしん》に問いただす。それが一番、自分らしくて直接的な解決方法である気がした。

理理花はそしてその返事を待たず、ソファから立ち上がった。就寝《しゅうしん》するためだ。明日は入院している母親のお見舞いに行かなければならない。

気の重い案件だった。

怪異に対しては躊躇なく飛び込んでいくのに肉親との面会に躊躇している自分に苦笑する。

(そういえば)

一つだけエレイナはとても気になることを言っていた。

〝最近、トクガワは変な本やモノを買わなくなってエライね〟

どういうことなのだろう?


夢も見ないほど深く眠れた。

カーテンを引くと夏の青空が見えた。白い雲。理理花はうーんとそこに拳《こぶし》を打ち付けるようなイメージで伸びをする。身体から活力が湧き上がってくるのを感じた。

自分の最大の長所は回復力にある気がする。

若いからなのかよほどのことがない限り前日の疲れを残すということがない。

それは肉体的にも精神的にも。

一度、起床した理理花の行動には淀みが一切ない。軽くストレッチと踏み台昇降。汗を掻き、シャワーを浴びた後、空気の入れ替えを行う。干物《ひもの》のアジとみそ汁と沢庵《たくあん》と白米という絵にかいたような日本の朝食を食す。

それからお昼過ぎまでテレビを見たり、本を読んだりして過ごした。久しぶりにゆっくりとした時間の使い方をしている。

昼は素麺《そうめん》。薬味《やくみ》にミョウガとショウガを入れた。洗い物。木陰を通って涼味を帯びた風が開け放した窓から吹き込んできた。

午後、一時過ぎ。

携帯をチェックしてみたが徳川からの返事は戻ってきていなかった。理理花は改めて彼のことを考えてみた。いくつかの可能性が頭に思い浮かぶ。本当は今すぐにでも彼とコンタクトを取りたかったが、とりあえず母親の方を優先する。あまり遅くなると面会時間が過ぎてしまう。

ここ一年、母親はずっと原因不明の病で入退院を繰《く》り返《かえ》していた。主な症状は慢性的な貧血《ひんけつ》。舞浜家は世帯主である父、舞浜光太郎《こうたろう》が失踪《しっそう》する前から保険のようなものには一切、加入していなかったので、正直なところ徳川から斡旋《あっせん》される〝アルバイト〟がなければ生活は苦しかった。

怪異を追いかけ報告する対価に金を貰う。

世間一般から見ると恐ろしく歪《いびつ》な関係性なのだろう。だが、理理花にとっては文字通り生命線なのだった。

本当はもっと早くにこの家を売り払い、分相応なところに引っ越すべきだったのかもしれない。だが、理理花にはどうしても父が建てたこの家を離れる、という選択肢を選ぶことが出来なかった。

そして恐らく現在、入院している母親にも。

(変なところだけ似てるんだよな、わたしたちは)

頑固で強気でそれでいて妙に感傷的なさみしがり屋。

簡単に身支度をし、家を出る。起きた時の爽快感《そうかい》はだんだんと陰っていって今はむしろ気分が重かった。

奇妙な話だった。

実の母親に会いに行くというのにまるで予防注射でも受けに行く小学生のように自分は身構えている。

電車を乗り継ぎ、高速道路と川が交差するエリアに降り立つ。そのまま川沿いにしばらく歩き、目的の病院に辿り着く。受付で手続きを済ませ、エレベーターへと向かう。

ひんやりと空調が利いた空間の中で汗がすうっと引いていくのが分かる。歩いている間、ずっと聞こえていた蟬《せみ》の声も遠のく。

(しまったな、やっぱりカーディガンでも持ってくればよかった)

どういう訳かこの病院はいつも冷房が利きすぎているくらい利いている気がする。いや、医療機関でそんな極端な空調設定をする訳がないから、もしかしたらこれはただの理理花の主観なのかもしれない。寒気とほんの少しの吐き気、それに付け加えてめまいもする。

理理花は少し視線を下げて歩いた。

冷たい色合いの床。

無機質な表情で廊下を行き交う白衣の医師や看護師たち。ストレッチャーに乗せられた酸素《さんそ》マスクをした患者《かんじゃ》。松葉杖《まつばづえ》。パジャマ。不健康な咳《せき》の音。その性質上、決して完全な幸福は存在しえない空間。

生と死が明確な対比をとらず、ちょうど中間の不透明《ふとうめい》な乳白色で均衡を保っている施設。最初は特になんとも思っていなかったが、最近はその全てに明確な忌避の感情が生まれるようになっていた。

一言で言うとトラウマだった。

理理花が遭遇《そうぐう》した怪異は病院が一つの舞台となった。理理花は恐ろしい膂力《りょりょく》を持つ老婆によって強引にそこから拉致《らち》されたのだ。

そして死ぬほど恐ろしい目に遭わされた。彼女の心にだけではない。身体にも決して消えぬ大きな傷跡が未《いま》だに存在する。

もちろんこの病院はあの時と同じではない。

それでも院内を歩いていると血だまりや恐ろしい形相《ぎょうそう》を浮かべた老婆の顔などがちらりちらりと頭をよぎってしまう。

めまいがひどくなり、軽い貧血のような症状が現れ始める。寒いのに脂汗が額に浮かび、息が切れた。それでも彼女は拳を軽く握りしめ、足を運び続ける。ナースステーションの前を通り過ぎ、母親の個室に赴こうとした時、面識のある女性の看護師と目が合った。

理理花が軽く黙礼して通り過ぎようとすると向こうは片手をあげて呼び止めてきた。

「はい、なんでしょう？」

理理花が近寄ると、

「後で先生の方からお話あると思うから。お母さんのお見舞いの後、ちょっと時間ある？」

「あ、はい」

こんな形で医師から何か話を聞くのは初めてだ。もしかして、母親の病状が悪化しているのだろうか？

そんな理理花の不安を察したのだろう。

「ううん。だいじょうぶ。そういうことじゃないから」

看護師がぎこちなく笑って首を横に振った。

「三時間くらい後に先生の予定、空くから。とにかくよろしくね」

そう言って離れていく。笑みは浮かべているが、理理花のことをどこか遠巻きに恐れているような気配だった。

「……」

理理花は軽く溜息をついた。

病院関係者は誰もがこんな感じだった。医師も看護師も。先ほどの受付の人もそうだった。皆、理理花になにがあったのか聞き及んでいるのだろう。

理理花が巻き込まれた事件は単なる個人的な怪異の遭遇では収まらなかった。実際に複数の死傷者が出て、かなり長い間、マスコミに騒がれた。連日連夜、テレビや新聞で、事件のことは報道された。猟奇《りょうき》的で、不可解で、残虐な事件。

理理花はその渦中《かちゅう》にいたのだ。

メディアには悲劇のヒロインのようにも、あるいは惨劇《さんげき》の引き金のようにも語られた。無責《むせき》任《にん》な伝聞に薄っぺらい取材が積み重なって世間の好奇心と憶測を加速させた。およそ三ヶ月ほどの間、様々な形で理理花は世間の注目を浴び続けた。

ただ不幸中の幸《さいわ》いだったのは彼女は長期の間、入院していたので、取材陣の直撃を受けることは免《まぬか》れた。なかには強行に院内に侵入してきた週刊誌などもあったが、そういう媒体は世間のバッシングを受けることになった。

しかし、それでも名前や風貌《ふうぼう》から事件の当事者として認識されることはよくあった。そしてそういった場合、例外なく労《いたわ》るような、遠ざけるような、興味深そうな、そしてこういったなにかを恐れるような瞳を向けられる。

まるで理理花自身が禍々しさをもたらす存在であるかのように。

理理花は気を取り直すと再び歩き出し、母の病室の前までやってきた。そこで大きく深呼吸を一つする。

ここもまた気合いと集中力が必要とされる試練の場だった。理理花はノックするべく右手を上げた。

母、タチアナと面会を終え、病室から出て後ろ手に引き戸を閉める。自然と大きな溜息がこぼれ落ちた。

(疲れた)

率直な感想がまずそれだった。

なにより腹立たしいのがなぜ母親の見舞いにこんなにも気を遣わなければならないのか、ということだった。ベッドの上に身を起こしていた白い院内着姿の母親は思ったより元気そうだったが、冷たい反応は予想通り、いや、予想以上で終始、

〝なにしに来たの？〟

と言わんばかりの調子だった。

（私が来ることが煩《わずら》わしいみたいな感じ！　いつもああだ！）

それでも理理花は懸命に愛想笑《あいそわら》いをし、元気よく話しかけたつもりだった。しかし、母親はずっと木で鼻をくくったような態度で、時折、笑みを浮かべる時は皮肉《ひにく》げに、

〝あなた最近、あまり学校行ってないそうじゃない。いいわね、若くて健康だとやりたいことが出来て〟

まるで理理花が遊び歩いているような言い方をする。

（わたしが色々、頑張っているから個室に入院出来てるって分かっているはずなのに！）

タチアナはいつの頃からか家計のことを気にするのを一切止《や》めていた。理理花が支払っているかなり高額の入院費がどこから出ているのか、と言った質問も全くしてこない。浮世離れはしているが、金銭《きんせん》のことに関しては人一倍、うるさい性格だったはずなのに。

恐らく理理花の働きによって自分の生活が支えられているという現状を言葉に出して認めたくないのだろう。

悔しさと虚《むな》しさと哀しさが入り混じる。たった二人の親子なのに、自分たちはどうしても互いに歩み寄ることが出来ない。

鼻の奥がつんと痛んで涙ぐみそうになるのを耐《た》えた。腕時計に目をやる。医師との面会には

まだ間がある。どうやって時間をつぶそうかと考えているとふいに声をかけられた。

「理理花さん？」

澄《す》んだはっきりした声。

「あれ、太陽、くん？」

見ればそこに山崎太陽と外川彫美が立っていた。二人とも驚いた表情をしていた。


「ごちそうさまです」

「ありがとうございます！」

病院内の食堂に二人を連れていき、それぞれコーヒーとクリームソーダをご馳走《ちそう》した。太陽はアメフトかなにかのチーム名が記された英文字のTシャツとジーンズ姿。ミルクや砂糖《さとう》を一切、入れていないブラックのコーヒーを慣れた感じで飲んでいる。

（相変わらず渋《しぶ》い子だなあ）

本当に感心してしまう。一方、彫美の方は長い柄《え》のスプーンを器用に使って、緑色のソーダの上に浮いたアイスをさも美味《おい》しそうに口に運んでいた。こちらは鮮《あざ》やかなレモンイエローのワンピースが夏らしい涼しげないで立ちだ。

前回、出会った時にはすでに正気を失っていたのできちんと会話をするのは今回が初めてだったが、

（本当にかわいい子だなあ）

と、こちらも感心してしまう。素の状態の彫美は表情が愛らしく、目鼻立ちの整ったかなり

の美少女だった。最初、理理花と遭遇した時は警戒《けいかい》するような、不安げな表情をしていたが、太陽が理理花の素性《すじょう》を伝えるとすぐに目を輝かせ、深々と頭を下げてきた。

「助けて頂いてありがとうございます！」

どうやら彫美は理理花のことを戸川家を助けた謎《なぞ》の霊能者のような存在として認識しているらしい。理理花としては面映《おもは》ゆい。戸川家が助かったのは成り行きであって、理理花の目的としてはあくまで怪異の追及が第一義だったからだ。

ちなみに二人は太陽の叔父《おじ》がヘルニアの手術でこの病院に入院しているのでお見舞いにやって来たのだそうだ。

太陽曰く、

〝別に彫美は呼んでない〟

のだそうだが彫美は、

〝今回のことでお礼！　太陽君にも色々と助けて貰った！〟

そこだけはきっぱりと主張している。

（色々と積極的だなあ）

再度、理理花は感心してしまう。太陽の方から、

「理理花さんはどうして病院にいらしたのですか？」

そうさりげなく聞かれたので、

「母がね、ちょっと」

言葉を濁《にご》してそう伝えると太陽は礼儀《れいぎ》正しく、

「そうですか」

それ以上は深く聞いてこなかった。

彫美は少し痛ましそうな顔をしている。きっと理理花の母親はあまり病状が良くないと想像したのだろう。理理花は特に説明を加えなかった。出会って二度目の小学生たちに自分とタチアナの関係性を一から説明する気にはなれない。

「お父さんとお母さん、お姉さんの調子はどう？」

なんとなく訪れた気まずい沈黙を緩和するため理理花は彫美に向かって微笑みかけた。彫美は明るい表情で、

「はい。この間、みんなで湖《みずうみ》にキャンプに行きました。あれから変なことは一切、起こっていません。本当にありがとうございます！」

「良かった」

理理花は安堵《あんど》する。

「全部、太陽くんと理理花さんのおかげです」

彫美の言葉に太陽は顔をしかめた。

「だから、何度も言うけど別に俺はなにもしてねーよ。舞浜さんが全部やったんだ」

それは謙遜《けんそん》というより彼の本音のようだった。

「でも」

不満そうにそう言い募る彫美を手で制し、

「それより舞浜さん」

太陽が理理花を見つめた。

「少しお伺《うかが》いしたいことがあるのですが、大丈夫ですか？」

「――いいわよ」

理理花は少しだけ身構えて答えた。

〝お伺いしたいことがある〟ときたか。太陽が理理花の顔を見ながら真っ直ぐに尋ねてきた。

「舞浜さん――あなたは一体、何者なんですか？」

随分と直接的な問いかけだ。理理花は数秒、考えた。それから少しかっこつけることにした。

「言ったでしょ？　怪異を追う者《デモンシーカー》、かな？」

太陽は憮然《ぶぜん》と目を細め、彫美はいたたまれない顔をした。

理理花は滑《すべ》った、と思った。

「あ、いや、えーと。うまく言えないんだけど」

理理花がしどろもどろになっていると、

「分かりました」

太陽が溜息をついて、

「では、こちらから一つ一つお尋ねしていきますね。舞浜さんは俺の質問に順番に答えていってください」

年上の威厳《いげん》を失って理理花は肩を丸めて〝はい〟と神妙に頷いた。

太陽は落ち着いた口調で問い始める。

「まず大前提として――あなたはそもそも霊能者なんですか？」

「いいえ」

　インタビュアーみたいだな、と理理花は思った。

「でも、ああいった現象への知識がありましたよね？　あのオンナに対して的確に対処する方法を知っていた」

　どう答えたらいいかな、と考えながら、

「これまでの経験とある人に教えて貰ったことが大半でわたし自身は完全に素人。霊能力のようなモノは一切ないわ。色々と知ってたのは事前調査を行ってわたしをバックアップしてくれている専門の人がいるから」

　太陽は、

「では、次の質問です。あなたはなんで僕らを助けに来てくれたんですか？　なにかボランティア？　使命？　営利目的、ではないですよね？」

　畳《たた》みかけてきた。

「……ごめんね」

　理理花は申し訳なさそうに、

「わたしは正確にはあなたたちを助けに現れたわけではないの。さっきも言った通り、ただ単に怪異を追いかけているだけ」

「なんで？」

　率直な問いだ。彼はどちらかというと険しい表情を浮かべていた。なんとなく彼の心情は察せた。多少の霊感のようなものがある太陽にとって怪異とは遠ざけるものであって、好き好んで近づくものではないからだ。

理理花の態度が彼からすると火事場に安易に近づく野次馬のように見えても仕方がない。

彫美が太陽の袖《そで》を引いて注意を促《うなが》す。

「太陽くん、ちょっと失礼だよ」

それに、太陽は構わず、

「なんで理理花さんは怪異を追いかけているのですか？」

厳《きび》しい口調ですらあった。その問いかけを受けて、

（どう答えればいいのかな？）

理理花は改めて考え込む。それから、

「ずっと昔、父親が消息を絶って」

太陽と彫美に向かってきちんと自分の過去から話すことにした。

それが太陽に対しては筋《すじ》な気がしたのだ。

理理花の父、民俗学者であった舞浜光太郎はある日、突然、自身の研究室に大量の血だまりを残して姿を消した。

警察はそれなりにきちんと捜査したが、結局、どうしても一連の出来事に事件性を見いだすことが出来ず、舞浜光太郎の失踪は彼の精神的錯乱《さくらん》によるもの、という結論が下された。

「それが全ての始まりだった」

テーブルに視線を落とし、理理花は語り続けた。

「結局、父がいなくなったことがわたしにはどうしても納得できなくて」

大人《おとな》になって、父の残した著作を読むようになり、父の失踪原因には人知の及ばない、いわゆる怪異なるものが介在するのではないかと推測するようになった。

具体的には父の記した『異なる色の月に関する伝承』に記述されている〝あってはならない存在〟がソレに当たるのではないかと考え、そして彼女は去年、安佐不磨《あさふま》という集落を訪れた。

そしてそこで彼女はとある人物と出会い、ありえない体験を共にして――。

あれ？

「――だいじょうぶですか？」

目の前が暗くなり、太陽からの呼びかけが遠くに聞こえた。気がつけばテーブルの表面がほとんど目と鼻の先にあった。

どうやらほとんどテーブルに突《つ》っ伏《ぷ》している状態になっていたらしい。ここ一年ほど時々、悩まされている貧血がまた起こったのだとすぐに察しがついた。

身体を無理矢理、引き起こし、背中を椅子の背もたれに預け、深呼吸を大きく一つした。いつの間にか彫美が隣に座っていて理理花の背中を摩《さす》ってくれていた。

「だいじょうぶですか？」

重ねて太陽が問いかけてきた。

「ずいぶんと顔色が悪いですけど」

理理花は手を振って自分は問題ない、ということをアピールした。実はその件でかなり念入りな検査も受けたことがあるのだ。

そして結果、全くの健康体だということが分かった。〝恐らく精神的なものでしょう〟という医師の診断も貰っていた。

なのであまり気にしないようにしている。精神的なもの、という点に関してはいくつか思いあたる部分もある。

気合いを入れれば大概なんとかなる。

今回も子供たちをこれ以上、心配させないよう、

「と、いう訳でわたしは怪異を追いかけるようになったの。いなくなってしまった父をそうすれば捜せるような気がしてね」

多少、無理やり気味に微笑みを浮かべ、そう話を結んだ。彫美は、

「そういう訳だったんですね。大変でしたね」

心底、同情するように頷いていたが、太陽は少し違った。理理花をクールなまなざしでじっと見つめている。

その大人びた視線がこう語っていた。

でも、それだけが全てじゃないですよね、と。

確かにその通りだった。理理花の今の話では幾つかの部分で説明が不十分である。まず父を捜すことと怪異を追いかけることは必ずしも結びついていない。父を捜すだけならなにも手当たり次第に怪異にぶつかっていく必要性などない。

(確かにパパのことはきっかけではあったと思う。でも、今はもうそれだけじゃない)

己の中にずっと沈澱《ちんでん》していて、時折、浮上してくる想い。

あの日、入院先の病室で心に刻んだ誓《ちか》い。

彼女はとある人物の代わりに怪異を追いかけている。ずっと。

小さく太陽は吐息をついた。

「でも、とりあえず分かりました。ありがとうございます。色々と腑《ふ》に落ちました」

賢《かしこ》い少年はとりあえずそう結論づけてくれた。彫美も言葉を付け加える。

「今日、理理花さんにお会いできて本当に嬉しかったです。家族を代表してお礼が言えて本当に良かった！」

理理花にはその言葉が素直《すなお》に嬉しかった。

「――こちらこそありがとう」

自然とそんな感謝《かんしゃ》の言葉が口をついて出た。怪異を追いかけるという愚行《ぐこう》にも似た日々が結果的にとはいえ、善良な一家の助けになったのならそれは理理花にとっても救いだった。

「とても綺麗な人だったね、理理花さん」

彫美が跳ねるような足取りで病院の外に出てからこちらを振り返ってきた。

「……」

続けて自動ドアをくぐった太陽は眩《まぶ》しそうに目を細めている。気がつけば眩《まばゆ》く煌《きら》めくような夏の陽光はどこかへ消え去り、西日が辺りを美しいオレンジ色に染め上げていた。腕時計で時間を確認してみる。

思ったより長く理理花と話し込んでしまったようだ。

「ね。太陽君」

訝《いぶか》しそうに彫美が顔を覗き込んできた。

「だいじょうぶ？」

「ん、うん」

夕暮れ時になっても蟬の声はいまだに衰《おとろ》えていない。耳にうるさいほどだ。太陽はどこか上《うわ》の空《そら》のまま歩き出す。夏の光が照らし続けた昼間の余熱がまだ地表付近に籠もっていて彼の全身を汗ばむほどに包み込む。

「ああ、そうだな」

確かに理理花は尋常ではなく美しい女性だった。はっきり聞かなかったが恐らく西洋人の血が混じっているのだろう。彫りが深く、驚くほど肌が白く、割と小柄《こがら》だがスタイルもいい。周囲の目を瞬時に惹《ひ》きつける華《はな》やかさに満ちている。

しかもただ単に容姿が美しいというだけでなく、笑うと全身から愛嬌《あいきょう》が零《こぼ》れ落ちてくる。魅力的《みりょくてき》だとは思う。

ただ太陽が気になったのは――。

「気が付いていた？　食堂とかで結構、理理花さんのことを見ていた人いたよね？」

「……」

いや、理理花さんもそうだけど、おまえもその理由の一つだよ、というような趣旨《しゅし》のことを口にしかけて太陽はそれを飲み込んだ。そんなことは絶対に言わない。

太陽はそういうタイプの少年だった。

「憧《あこが》れちゃうよねえ」

川沿いの道を歩きながらまた彫美が溜息交じりに言った。駅まで歩いて十分くらい。二人は並んで歩く。

「なあ、理理花さんってさ」

「ん？」

「いや、なんでもない」

なんか綺麗だけど怖いよな。

そんなことを唐突に言われても彫美も反応に困るだろう。

沈黙が訪れた。

太陽は自分の思索に耽る。割といつものことなので彫美は特に気にしている様子もない。鼻歌を歌い、手を広げ、踊るような足取りで地面に引かれた白線の上を歩いている。

「……」

そのスカートから伸びた白い足をちらりと横目で見てから太陽は己が感じた印象を改めて検討してみた。彼には時折、この世の理《ことわり》と異なる〝モノ〟や〝現象〟が見える時がある。自分が理理花に感じる感覚は間違いなくその類のものだ。

そして賢明《けんめい》な彼は基本的にそういった領域《りょういき》に対しては踏み込まず、近づかず、難しい表現をあえてするなら〝敬して遠ざける〟の態度で接してきた。

今、彼はそのルールを自ら破ろうとしている。

理理花と再会した後なぜかそうしないといけない、という気持ちになってきたのだ。

意識を集中すればそれはある。

理理花の周囲にはナニカ得体の知れないモノの気配が濃密に存在していた。

底知れない、闇深いナニカ。

いや、違う。闇というより乳白色の強大な虚無だ。

(なんだろう、これ?)

脂汗がにじみ出てくる。

彼女から今日、語られた父親の失踪の事件。血だまり。そのイメージが太陽を落ち着かなくさせる。

なにか強大な。途方もなく巨大な。

なんだろう?

それは拡大している。拡大していっている。過去も。現在も。盲目《もうもく》なナニカ。ふいに寒気が走った。

そのナニカが急速に追いすがってくる。

気が付けば蝉の声が止んでいて、隣で踊るような足取りで歩いている彫美の鼻歌だけがずっと聞こえ続けていた。

ちらっと横目で見て、

(あ、あれ? なんかおかしくないか?)

先ほどから太陽と彫美は並んで前に進んでいる。なのに彼女の足はずっとその場で上下を繰り返し続けているだけなのだ。

極端に引き上げられる足。

膝が胸元についている。それなのに全く音すらしない。ぬめりぬめりと白い足だけが別の生き物のように動いている。

太陽はゆっくりを首をめぐらし、隣の彫美に視線を向けた。

こちらを見つめ返してくる彫美には――。

顔というモノが存在していなかった。ただ暗い穴だけがあった。

気が遠くなる。

その瞬間――。

辺りの景色が一瞬で真っ赤に反転した。

絶叫を上げる時間すら存在せず、山崎太陽は現世から消失した。


同時刻、外川彫美は先ほどの病院の中を山崎太陽を探し求めて歩き回っていた。

「おかしいな、どこに行っちゃったのかな？」

携帯に連絡しても返事がない。彫美がちょっとトイレに行っている間に太陽はいなくなってしまったのだ。

「一人で帰っちゃったのかな？」

不満はあるが山崎太陽という少年の性格だと割と珍《めずら》しくはない。なのでこの時点では彫美もそこまでは心配していなかった。

彫美も一人、帰宅の途に就《つ》くことにした。

彼女が太陽の失踪を知ったのはその夜、遅くなってからのことだった。

夕暮れ時、舞浜理理花は新宿の西口近辺を速足で歩いていた。ムカムカしている理由はただ一つ。医師との面会が全くの不毛に終わったからだ。わざわざ残されて説明を受けるのだから母親の病状になにか急変が起きたのかと思った。

理理花は真剣な顔で、

〝あの、母になにかあったのでしょうか？〟

開口一番そう尋ねた。だが、担当の医師はへらへらした態度で理理花の質問をはぐらかした後、

〝舞浜さんは休日はなにをしているんですか？〟

とか、

〝僕は最近、ワインに凝ってまして〟

などと全く関係ないことを喋り出した。

そして面食らっている理理花に決定的な一言、

〝今度、良かったら僕が主催《しゅさい》するワイン会に参加してみませんか？〟

そう言って理理花の背後から肩に手を置いてきた。男女の機微に割と疎い理理花でもここまで来ればはっきりと分かった。

〝こいつ！〟

今までも男性からかなり露骨《ろこつ》な誘いを受けたことは何度もあった。だが、こんな病気の身内をダシにするようなやり方は初めてだ。

怒りで頭が真っ白になった。気がつけば相手の指を捩じり上げていた。痛みで悲鳴《ひめい》を上げる医師。驚いた顔で飛び込んでくる看護師。理理花は傲然《ごうぜん》と医師を見下ろし、

〝あんたはちゃんとママの治療だけしろ！　片手間にやってわたしを口説くな！　もしこんなことやっててママになんかあったら――〟

我ながら柄が悪かったとは思う。

〝――ぶっ殺すから！〟

そう言い放った。そのまま足音も荒く部屋を飛び出してきた。啞然《あぜん》とした表情の看護師たちが理理花を遠巻きに見送っていたが、知ったことか、と思った。どうせ自分は札付きなのだ。今更、どう思われようと痛くも痒《かゆ》くもない。

駅を出て歩いているうちに彼女の怒りもだんだんと冷めてくる。理理花は苛烈《かれつ》で激しやすい性格だったが、同時にその感情もあまり持続性を持たなかった。それよりももっと気になることが頭をもたげていた。

徳川清輝。

彼の様子が今は気になって仕方なかった。

医師とのしょうもない面談の最中、彼から着信があったのだ。病院を出たところでそのことに気がつき、慌《あわ》てて折り返した。しかし、何度、コールを重ねても徳川は全く応答してくれなかった。

そういえば徳川とのやりとりはほとんどがＳＮＳで、電話をすることなど滅多になかったことを思い出した。

理理花は腹をくくった。

直接、彼に会いに行く。そして話をする。とりあえずSNSにもこれから訪ねる旨《むね》、記しておく。閑散《かんさん》としたビル街を抜け、自分でも驚くほどの短時間で目的の場所近くまで辿り着いた。

徳川の所有するマンションを見上げる。

茜《あかね》色の空を突き刺すようにしてそのビルは聳《そび》え立っている。

あの最上階。

(徳川さん、いるのかな?)

建物に近づいていった。

一階のエントランスで部屋番号を押し、コールのボタンを押す。五秒、十秒待っても返事はない。その間も頭の中で様々な考えが浮かんでは消えていった。

(もしかして旅行とかにでも出かけたのかな?)

どこに?

基本的に家にいることをなにより好む出不精《でぶしょう》な人なのに。

(モニター越しにわたしを見て居留守を使っている?)

だが、なんのために?

モニターはまだ作動していない。未練がましく二回目、三回目と時間をおいてコールボタンを押す。

そして五分ほど待ってから四回目。

反応がない。理理花は深々と溜息をついた。一度、出直そうと背を向け、歩き出しかけたその時である。

ピッと電子音が鳴ってエントランスの扉が開く気配がした。理理花は驚いて背後を振り返ると、自動ドアがゆっくりと横にスライドしているところだった。黄色い光がこぼれ落ちてタイルが敷かれたエントランス部分に正確な長方形を描く。

理理花は辺りを見回した。

誰か別のマンションの住人が解錠《かいじょう》したのかと思ったのだ。だが、該当《がいとう》する者は誰もいない。今、この場には理理花一人しかいなかった。

（え？　どういうこと？）

躊躇している間に扉が閉まり始める。

理理花は一瞬、迷ったが覚悟を決めて建物の中へと踏み込んだ。クーラー特有の陰性な冷気が室内を満たしている。理理花はまるで答え合わせを逸《はや》るかのような気持ちで真っ直ぐにエレベーターホールへと向かった。

このマンションはセキュリティが非常に厳重で居住する人間がロックを解錠しないと外部の人間はそもそもエレベーターを使用することすら出来ない仕組みになっている。また一度、作動した後も訪問先の人間が居住している該当階にしかエレベーターは止まらない。

理理花は縦《たて》に並んだボタン群の内から点滅している最上階のボタンを押した。するとスムーズにドアが開いた。

ということは——。

（徳川さんが開けてくれたんだ）

理理花はそう考えて、エレベーターに乗り込んだ。しかし、なぜ、いつものようにインターフォンに出ないのだろう。アポイントメントも取らず、急に押しかけてきた理理花に腹を立てているのだろうか？

すうっとエレベーターが上昇を始めた。

最上階には徳川しか居住していない。なので、エレベーターが最上階に向かう、ということは必然的に徳川が解錠の許可を出したことに他ならなかった。

その時、この事態を説明することが出来るもう一つの可能性が理理花の脳裏に浮かんでぞっと背筋《せすじ》が寒くなった。

（もしかして）

それは本当に恐ろしい考えだった。

（徳川さんじゃない人が扉を解錠したのだとしたら？）

そんな想像が理理花の身体を強ばらせる。モーターが作動する微かな音がする。エレベーター内の照明は光量が抑えられていて黄みがかっていた。その中で理理花は思わず一階のボタンを強く押していた。

反射的に行きたくない、留まりたいと思ったのだ。

しかし、当たり前だがそんな操作でエレベーターが止まることはない。八、九――十二、十三と階数が無情にも進んでいき。

ちんと音を立てて扉が開いた。

異様な唐突さで目の前に真っ暗な闇が広がっていた。理理花は思わずのけぞった。

意味が分からず、しばし、身動きを止める。

(ここは内廊下。本が沢山積んであったはず)

それからすぐに、

(あ！　電気が消えているのか)

ごく当たり前の結論に辿り着いた。理理花はおっかなびっくりエレベーターから足を踏み出すと近くの壁を手探りで触った。

その際、なにか厚みのあるモノを踏んでしまう。感触からして本のようだった。それを避けるため身を乗り出しながら少しずつ手を伸ばしていき、ついにスイッチを見つけた。

指先を動かす。

スイッチが入る。辺りが急に明るくなり、視界が晴れた。ある程度、覚悟はしていたが驚いた。

(本の山が！)

雑然とではあるがきちんと左右に積まれていた本が全て中央になだれ込み、盛大に崩れ落ちていたのだ。まるで廊下を本で埋め立てたようにも見える。

(地震？　――あったかな)

なにか異常事態が起こったことは間違いなかった。本音を言えば回れ右をしてエレベーターに戻り、ここから撤収したいところだった。

だが。

「……」

行かなきゃ、と思った。

もしかしたら徳川がなんらかのトラブルに巻き込まれているかもしれない。本を踏みしだいていくことに軽い罪悪感を抱きながら、理理花は堆積《たいせき》した書籍の山を乗り越え、歩き出した。

前に進めば進むほど不安が増してくる。

理理花の中の勝気な何かがそれと戦いながら、前へ前へと彼女を駆り立てる。そして時折、バランスを崩しながらもなんとか徳川邸の玄関まで辿り着くことに成功した。

すぐにチャイムを鳴らす。

二度、三度。

やはり応答はない。躊躇する。葛藤《かっとう》があった。だが、それを捻《ね》じ伏せ、意志の力で思い切ってドアを開けた。

次の瞬間、後悔した。

身体がガクガクと揺れて膝から崩れ落ちそうになる。数々の異常な現場を潜《くぐ》り抜けてきた理理花が子供のように怯《おび》え、泣きそうになり、震え出す。なぜなら特徴的なある匂いが鼻をついたから。

室内はこの前、訪ねてきた時となんら変わることはなかった。

明かりはついている。

今にも徳川やエレイナが笑顔で迎えに出てきそうな気配だった。だが、そうでないことはすぐ分かる。

この匂いで、分かる。

理理花は歯を食いしばり、よろけるようにして前に進んだ。万が一にも徳川が事故に巻き込まれている可能性があるのなら彼女にここから逃げ出す、という選択肢は存在しなかった。向かうべき場所について迷うことはなかった。

匂い。

それが理理花を導く。

彼女は靴を脱ぐことすら忘れてよろけながら、壁に手をつきながら、廊下を進み、徳川の私室らしき部屋の前で立ち止まった。

扉は全部開放されていた。全てが一瞬で見て取れる。その瞬間、ブレイカーが飛ぶように理理花は昏倒《こんとう》した。

彼女は崩れ落ちる。

目の前の部屋は全て真っ赤な鮮血《せんけつ》で染まっていた。

それは巨大な山にも見えた。胎動《たいどう》。イメージとしては地上から成層圏《せいそうけん》を越えて聳え立っている山だった。脈動。そのあまりの巨大さは、単に巨大、というだけで吐き気を催《もよお》すほどだった。存在として対峙《たいじ》した時の絶望的な質量の差。子供の頃に高熱にうなされた時に見たような幻影。魂《たましい》の奥底にある柔肌《やわはだ》のように敏感な精神が紙やすりで擦《こす》られていくような不快感。自分が人間であることを後悔するような。

律動。

よく目をこらすと。

岩の表面を葉脈のように這っているのは――。

その時。

それがなんなのか理解する前に理理花の心は覚醒《かくせい》した。

「ぐ、ふ」

彼女を現実に引き戻したのは生理的な反射――猛烈な吐き気だった。口元を手で押さえ、よろけ、肩をしこたまあちこちに打ち付けつつ、辛《かろ》うじてその場に吐瀉《としゃ》することだけは避けることが出来た。

すぐそばにあったトイレに飛び込み、便器《べんき》を抱え込み、胃がけいれんするほどの勢いで内容物を全てを吐き出す。体裁《ていさい》など構っていられない。ほとんど便器に顔を押しつけるようにして理理花は吐き続けた。

どれほどそうしていただろうか。

ようやく全てを出し終え、理理花は身体を起こした。顔が涙と鼻水でグシャグシャになっていた。吊《つ》るしてあったハンドタオルで顔面を入念に拭《ぬぐ》う。横を向き、壁にかけられた鏡面を覗き込むと紙のように真っ白になった自分が虚《うつ》ろな目で見返していた。

その顔を見た途端、力を失い、またその場にへたり込む。

(どういうこと？　なにがあったの？)

頭をフル回転させた。

（パパと）

ぞっとする。

（パパと同じことが起きた）

血だまりを残して消えている。徳川は消えた。きっと消えたのだ。再び込み上げてくる嘔吐《おうと》感。理理花は便器に顔をうずめ、えずいたがもう吐くものはなにも残っていなかった。

しばし苦悶《くもん》の時を過ごす。目がちかちかした。

身体の末端が冷たく、視界が暗くなってくる。貧血の症状だ。理理花はすぐに思考することを中断した。

（一、二、三）

ただ呼吸の数をゆっくりと数える。

そろりそろりと身を起こした。

よし、だいじょうぶ。いける。自分にゴーサインを出す。そしてただひたすら前に進むことだけに集中しながら自分が落ち着けそうな場所を探す。

身体がふらついたので壁に手をかけ、深呼吸を繰り返しながらなんとか居間に入り込む。這うようにしてソファに辿り着き、身体を引き上げ、足をクッションに乗せるようにして横たわる。深く息をついた。まだ目の前があまりよく見えていない。それでもただ呼吸に意識を向け、数を数えているとだんだんと状態が改善していった。

四百を超えたあたりでようやく気持ちの悪さも収まってきた。

天井を見上げた。

なぜだか涙が溢れて仕方なかった。

徳川はどうなってしまったのだろうか？

一体なにが起こったのだろう？

倦怠感《けんたいかん》や手足のしびれはまだある。だが、それを上回る不退転の決意が理理花を駆り立てていた。まるで壊れたロボットが残っている駆動系だけで再起動するようにぎこちなく立ち上がり、ギクシャク前に進む。

（そうだ。これはわたしがやるべきことなんだ。わたしは）

青白い炎《ほのお》のような感情が理理花に宿る。

（わたしは〝怪異を追う者《DEAMON SEEKER》〟）


顔面蒼白《そうはく》。立っているのさえ辛い、という状態だったが、理理花はなんとか問題の部屋に戻ってくることが出来た。ここ一年ほど起こる貧血めいた症状は血の連想によって引き起こされることに理理花は薄々、気がついていた。

血は父親が失踪した時の記憶と紐《ひも》づいている。

血、というトリガーによってその時の光景が一気に脳裏によみがえり、自分は気分を悪くしていたのだ。だけど、今はそれを深く考えない。そうした光景を目の当たりにしても思考を一切巡らさず、ただひたすらニュートラルな状態を保つ。

ただ——。

「……」

血の匂いばかりはどうにもならなかった。手で鼻の辺りを覆っても生臭い匂いが鼻孔《びこう》の奥に流れ込んでくる。そしてそのたびにえずきそうになる。どちらにしてもあまり長時間、この場に居るのは無理そうだった。

理理花がここに戻ってきた理由はただ一つ。徳川が〝失踪〟した手掛かりをなにか摑めないかと考えたのだ。

父が失踪した時も第一発見者は自分だったが、あの時とは状況が違う。自分は大人になった。大人になって——強くなった。

「……」

理理花は部屋の中を目を凝らして観察してみた。床も天井も壁も血まみれ。徳川が私室にしていたと思しき空間はベッドに書き物机と飾り棚がひとつずつという実に簡素な造りだった。躊躇しながら一歩、血だまりの中に足を踏み入れ、首をめぐらしてみた時、すぐ奥にもう一つ部屋があることに気がついた。

隠し部屋とかそういうものではなく、単に飾り棚の陰になっていただけのごく普通の続き間だ。

他の部屋とは異なり電気が点いていない。

理理花は思い切って血の海を突っ切った。べた、べたと歩を進めるたびに血糊《ちのり》が彼女の靴裏に貼りついてくる。おぞけを振るいながら速足でその空間に飛び込む。ぱちっと壁のスイッチを押した。一瞬で明るくなる。理理花は驚きと安堵の入り混じった溜息をついた。

驚きの理由は壁一面に造り付けの棚があり、そこに統一された規格の青いファイルがぎっしりと詰まっていたからだった。そして安堵したのはそこに一切、血が付着していなかったからだ。どうやらこの小部屋は血の汚染から免れたらしい。

しかし、一体、何冊のファイルがこの棚全体に収納されているのだろうか？

百や二百ではきかない。千以上は確実にある。棚に手を伸ばし、そのうちの幾つかを抜き出してみる。

『東京都練馬《ねりま》区マンションにおける異音　ダクティングの可能性　低』

とか、

『京都《きょうと》地下下水道×〇〇地点における分岐点《ぶんきてん》の人影　高』

などと見出しがあり、案件別に詳細なレポートが記されていた。徳川が理理花以外にも調査員を何人か抱えているのは知っているが、彼ら、もしくは彼女たちは非常に優秀だったようだ。ハンディキャップを抱えた徳川の代わりに現地に赴き、怪異に関する情報を過不足なく正確に収集し、彼に届けている。

そして徳川がそれを異様な熱意をもって編集し、ここに収蔵していた。

〝低〟や〝高〟の文字はその案件に怪異が実際に絡んでいるかどうかの可能性を表しているようだった。そして他のファイルには明治時代の新聞記事や大正期の建物の設計図など過去の怪異の考察なども記されていた。

一つのファイルにざっと十件。

それが千冊。

この小部屋には日本全国から集められた過去から現在にかけての怪異が目に見える形で小さ

く凝縮されて、堆積している。人当たりの良い、常に穏《おだ》やかに笑っているイメージだった徳川の狂的なナニカがひしひしと伝わってくる。理理花はぶるりと身震いした。

積もり積もった執念とでもいうべきか。

異形《いぎょう》の熱意と呼ぶべきなのか。

理理花と徳川は共に怪異を追いかける者同士だったが、根本的にはなにか相容《あいい》れないものがあったのかもしれない。

「……」

理理花はなんとなく生理的な気持ち悪さを覚えてファイルを元に戻した。さらに部屋を見回す。そして、

（あれ？　これ、なんだろう？）

あるモノが目に留まった。

理理花の目の高さにある棚の一角に、大きめの辞書一つほどの空間がぽっかりと空《あ》いていて、そこに少し太めの赤い糸が格子状《こうしじょう》に張り巡らせてあった。棚にしまわれたファイルは全て青い背表紙なのでそこだけ赤く光っているようにも見える。

なぜ部屋に入った時、すぐ目に留まらなかったのだろうか？

理理花は何気なくそちらに向かって手を伸ばし、

「あ、いたっ！」

慌てて手を引っ込めた。

赤い糸に触れた瞬間、ぱちりと静電気のようなものが指先に走ったのだ。驚いて目を見開い

ている理理花の視線の先で糸がはらりと解《ほど》けて床に落ちた。頭の中ははてなマークでいっぱいだった。

なんなのだ、これは？

恐る恐る顔を近づけてみる。奥に赤いファイルが置かれていた。おっかなびっくりそれを取り上げてみる。

今度はなにも起こらなかった。そして——。

「！」

思わず息をのんだ。

表紙に張られたラベル。

そこにはこう記されていた。

『舞浜理理花さんへ——もし私が姿を消したら——　徳川清輝』

ぞくぞくと鳥肌《とりはだ》が立ってきた。これは恐らく。

「わたしへのメッセージだ……」

頭がぼうっとする。どういうことだろう？

徳川は自分がいなくなることを予見していたのだろうか？

震える指先でページを捲ってみる。その時。

がた。

家のどこかで音がした。理理花はびくりと身を強ばらせた。聞き耳を立てる。一秒経《た》った。二秒待つ。どんなに耳をそばだてても音はもう聞こえてこない。空耳だったのだろうか？

いや、違う。

理理花の直感がそうではないことを無慈悲に告げていた。

脳裏に浮かんだのはこの家に入る時に〝何者か〟がロックを内側から解除した、という事実だった。

（誰かいる⁉）

その可能性がにわかに高くなってきた。

ごとり。

また音がした。

まずい。本当にまずい。

この小部屋はどん詰まりだった。いち早く抜け出さないと完全に逃げ場を失ってしまう。理理花はまず徳川が残したファイルをしっかりとバッグにしまい込んだ。それから、

（気合い気合い気合い気合い！）

呪文のように心中でそう唱《とな》えて、血の海を突っ切った。目の前が急激に暗くなる。血で滑って転びそうになった。しかし、それでもなんとか再び廊下に飛び出すことに成功した。左右を素早く見回す。

ごと。

リビングの方から音がした。やはり空耳などではない！

なにか固いモノで床を突いているような。

ごとごとごと。

一定のリズムでどんどん音がこちらに向かって近づいてくる。理理花はしっかりとその方向に視線を固定させながらエビのように玄関の方へ後退した。そしてソレは唐突に廊下の端から姿を現した。

理理花は息をのんだ。

（なに、あれ？）

人間のようでいて人間ではないなにかがそこにいた。

ソレは全く訳の分からない存在だった。白い布のようなもので身体中が覆われている。身長はかなり高い。細長い手足。だが、腕やふくらはぎに盛り上がるしなやかな筋肉も同時に見て取れる。

縮尺が少しおかしかった。胴体と顔に当たる部分が不自然に長いのだ。そしてその顔もまた白い布でぐるぐる巻きにされている。

簡単に言えばミイラ男だった。

少なくとも女性としてのふくらみはどこにもない。とりわけ異様だったのはその腕と足の先端だった。すりこぎの先のように丸くなっていて、それぞれ天井に向いていたり、床を支えたりしている。先ほどから聞こえていた異音はその独特の形状の足で廊下を歩いていたからなのだろう。

当惑するほどにおかしな外観だった。理理花は口元を歪《ゆが》めた。怖いという感情よりも先に失笑に近いものが込み上げてくる。

ナンダコレ？

が、一番、率直な感想だ。

男はなにかを探すように首をめぐらす。

理理花はようやくその時、男の顔面に当たる部分に黒い墨《すみ》のようなもので十字の印が描かれていることに気がついた。

そしてふいに。

がたごとがたごとがたごと。

男はじたばたと手足を動かしながらこちらに向かって加速してきた。その木偶《でく》のような外観からは信じられないほどの驚くべき速さだ。

それこそ声を出す暇すらない。

あっという間に距離を詰められている。理理花は一秒ほどその場に立ち尽くしていた。見る間に男の姿が大きくなってくる。彼女の肉体を縛っていた精神的動揺《どうよう》による枷《かせ》がほどけたのはその瞬間だった。

理理花はくぐもった叫び声を一度、上げ、身をひるがえした。男がリビング側から現れたのは本当に僥倖《ぎょうこう》だった。彼女の視線の先には開け放たれた玄関が見える。廊下を五十メートル七秒前半の俊足で一気に駆け抜け、飛び出した。

目の前にはここへ来た時と同じように無数の崩れ落ちた古書が山となっている。

理理花は駆け込んできた勢いそのままに積み重なった印刷物の山脈に飛びつき、這い上がった。無秩序に積層している書物に足を取られ、何度かよろめく。そこで立ったままの移動を諦め、手をつき、身体全体を引き上げるようにして前へと進んだ。

匍匐《ほふく》前進の要領だ。

一度、ずるっと足を滑らす。

もうすぐそこまで足音が迫ってきている。

必死で本をかき分け、前へと進む。

まるで悪夢の中にいるように身体全体が本に埋もれてなかなか前へと進まない。恐怖に駆られて振り返ると、もうほとんど距離のない場所に男が立っていた。さらに理理花と同じように強引に本の山を登ってこようとする。

男が足を交互に動かすたび、理理花の周りの本が下へと流れていき、その分、理理花も下に滑り落ちていく。まるで蟻地獄《ありじごく》だ。このままでは男の手中へと落ちてしまう。

理理花は素早く判断した。近くにあった本を一冊、背後に投げつける。

（この！）

身体をひねり、意図的に重い本を選び、ひたすら放っていく。祈るような気持ちだった。四つ目の分厚い国語辞典が男の顔面に命中した時、男は大きく上半身をのけぞらせた。理理花は畳みかけるようにさらに足元の本を蹴《け》りつけた。

雪山にせり出した雪庇《せっぴ》のようにその部分だけが流れ落ち、男の足元に直撃した。男はバランスを著しく崩し、背面から転がり落ちていく。さらに土石流のように崩落《ほうらく》していく本に埋まっていった。

理理花は歓喜の叫び声をあげると男からさらに距離を取った。

「ざまあみろ！」

勝気な理理花らしい凱歌《がいか》だった。

通路に敷き詰められた本の雪原を渡り、反対側の本の山を滑り降り、パネルに飛びつき、エレベーターのボタンを壊れんばかりの勢いで押す。一階から気の遠くなるような鈍さでゆっくりと箱が上がってくる。

「はやく！　はやく！」

理理花は声に出している。ちら、ちらっと背後を振り返る。確かに男は本の中に埋まったがそれはそんなに長い間、足止めにはなっていないはずだった。

男は今はもう反対側の本の斜面《しゃめん》を登り切り、こちらに向かって歩いてきている頃だろう。堆積された本の上をその特異な足で踏みしめながらこちらへと向かっているはずだ。

気が気でない。心臓が早鐘《はやがね》のように打っている。

ちん、と音がしてエレベーターの扉が開くと同時に理理花は中に飛び込んだ。そして一階のボタンを捻じ込むような勢いでぎゅうっと押す。

本の小山の上から十字が描かれた顔がぬうっと覗いたのはその時だった。理理花はうめき声をあげた。「閉」のボタンを連打する。男が一気に本の上を滑り落ちてくる。扉が閉まっていく。

近づいてくる。

男の姿が大きくなっていく。その手の先端にギザギザに尖《とが》ったガラス片が生えていることにこの間近さで気がついた。

そして。

視界一杯に男の姿が広がったその時。

エレベーターの扉は完全に閉じ切った。

ゆっくりと籠が降下していく。理理花はその中で壁に背中を押し付けたまま、大きな吐息とともに床にへたり込んだ。


エレベーターが一階に止まった時もあの包帯《ほうたい》男が先回りしているのではないかと思ってはらはらした。しかし、幸い表に出ても異常は見受けられない。一階のエントランスで待ち受けていたのはいかにも金持ちそうな身なりをした中年男と派手な服装の若い女だけだった。彼らは一様に驚きの表情を浮かべている。

それはそうだろう。エレベーターを待っていたら中から異国の血が入ったモデル並みの美女が髪を振り乱し、汗だくでぬっと出てきたのだから。

しかも、

「今、上の方に行かない方が良いです」

据わった目でそう告げ、息を荒げたまま去っていく。

彼らはぽかんとした顔で理理花を見送っていた。理理花としては周囲の目などとりあえずはどうでもよかった。

(早くここから離れなきゃ)

本能的に分かった。アレは明確に自分をつけ狙《ねら》っていた。周りに被害を出さないためにも可能な限り速やかにここを離脱しなければならない。建物を抜け出し、道路沿いにしばらく歩く。

幸いすぐにタクシーが通りかかるのを見つけた。手を上げ、飛び乗り、とりあえず繁華街《はんかがい》の方へと向かってもらう。

車が発進する直前、一度、背後を確認しておいたが、包帯男が追いかけてくるような気配は全くなかった。

理理花がようやく人心地がつけたのは駅近くのファストフード店で熱いコーヒーを口に含んだ時だった。ふうっと強ばった肩から力を抜く。あの異常な外観の男がこんな人目のつく場所に現れる心配はとりあえずしなくて良いだろう。だいぶ夜遅くなってきたがこの街はさらに賑《にぎ》やかさを増す一方だった。

今はこの喧騒《けんそう》こそが自分を守る結界のように感じられてとても頼もしい。しかし、それでもここ数時間で起こった出来事による衝撃が未だ抜けきらず身体全体が小刻《こきざ》みに震えてくる。

徳川が血だまりの中、消えた。そしてあの正体不明の包帯男。そもそもアレは人間だったのだろうか？

なにもかも幻覚《げんかく》だったような気もする。ふと自分の足下に目が向いた。靴に血痕がまだ付着している。

苦い想いがこみ上げてくる。

やはりあれは現実に起こったことなのだ。徳川はいなくなった。理理花はそっと血に濡《ぬ》れたつま先を誰かに見とがめられぬようテーブルの下の暗がりへと引き込んだ。

とりあえず全ての疑問や不安を一度、頭から追い払う。まずなにより目を通さなければならないものがあった。

鞄《かばん》から徳川の残したファイルを取り出す。

深呼吸を一つ。

それから覚悟を決めて表紙を開いてみる。

中はバインダーになっていて、パンチ穴で留めてあった。とりあえずパラパラと捲ってみようとして、

『厳重注意　必ず最初から読むこと！』

一ページ目の冒頭《ぼうとう》に記されたその太字に目を留め、慌ててそこから読みだした。徳川はまるで理理花の行動を予見していたかのようだった。そして出だしこそ警告的だったが本文の文章は非常に読みやすく、まるで普段の徳川がそのまま語りかけてくるような優しさに満ちていた。

それはこんな風に始まっていた。

『こういうことは不慣れでお互い勝手がよく分かりませんよね。でもね、理理花さん。まず落ち着いてください。そして約束してください。安全な場所でこの文章を読み始めると。まずそこは安全な場所ですか？　守られていますか？　そうでないなら一度、ファイルを閉じて移動してください』

理理花は周囲を見回す。左隣では大学生ぐらいのカップルがテーブル越しに手を絡ませ、いちゃついている。

右隣では酔《よ》い覚《ざ》ましに入ったのか顔の真っ赤なサラリーマンがうつらうつらと船を漕いでいた。店内にはひっきりなしに客の出入りがある。外からの騒音がその度《たび》、一緒に流れ込んでくる。

冷房が少しきつめだが、とりあえず今のところ身体的な危険は感じていない。

（だいじょうぶ）

理理花は心の中で徳川にそう返事をした。

（とりあえずここは安全だと思います、徳川さん）

それからさらに文章に目を走らせる。

『では、とりえずここまで読んでいる、ということはあなたが安全な場所にいる。そして古い文献《ぶんけん》に載っていた付《つ》け焼刃《やきば》の結界が有効に機能し、このファイルが〝公務員〟の手に渡っていない、ということですね』

結界というのは恐らく棚に張ってあった赤い糸のことだろう。しかし、〝公務員〟とは一体なんのことだろうか？

（〝公務員〟、って〝公務員〟？　まさかあの包帯男のこと？）

理理花は首をかしげた。

あんなのが国の税金で養《やしな》われているのだとしたらたまったものではない。続けてドキリとするような記述が目に飛び込んできた。

『そして私はもうこの世界からは姿を消している。恐らくは血だまりの中に消えて。そうですよね、きっと？』

また脈が速くなった。やはり徳川は自分の身の上に起こることを予見していたのだ。理理花は表情を歪めながら文章を目で追った。この本文を読み進めていくことできっとなにがあったのか判然とするのだろう。

『私のような立場の人間が言うのもおこがましいですが、あなたのことを妹のような存在だと勝手に思っていました。そしてあなたにも私に対して某《なにがし》かの親愛の情は存在したと信じています。違いますか？』

違いません。

心の中でそう応える。

『ですから、これから申し上げることをよく読んで、理解して、実践《じっせん》してください。お願いです。さもないと』

あえてインパクトを与えようとしているのだろう。

そこだけ太い赤字で記されていた。

『あなたにも私と同じようなことが起こります』

どきん、とした。徳川の記述はこう続いていた。

『これはお願いです。あなたはまだ間に合う。どうか、どうか全ての怪異から身を引いて可能な限り速やかに日本を脱出してください。その手引きをこのファイルの後ろに記しておきました』

理理花は困惑《こんわく》した。

文章を読み進めるよりもそちらが気になって綴じられた書類を捲ってみる。とりあえず一瞥《いちべつ》してみると色々な注意事項、たとえば貸金庫を利用している銀行の所在地と代理人登録をしている顧問《こもん》弁護士の連絡先、徳川がシアトルに持っている別邸を管理している管理会社のメールアドレスなどが『資金の贈与《ぞうよ》に関すること』や『アメリカでの連絡先』などといった項目に分かれて詳細に記されてあった。

なんだ、これは？

混乱してくる。怪異から手を引け、というのはまだ分かる。だが、なぜ、日本から出て行かなければならないのだろうか？

そこで冒頭に記されていた『最初から読むこと』という注意事項を思い出して中断していた箇所まで戻った。

『恐らく戸惑《とまど》われていることと思います』

その通りですよ、徳川さん、と心の中でまた呟《つぶや》く。

『ですから、これだけはっきりとさせてください。まずこの認識をしっかりと持って頂きたい。あなたは今現在、大変、危険な状況に置かれています』

危険な状況、のところに再度、アンダーラインが記してある。理理花は唇《くちびる》を嚙《か》んだ。徳川が血だまりの中に消えた後、得体の知れない包帯男に追いかけられたのだ。言われるまでもなく尋常じゃない状況なのは骨身にしみて理解している。

その時である。

「もう読まない方がいいよ」

そんな男の声が聞こえてきてはっと顔を上げた。ザワザワとした店内。誰一人としてこちらを向いている者などいない。

空耳だったのだろうか。

理理花は小首をかしげてからまた文章に目を落とした。

『あなたのお父様と私を飲み込んだ古い神と』

「読まない方がいいって」

今度こそはっきりと聞こえた。先ほどとは違う。

女の声だ。

理理花は身を強ばらせ、周囲を見回した。隣のカップルを怪しんで目を向けたが彼らは理理花の視線など全く気がついていないかのように次のデートの相談を甘ったれた声でしていた。反対側のサラリーマンはとうとうテーブルに突っ伏して眠りこけている。その奥の大学生風の青年はノートになにか書き込んでいた。カウンターには店員がいて明るい笑顔で注文を聞いている。店の中にいる十数名の人間は誰もこちらを注視していなかった。

理理花は用心したままゆっくりとファイルに目を向けた。

『この国を裏から見守ってきた〝公務員〟と呼ばれている存在があなたを』

「読むなって言ってるだろう」

脅《おど》すような低い声。理理花はさっと顔を上げた。先ほどから三回とも違う声色だった理由がようやく判別した。店内にいる客も従業員も全ての人間が笑顔を浮かべて、こちらを見つめていたのだ。

彼らは一斉《いっせい》に声を揃えて言った。

「「それ以上、そのファイルを読むな」」

ぞわっと鳥肌が立った。理理花は立ち上がり、絶句している。

「読むな」

隣のサラリーマンが手を伸ばしてきた。

「読むなよう」

「読まない方がいい」

隣のカップルが作り物の笑みを浮かべたまま身を寄せてきた。

「それをよこしなさい」

笑顔の店員がカウンターを乗り越えて、こちらに這い出してくる。理理花は悲鳴を上げかけた。だが、幾多の修羅場《しゅらば》をくぐり抜けた身体は頭で考えるより先に動いてくれた。

ほとんど無意識の動作で自分が座っていたテーブルをしゃがみ込んで通過し、サラリーマンとカップルが伸ばしてきた手をやり過ごす。ついでファイルとバッグを抱えて出口に向かって駆け出そうと踏み出した。

しかし、

「よこしなさい」

「読まない方がいい」

そこにはすでに別の客が数人立ち塞《ふさ》がっている。そして通せんぼうをしている性別も年齢もバラバラの人間たちの向こうではごく普通に通行人たちが行き交っていた。誰も店内で起こっている異変に気がついていなかった。

店の外と内でのあまりに異なった現実に目の前がクラクラした。

理理花は脂汗を浮かべ、後退した。彼女に逃げ場所がないことを確信しているかのように周囲の人間はじわりじわりと包囲の輪を狭めてくる。

理理花は苦渋《くじゅう》の選択をした。

さっと身を翻《ひるがえ》すとそのまま駆けていき、トイレのドアを開け、中に飛び込んだのだ。幸いに先客はいなかった。素早く鍵もかける。遅れてどん、どんとトイレのドアが叩《たた》かれた。

「あけなさい」

「あきらめなさい」

外からそんな声が聞こえる。

「読むのはやめなさい」

「それを渡しなさい」

それらは重なり合って意味をなさない雑音のようにわんわんと耳の中に響いてきた。まるで幽鬼《ゆうき》のようにトイレの前に詰めかけている集団の姿が頭に思い浮かんでぞっとする。理理花は目をつむり、湧き起こってくる恐怖に耐えた。

一体なにが起きているのだろう？

疲労と動揺で目の前が暗くなった。

このまま耳を塞いでしゃがみ込んでしまいたかった。願うことならゆっくりと寝たい。起きたらこの悪夢から覚めていることを祈って倒れ込みたかった。弱気になったその時、理理花はトイレの外から聞こえてくる声とは別の電子音に気がついた。

携帯だ。携帯が着信音を奏でていた。

理理花はのろのろとした動きで胸元に抱え込んでいたバッグから携帯を取り出した。見てみる。

（あれ、これは――）

最初、その発信者の名前がぴんと来なかった。それから霧《きり》が晴れるように思い出していく。

（外川彫美。そうか、あの子だ！）

山崎太陽と共に今日、出会った女の子だ。

太陽と共にSNSの連絡先を交換しあったのだった。何事かと文面に目を走らせた理理花は愕然《がくぜん》とした。

『太陽くんがまだ家に帰ってきていません。理理花さんと病院で別れてから姿を消してしまったんです。居場所に心当たりはないですか？』

一通目がそれだ。二通目が、

『お願いです。お父さんもお母さんも心配しています。理理花さん、助けてください。お願いします。理理花さんの力で。お願いします』

悲痛なSOSだった。理理花の思考が急速にはっきりしていく。

（太陽くんが行方《ゆくえ》不明？　もしかして）

なんらかの事件に巻き込まれた？

だが、違う、と首を振る。すぐにとある想像が頭の中で形をとった。

（きっと徳川さんと同じように――そしてパパと同じように姿を消したんだ！）

それが直感の導き出した答えだった。身体の末端に痺《しび》れが走った。どくんと脈が一つ力強く打つ。

（いつもこうだ）

そう思う。

(理不尽だ)

いったい山崎太陽がなにをしたというのだ？

彼は自分の身の危険を顧《かえり》みず、幼なじみの少女を救おうとした。そんな少年になぜこのようなことが起こる？

苦い感情がこみ上げてくる。

(理不尽だ)

今、理理花が感じているのは恐怖でも疲労でも絶望でも倦怠でもない。

明確な怒りだった。

理不尽な怪異に対して改めて感じる激しい憤《いきどお》りだった。

それが彼女の原動力となっている。

何度、崩れ落ちそうになっても再び立ち上がる原動力に。

理理花は携帯を強く握りしめていた。それから考えを巡らせる。彼女は知っていた。怪異に対してもっとも有効な方法は日常という名の光に照らしてやることなのだと。一つの考えが思い浮かんでいた。


警視庁本部の通信指令室が午後九時二十一分に受理した一一〇番は、新宿の繁華街にあるファストフード店で酔っぱらい同士が殴《なぐ》り合いのけんかをしている、というものだった。

それ自体は東京都全体でとらえれば一晩に何件も飛び込んでくるようなごくありふれた内容

のものだった。

ただちに最寄《もよ》りの交番から二名の警察官が派遣され、現場に向かった。しかし、

「なんだ？」

「なんにもないですねえ？」

若い巡査と中年の巡査長は小首をかしげた。店内は賑やかではあるものの特に騒動が起こった気配などはなかった。活気に満ちた店内。じゃれ合っているカップルがいて、眠りこけている酔っ払ったサラリーマンがいて、こちらの方を訝しげに見てくるカウンター内の店員たちがいる。

奥の方からこの時間帯の責任者と思しき青い制服姿の男性が困惑した様子で出てくる。とりあえず警察官たちは事情を聞こうとそちらに一歩、踏み出した。

その横を若い女性がすれ違って出口へと向かった。中年の巡査長は気にしていなかったが、若い巡査は何気なく目をやっていた。それは彼女に事件性を感じたからではない。単純にその女性が驚くほど美しい容姿をしていたからだ。

舞浜理理花はそうやって異常な状況に陥った店内を抜け出していた。


予想した通り、警察という国家権力が外部から介入したことによってあっという間に事態は沈静化した。傀儡《かいらい》のようにトイレの前に押し寄せてきた人々は一斉に、それぞれの席へと戻っていった。そしてまるで何事もなかったかのように歓談や作業などを再開する。

理理花がトイレからそっと顔を出した時にはすべてが元通りになっていた。それが逆に薄気

味悪い。

やむを得なかったとはいえ、結果的にはいたずら電話のような形で警察を呼んでしまった。

こういうのはなんらかの罪に問われるのだろうか?

しかし、歩いているうちにすぐにそんな世俗的な懸念はあっという間に消え去った。

彼女には考えなければならないことが山のようにあった。

徳川清輝の消失。その家に現れたミイラ男。先ほどの異常な出来事。全てが一つの糸で結ばれている気がした。

理理花は警官が来るまでの間、立て籠もっていたトイレの個室で改めてファイルにざっと目を通していた。もちろん精読など出来てはいないが、概要を把握《はあく》するには十分だった。

徳川は要領よく、分かりやすく、事実をまとめてくれていた。

理理花は〝公務員〟がなんなのか知った。

徳川が記したところの〝古い神〟とはなにかも朧気《おぼろげ》だが理解した。

正直なところ情報量が多すぎて、全ては咀嚼《そしゃく》しきれていないがおかげで自分のとるべき行動を一つに絞ることが出来た。

それは――。

徳川の家にもう一度、戻る、というものだった。

『ありえない』とか『怖い』というごく当然な反応も自分の中に浮かんでくる。だが、それをある予感が上書きした。

(おそらく徳川さんは――)

自分がずっとずっと探し続けている人物の行方を知っていた。

〝彼〟の名前は沢村草月《さわむらそうげつ》という。

去年の夏に出会い、共に怪異にまつわる命がけの事件を乗り越えた。

皮肉屋で、口の悪い、だが、ナイーブな優しさを秘めた青年。

彼の行方に関する新たな手がかりを得たのは偶然《ぐうぜん》からだった。沢村草月らしき人物を最近、新宿で見かけた、と彼と同じゼミに所属していた院生が証言したのだ。

そこから先は疑念と推論の繰り返しだった。

先日、徳川家の家政婦、エレイナを追いかけて彼らしき人物が徳川邸を訪れた事実も聞き出せた。徳川と草月がコンタクトをとっていたことはほぼ間違いない。

彼と再会できる可能性が少しでもあるのなら――。

理理花にとってはどんな危険でも冒《おか》す理由になる。

改めて覚悟を定めた。

第三章　沢村草月の話

不思議なことに死ぬことはあまり考えられなかった。

一度だけはっきりとそのことを意識したのはカプセルホテルでぼんやりと風邪薬の説明書を読んでいる時だけだった。注意事項を確認した後、知る必要など特にない成分分量を目で追った。

『イブプロフェン、グアヤコールスルホン酸カリウム、チペピジンヒベンズ酸塩、チアミン硝化物』

意味の分からない単語の羅列《られつ》がなぜか気になってもう一度、読み返した。さらにもう一度。さらにもう一度。そしてそれを都合、三度繰り返した後、ふいに死ぬことを頭の中で検討し始めた。

自分でも脈絡は全く分からない。だが、発熱と長時間の頭脳労働で疲弊《ひへい》した頭は不可解な化合物と自分の死をいきなり直結させた。

あえて言うのなら、

『わざわざ風邪など治す必要などあるのか？　この俺が』

無意識にそう考えたのかもしれない。

ふいにたとえようのない虚しさが襲ってきた。沢村草月の頭脳は風邪で鈍っているとはいえ、明敏に活動した。

すぐにいくつかなるべく苦痛の少ない死に方を脳裏で思い浮かべてみた。首を吊るなら素材は二の次で確実に頸動脈《けいどうみゃく》を締める方法を見つけ出さなければならない。首に縄《なわ》をくりつけて高いところから飛び降りる方法が一番確実だと思うが万が一、失敗したら目も当てられない。

高いところからの飛び降りや電車への飛び込みはダメだ。

他人に多大な迷惑がかかる。自分の最後に残った誇《ほこ》りがそれを許さなかった。風邪薬や睡眠《すいみん》薬《やく》を大量に飲む、という手段もあるが、かなりの確率で吐瀉してしまうとなにかで読んだ気がする。かなりリアルに一つ一つ死に至《いた》る方法を思い描いていた時、ふいにそれを打ち破る強さで彼女のことが思い出された。

舞浜理理花。

ここ一月ほどずっと彼女のために奔走《ほんそう》し、二日前にその入院先で別れを済ませてきた。仮にもし草月が今日ここで自らの命を絶ったとする。そしてそれが理理花の耳に入ったら、彼女は絶対に自分のことを許さないだろう。

脳裏に浮かんだ理理花は美しく泣いていていた。

同時に誰よりも激しく怒っていた。

草月は苦笑し、死という選択肢を放棄《ほうき》した。〝死ねない〟と思った。〝生きよう〟という積極的な意思ではない。

ただただ〝死なない〟という状態を選ぼうと思った。

理理花に怒られるのが気乗りしないという消極的な理由だが、少なくとも彼はカプセルホテルの中で生を選んだのだ。

沢村草月がその後、選んだ身の処し方はあてどのない漂泊《ひょうはく》だった。死は選べない。かといってこれまで培《つちか》ってきた自分の人生をそのまま継続する気にもなれない。彼の心は荒廃していた。

必要な手続きを済ますべく大学の構内を歩いていたら、普段、それほど親しくした覚えのない学生に捕まって根掘り葉掘り喜良《きりょう》ディベロップメント事件の詳細を聞かれた。正直、その男子学生にはデリカシーが欠如《けつじょ》していて、あからさまに下卑《げび》た好奇心から行動しているのは明白だったが、根がひねくれ者の草月は、

（こいつは自分に正直なだけだ。まだマシだ）

そんなことを考えていた。

むしろその男子学生より気を遣っている風の大多数にいらだちを覚えた。草月を遠巻きにし、気の毒そうな、それでいて好奇心に満ちた、どこか忌《い》むような視線を浮かべている〝世間一般〟という名の人間たちだ。

（いや）

草月は考え直す。

（俺がまっとうな学生生活を送っていたら、少なくとも〝友人たち〟が心配するふりくらいはしてくれていたはずだ。たとえそれが社交辞令であろうとなんだろうと）

そんな人間さえ一人もいないのは普段の自分の行いが悪いからに他ならない。

同じ事件の被害者でも理理花には心底思いやってくれる親友がいた。

そこで草月はせめて関心を持ってくれたそのチャラい外観の男子学生を喜ばせてやろうと自分の奢《おご》りで学生食堂に連れて行き、事件のあらましをたっぷりと説明してやった。

最初は興味津々で〝すげえー〟とか〝マジっすか〟とかはしゃいでいた学生だが、草月が淡々《たんたん》と、それでいて要点はしっかりと強調して老婆の狂《くる》った言動などを説明してやると、

「いや、ちょっと」

とか、

「え、うそ？　本当にそんなことがあったんすか？」

と段々、顔面蒼白になっていき、最終的には、

「いや、もういい！　もういいよ！　そんなこと笑って話すあんた頭おかしい！」

慌てて席を立って逃げていった。草月は溜息をついた。残念、と思う。折角、面白《おもしろ》い反応をしてくれていたのに。よい気晴らしだった。気がつけば近い席の何人かが遠巻きにこちらを注視している。

どうやら草月と男子学生のやりとりにずっと聞き耳を立てていたらしい。そこで草月は立ち上がり、周囲を見回して憂《うれ》い顔《がお》で告げた。

「あ、一つだけ注意しておくな。この話を聞くと夜中にそのばあさんが枕元《まくらもと》に立つから」

どうせお化け屋敷や肝試しみたいに安全なところから物見高く怖がりたいのだろう。ならばこれくらいはサービスしてやらないとと思っただけだ。そして草月はざわついている学生たちを尻目《しりめ》にゆっくりと学生食堂を出て行った。

屈折と心の痛みに無自覚に歪んだ笑みを口元に浮かべて。

だが、誰しもが草月のことを腫《は》れ物《もの》に触るように遠巻きにしていたわけではない。所属していたゼミの担当教授だけは真剣に自分のことを案じてくれた。

怪異の追及に前半生を費《つい》やし、ほとんどまともな人間関係を築いてこなかった草月が唯一《ゆいいつ》、まっとうに言うことを聞く相手だ。

川崎忠則《かわさきただのり》。

多倉《たくら》大学の民俗学教授である。

鼻下と顎《あご》に蓄えた髭《ひげ》も豊かな長髪も全て真っ白な、よく日に焼けた逞《たくま》しい外観の壮年《そうねん》で、フィールドワーク《現地調査》や資料の読み込みが佳境《かきょう》に入れば若い学生たちがへばっているのを尻目に二、三日の徹夜は平気でこなすタフで実証主義的な学者だ。主に国内の名だたる名峰《めいほう》を主戦場とする登山家の顔も持ち、身振り手振りを交えたエネルギッシュな講義が学生には人気で、論戦になれば屁理屈《へりくつ》が得意な草月すらたじろぐほどの舌鋒《ぜっぽう》鋭い論客となる。

専門は口承文芸の地理的、歴史的伝播《でんぱ》の研究だが、フォークロアや怪異談にも造詣《ぞうけい》が深い。ゼミに参加した当初は斜に構えていた草月を圧倒的なバイタリティと豊富な知識、類稀な言語センスで屈服《くっぷく》させ、師弟関係を半ば無理矢理、結ばせた。舞浜理理花との出会いはこの師、川崎教授の命によって阿佐不磨という地区に派遣されたことによる。

草月に輪をかけて言動がぶっきらぼうで丸縁眼鏡《まるぶちめがね》の奥から覗く瞳は常に剣呑《けんのん》な強面《こわもて》だが、根

は人情家で面倒見の良い川崎教授は草月の、

「大学を辞めたい」

という願いに対して以下の言葉で応じた。

「絶対、許さん」

そして二つの交換条件を出した。

「戻ってくることが前提の休学ならいい。それと一週間に一度、メールでいいから俺に居場所を報告すること」

結局、草月はその要求を呑んだ。そして、

「これからどうするんだ？」

という教授の問いに、

「さあ」

他人ごとのように草月は答えた。

「とりあえずぶらぶらしてみます」

教授は怒ったような顔をしていたが、結局、それ以上はなにも言ってこなかった。


その後、借りていた安アパートを解約したり、不要なモノを売ったりして実際に旅立ったのは二週間ほど経ってからのことだった。処分したモノの中には彼が長年、使用してきた筆談《ひつだん》用のホワイトボードやペンなどの一式もあった。

携帯に便利で、人とのコミュニケーションは基本的にはそれで行っていたが、もう必要性を感じていなかった。

巻き込まれた事件の和解金などで幸い旅の資金はそれなりにあった。

東北へ伸びるローカル線を乗り継ぎ、聞いたこともない駅名の駅で電車を降り、日に数本しかないバスに乗る。

予定を全く立てていなかったため、泊まれる宿があったらたとえそれが一泊十万近い高級宿でも躊躇なく泊まったが、なければ平気でそこらに野宿した。すでに季節は秋口にさしかかっていて、夜はとうてい眠れないほど寒かったが、彼は一切、気にしていなかった。

積極的に死を選ぶことはもう止めていたが、結果的に自らの肉体が維持《いじ》できなくなるのならあえてそれを避けるつもりはなかった。

案の定、二週間目くらいで風邪を引き、それが悪化し、重たい、肺《はい》が擦《こす》れるような咳が出始めた。熱で移動がどんどん困難になっていく。それでも草月は薄い衣類で旅を続けた。

草月が変わっているのはそんな状態でも川崎教授との約束はきちんと守り続けたことだ。

金曜日の夜には必ず彼にメールで連絡を行った。

そして民話で有名な東北のとある内陸の街に辿り着いた時、限界が訪れた。どんなに気を張っても、一歩も前に進めなくなったのだ。

夜の十時。公園の近くだった。誰もいない。錆《さび》の浮かんだシーソーとジャングルジム。塗装がまだらにはげたパンダの乗り物。ベンチが二つ。水銀灯が一つ。それに今はあまり見なくなった公衆電話のボックスが園内にあった。

草月は半ば本能的にその電話ボックスの中へ転がり込んだ。寒くて仕方がないのに汗が吹き出て難儀した。身体を丸め、膝を抱えるような姿勢をとったとたんに激しく咳き込む。しばらく肩で息をした後、ぼんやりとした視界で曇《くも》りガラスの外を眺めた。するとその時である。

公園の入り口に〝ソレ〟が唐突に現れた。

あの事件以降、一度も目にすることはなかった〝ソレ〟がよりにもよって草月が力尽きようとしたまさにその時、暗い色相を帯びて出現していた。

ゆっくりと歩いてくる。

草月の顔が苦痛に歪んだ。

〝ソレ〟とは沢村草月に他ならなかった。彼と全く同じ顔、身体。衣服さえ同じだった。ただ一つ異なるのは眼窩《がんか》に虚ろな闇が広がっていることだった。それは笑っていた。口元がいびつな形で歪んでいてそれが分かった。

自然と涙がこぼれてきた。

〝ソレ〟は自分の業《ごう》そのものだった。

逃げられぬ恐怖と罪の証《あかし》だった。

やがて〝ソレ〟は電話ボックスの前までやってくると弱り切った草月を覗き込み、のけぞり、腹を抱えて笑う仕草をした。全て無音のままだが草月の頭の中では嘲弄《ちょうろう》の高笑いがゲタゲタと反響して聞こえていた。

自分と同じ外観の生者が死に至る瞬間をこいねがっているのか、その惨《みじ》めな姿を祝福しているのか、〝ソレ〟はこの上なく楽しげだった。

草月は観念して目をつむった。

その時である。

「やれやれ。だいぶ難儀なモノに取り憑《つ》かれているな」

太い男の声が聞こえてきた。

草月がはっとして瞳を向けるといつの間にか〝ソレ〟に代わって僧衣《そうい》を身にまとった逞しい中年の男が立っていた。

「夜の風が妙に生臭いと思って来てみたら……あんた、だいじょうぶかね？」

〝ソレ〟は草月が目を閉じた一瞬で公園の入り口まで移動していた。背を向けて歩き去っていくところで一度、こちらを憎々しげに振り返った後、木立の闇の奥に紛《まぎ》れるようにして消えた。

草月は曖昧に頷いた。

禿頭《とくとう》の僧侶が電話ボックスのドアを開け、逞しい右手を差し出してくるところで彼の意識は途切れた。


俵《たわら》のように肩に担いで連れ帰った、とあとで聞かされた。気がつけば彼は離れのような場所に寝かされていた。往診してくれた医者によると肺炎《はいえん》を起こしかけていたらしい。その僧侶が見つけてくれなかったら本当に死んでいたかもしれない。

二週間ほどの療養の後、そう聞かされても特になんの感慨も浮かばなかった。しかし、その逆に残念ともあまり思わなかった。不思議なことに東京を出た時からずっと粘《ねば》つく蜘蛛《くも》の糸のように草月に絡みついていた〝死にたい〟という願望は彼の身体の回復と共に霧散《むさん》していた。

単純に時間が解決したのかもしれないし、実際に死の瀬戸際《せとぎわ》まで追い込まれてなにか開き直ることが出来たのかもしれない。だが、事実はやや違うのではないかと草月は思っている。熱で朦朧《もうろう》としているさなか、彼は僧侶によって寺の本堂らしき板敷きの間まで連れて行かれ、審《しん》問《もん》された記憶があるのだ。

意識が混濁《こんだく》していたため、細部までは覚えていないが、袈裟《けさ》を着て険しい表情をした僧侶によって何度も、何度も自分の身の上を問いただされ、口籠もる度、警策《きょうさく》で肩の辺りをぶっ叩かれたような気がする。

反撃しようとすれば押さえ込まれ、逃げようとすればまた活を入れられる。ただでさえ優《やさ》男《おとこ》の草月が巌《いわお》のように逞しい僧侶に勝てるわけもなかった。

そのうち草月は逃走を諦めてぽつりぽつりと自分の経歴を彼に向かって語り出していた。不思議なことに僧侶はそれに対して言葉では応じず、ただひたすらお経のようなものを唱和していた。深閑《しんかん》とした本堂に草月の独白とそれにユニゾンするような僧侶の朗々《ろうろう》とした読経《どきょう》の声が響き渡っていた。

生まれ。育ち。なにに対して怒り、笑い、泣いたのか。些細《ささい》な記憶。思い出の断片。

それは草月が発した過去の告解《こっかい》によって一つの流れを作っていく。核心部分が言葉になって紡《つむ》がれる。草月の父にしか見えないもう一人の自分。眼窩に暗い闇を湛《たた》えたもう一人の自分。

それが沢村家に取り憑いた怪異だった。

その怪異は父親が口にした願いを叶《かな》え、父を栄華に導くが、同時に周囲の人間を地獄へと落としていった。たとえば父親が〝万馬券が当たりそうだ〟と言えば、本当に当たった。〝あいつは気にくわないから怪我をするだろうな〟と言えば本当に怪我をした。

しかし、それと同時に必ずその対価のような犠牲が父親の周囲で発生した。父親本人ではなく、必ず身の回りの近しい人間が不幸な目に遭った。

そしてほぼ同時期〝ソレ〟は、息子である草月の元にも現れた。

幼かった草月の姿に応じた〝ソレ〟が彼の視界に映《うつ》るようになったのだ。そして最終的に草月は母親を守るためとはいえ、自らの父親の死を〝ソレ〟に願ってしまう。

結果、父は無残に死に、母もその心労から程なく後を追った。母の葬式で斎場の入り口から現れた〝ソレ〟はお棺の上に飛び乗ると小躍《こおど》りしながら笑い続けた。列席者の誰一人それを見とがめる者はいなかった。

父親の〝ソレ〟と同じように怪異は沢村草月本人の目にしか映らないのだ。

いつまで経っても〝ソレ〟に慣れるということはなかった。入浴していると淀んだお湯の底から現れた。閑散とした夕刻の図書館で文献を読み込んでいるといつの間にか隣に座っていて共に本を覗き込んでいた。

勝手に願望を叶えるその怪異を恐れるあまり、やがて筆談でコミュニケーションを取るようになった。

しかし、草月は諦めてもいなかった。自らに降りかかった理不尽を解明するべく、大学へと進学し、研究職を志《こころざ》した。民俗学は怪異の追及を円滑《えんかつ》に行うための手段でしかなかった。

そして去年の夏、彼は運命の出会いを果たす。

舞浜理理花。

彼と同じように怪異にその前半生を欠損させられた女性。草月は彼女と共により深く怪異へと迫っていく。

だが、二人の関係は建設会社の会長である老婆が起こした奇っ怪な事件のさなか破綻《はたん》した。草月は再び〝ソレ〟に他者の死を願ってしまったのだ。

草月は悟《さと》った。

自分は〝ソレ〟からは逃れられない。

自分の業からは逃れられない。

だから、草月は自分の存在自体から逃げようとした。


朦朧としていたのでその儀式が一体どのような終わりを迎えたのかよく覚えていない。気がつけば布団の中で朝を迎えていて、さっぱりとした、それでいてどこかモノ寂しいような気持ちになっていた。

そんな居心地の悪い気分のままぼんやりと布団の上に座っていると僧侶がのっそりと部屋に入ってきた。

「気分はどうか？」

と、ゆったりとした口調で聞かれた。

草月はどう返事をすれば良いのか迷った。そもそも目の前にいるこの僧形《そうぎょう》の中年男が何者なのかよく分からない。

自分はいったい今どこにいるのだ？

だが、とにかくこの男が死にかけていた自分を救ってくれたのだけは間違いなかった。草月は皮肉屋で、物事を斜に構えて見ているたちだったが、恩知らずでは決してなかった。

改まって礼を述べようとしたとたん盛大なくしゃみが立て続けに出た。しばらくの静寂の後、僧侶は大笑いし、

「まあ、ゆっくりと。ゆっくりと」

そんなことを言って草月の肩を叩いて、また出て行った。それはゆっくりと静養していけば良い、ということなのか、時間をかけて物事を理解していけば良いという意味なのかよく分からなかった。

あるいは両方か。

その言葉に従った訳でもないのだが、草月は数日かけて徐々に色々なことを飲み込んでいった。まず男の名前は田中堅浄《たなかけんじょう》といい、見た目通り寺の住職だった。草月が訪れた町からさほど遠くない山間に彼の寺はあった。

本堂の近くに庫裏《くり》があり、そこに彼と妻、娘、義理の母親と共に暮らしていた。堅浄以外は皆、年代の違う女性でふくよかな身体つきと温和な目がとてもよく似ていた。堅浄は婿養子《むこようし》としてこの寺に入ったらしい。

堅浄以外の家族たちは三人とも草月に対してはそれなりに親切にしてくれたが、彼が療養している離れに立ち入るようなことはしなかった。そして草月は身体が回復してからも成り行きでしばらくここに逗留《とうりゅう》することとなった。

「命を助けたのだから多少の恩返しくらいはするものだ」

温和な雰囲気なのに妙にそこだけは押しが強く堅浄が言った。草月は特に反駁《はんばく》することもな

く、彼の鞄持ちのような仕事をすることになった。草月は自分でも意外に思うくらい強い関心をこの男に抱いたのだ。

体格がよく、朗らかで、頼もしい印象の田舎《いなか》の僧。

朝の読経や本堂の清掃（これは草月も手伝うようになった）、檀家《だんか》への対応などごく普通の僧としての勤めの他、町の公民館で仏教を分かりやすく解説する講師なども副業として行っていた。

そして夜は股引《ももひき》とシャツ一枚という姿になって三陸《さんりく》産の干物などをつまみに厚手のコップで地酒を飲み、草月を付き合わせたりもした。

指導教授の川崎といい、草月はどうもこの手の野性味があり強引さと知性が同居するタイプの中年男性に頭が上がらない傾向があった。

そして草月は程なくこの男の持つもう一つの顔に気がついた。いや、気がついた、というよりは元々、気がついていたことを改めて意識の中で正式に捉《とら》えた。

その日、堅浄は特に行き先も告げず、草月を連れて車を走らせていた。用件を知らされていなかったのはいつものことなので草月も特に疑問を呈《てい》さなかった。車内はずっと静寂を保ったままだった。

走行時間が二時間を超え、車が隣県の政令指定都市に入った辺りからおかしいな、と草月は思い始めた。

堅浄の檀家がこんな離れた距離にあるとは思えないし、なにかの講師に招かれたにしては堅浄の表情が険しすぎた。

車はとある古い木造アパートの前で止まった。そこに数人の男たちが屯《たむろ》していた。そして堅浄はその男たちに近づくと二言、三言、話した。彼らは堅浄の顔を認めると明らかにほっとした顔つきになっていた。堅浄は草月の元に戻ってくると、

「行くぞ」

そう声をかけ、さっさと木造アパートの外階段を上がりだした。草月は大いに戸惑ったが、そこで立ち尽くしている訳にもいかないので堅浄の後に従った。ふと振り返ると男たちが一斉に目をつむり、こちらに向かって合掌《がっしょう》していた。

ぞくりとした。

気がつけば空は鉛色《なまりいろ》の雲で覆われ、風が湿《しめ》り気《け》を帯び始めていた。ぱらりぱらりと小雨が降ってくる。堅浄と草月が上ると気味の悪い音を立てて鉄製の階段が軋んだ。

明らかに住人の住んでいる気配はなく、カビと錆の混じった匂いが鼻孔をついた。堅浄は三階のどん詰まりの部屋の前に来ると扉を開けた。中には薄闇が広がっていた。生ぬるい淀んだ空気が流れ出てきて草月は眉《まゆ》をひそめる。

入りたくないな、と本能的に思った。

堅浄は一度だけこちらを振り返り、

「いいか？　絶対にこの中では言葉を発するなよ」

そう念押ししてきた。草月は嫌な顔をしながらも頷き、堅浄の後に続いて部屋に踏み込む。六畳一間に風呂《ふろ》とトイレ、それに小さな台所がついているだけの間取りだった。意外なことにまだ電気が通っていて、中央の電球の紐を引っ張ると黄ばんだ明かりがどんよりと灯《とも》った。堅

浄は毛羽立《けばだ》った畳の中央にきちんと正座した。

湿気《しけ》ってブヨブヨとした畳の感触が気持ち悪かったが、我慢して堅浄のすぐ後ろに腰を下ろした。そしてそれを見計らっていたかのように堅浄がお経を唱え出した。堅浄の声は低く、ゆっくりと古びた砂壁や変色した柱に染み渡っていった。

雨音はいつの間にか激しくなっている。

どれほどの時間が経っただろうか。ふと目の前の押し入れに目をやった草月はぎょっとした。いつの間にかうっすらと戸が開いていてそこから目が覗いているのだ。明らかに生きた人間のものではない。五センチほどの隙間《すきま》に三つの目が縦に並んでいるのだ。脂汗が浮かんでくる。堅浄の読経が続く間、それは押し入れの闇の奥に見え隠れし、時に五つになり、八つになり、一つになり、また三つに戻った。

それと同時に幾本もの萎《しな》びた指がその隙間からわらわらと出たり入ったりしだした。天井の高いところから床面すれすれまで百本近くの生白く細い指がまるでイソギンチャクのように蠢いている。

それらはわずかに開いた押し入れの暗がりの中をしきりに上下し、苦悶するかのように激しくのたうつ。草月は生理的嫌悪感に思わず顔をしかめた。どれほどそんな醜悪《しゅうあく》な光景が続いただろう。

やがて全ての目と指はふすまの奥に引っ込み、一度、開いた隙間が音を立ててぴしゃりと閉じる。

禍々しい空気が和らぐと同時に堅浄が深い息をつき、疲れたように首を前に垂《た》れた。終わったのだ、と草月も理解できた。

帰る頃合いには辺りの景色が全て灰色にくすんでいた。頭上に鞄を掲《かか》げて精一杯の雨よけにした男が駆け寄ってきて運転席の堅浄に、

「ほんにお世話になっております。また来月もぜひよろしくお願いします」

息を切らしながらそう礼を述べた。堅浄は片手をあげ、

「あと二、三度のことでしょう。また参ります」

そう受け答える。不安そうだった男の顔がほんのわずかに綻《ほころ》んだ。堅浄は頷き、車を発進させた。草月が振り返ると男たちが軒先で深々とこちらに向かって頭を下げていた。

堅浄はなにも言わなかった。篠突《しのつ》く雨が車体を叩く。せわしなくワイパーがフロントガラスの水滴《すいてき》をぬぐうが、それでも視界がほとんど確保できなかった。車はゆっくりと走り続けた。

ずっと保たれていた沈黙が破れたのは車が県境を越え、堅浄の住まう家に近づいた頃だった。

「まあ、つまりはそういうことだ」

堅浄が唐突に一言そう言った。草月はどう尋ねていいか迷ったが、

「俺の時も同じようなことをしたのですか？　つまり」

慎重な表現をした。

「あなたは霊能者とか退魔師《たいまし》とかそういった職業の方なのですか？」

あの晩、本堂で行われたことは夢でも記憶違いでもなく事実で、堅浄は除霊のようなことを草月に施したのだ。

堅浄はしばらく押し黙ってから、

「そういう気取った呼び方より、単に拝《おが》み屋《や》と言われる方がしっくりくるな」

そう答えた。それからやや自嘲《じちょう》的に、

「職業ではない。正直、こうやって県をまたいでも足代程度にしかならん」

そう言い添える。草月は考えていた。確かに草月も彼から金銭を請求された覚えはなかった。

そして一番、気になっていたことを口にした。

「堅浄さん。あなたは俺の、あの、俺の……もう一人の」

しかし、上手く言葉に出来ない。堅浄はちらりと草月を見てから、

「おまえさんの〝アレ〟は私といる限りはそうは出てこないだろうよ」

草月は驚いて目を見張った。彼が長年苦しめられてきた怪異を堅浄はあっさりと追い払った、とでも言うのだろうか？

「いや、おまえさんに憑いているのは何代にもわたって凝り固まったモノだからそう簡単なものではない。私と共にいればしばらく遠ざけられる、という程度のことだ。根本的に祓《はら》うのは難しいだろう」

草月はやや気落ちしたが、

「ただいくつか習い覚えれば私から離れてもおまえさんが生きている間くらいはなんとかなるかな」

唖然とした。それは事実上、怪異から解放してやる、と宣言しているのに等しいのではないのだろうか？

「おまえさん、ずっと筆談かなにかで用を足していたね？」

図星だった。草月が頷くと、

「それは良くない。〝アレ〟は耳が悪いんだ。言葉を少なくすれば余計、〝アレ〟の注意を引くことになる。人でも怪異でも一緒のことだ」

「……〝アレ〟とはなんなんですか？　どういった類のものなんですか？」

草月の声はむしろ荒々しかった。散々、文献を読み漁《あさ》った。可能な限りの場所を巡り、知りうる限り知者たちに話を聞いた。だが、自分を苦しめた怪異の正体はその糸口さえ摑むことが出来なかった。

それがこんなところでいとも簡単に解決しようとしている。あるいはその可能性をこの僧侶は示唆《しさ》した。本来なら大いに喜ぶべきことなのに草月は激しく動揺していた。この時の彼の気持ちは自分でも上手く説明できないものだった。

あえて言葉にするのなら……。

怪異に長年、苦しんできた自分の人生を否定されたような気がしたのだ。

「どういう類？　なんなのか？　うーん。おまえさんにそれを説明して果たして理解できるのかな？」

挑発ではなく、心底、そう思っているように堅浄が言った。草月はむっとした。これでも通常の人よりも遥《はる》かに理解力がある、と自負している。そんな草月の心情を察したのか、

「では、聞こう。リンゴとはどういうものだ？」

堅浄がちらっと窓の外に目を走らせてから尋ねてきた。恐らく果樹園の近くを通っているの

でそう尋ねてきたのだろう。見覚えのある景色だった。ここまで来れば堅浄の家もだいぶ近いはずだった。草月は戸惑った。

禅問答《ぜんもんどう》？

なんだ？

なにが問いたいのだ？

草月は動揺した。

「それは質問の定義にもよるかと」

口籠もるようにそう答えると、

「やれやれ。別に私はおまえさんをやり込めたいわけじゃないよ。余計な警戒はしなくていい」

溜息交じりにそう言われ、草月は我知《われし》らず赤くなった。

「えー、と。リンゴはバラ科リンゴ属の落葉高木樹で」

「違う違う。そんなものは百科事典を読めば分かる。私はおまえさんの言葉が聞きたい」

「どういうことですか？」

「リンゴを食べたことがないのかな？」

「ないわけないでしょ！」

「違うな。おまえさんはきっとリンゴを食べたことがないのだ。おまえさんが食べたのはきっ、とリンゴのような赤いナニカだ。おまえさんはまだ本当のリンゴのことをなにも知らないよ」

草月は憮然とした。やはり小馬鹿《こばか》にされている気がする。嚙みつくような口調で、

「禅宗などで行う公案かなにかですか？　俺には言葉遊びにしか感じられませんが？」

するとと堅浄は哀しそうな顔つきになった。

「違うな。事実だよ。おまえさんは、おまえさんを苦しめた〝アレ〟のことを今までちゃんと知ろうとしたか？」

今度こそ草月はカッとなった。

「当たり前じゃないですか！」

自分は半生をほぼそれに費やしてきたのだ。時間と金銭をかけ、あちらこちらを歩き、調べ、また歩き、調べ。

堅浄が尋ねてきた。

「いったいどうやって知ろうとした？」

「類例がないか識者を訪ね、文献を何冊も読み」

堅浄が片手をあげて草月を遮《さえぎ》った。

「おまえさんのアレはおまえさんにとっては、おまえさん自身の姿をしているな？」

なにを今更、と草月が頷くと、

「ならば、当然、人の形をしている。そこまではよいな？」

また草月は肯定《こうてい》した。堅浄は静かにこう言った。

「ならば、なぜ、おまえさんはアレに向かって直接、尋ねなかったのだ？」

い、い、い、い、い。

おまえは一体、何者なのだ、と。

ぶるりと身が震えた。

目の前がチカチカした。

「え、それは……だって」

「おまえさんはただアレと真っ向から向かい合えばそれで良かったのだ。知るべき存在はずっとおまえさんの目の前にいたはずだろう？　なぜ、それを調べてこなかった？」

知ろうとする、とはつまりはそういうことだ。

堅浄は付け加えた。

「おまえさんはだから、まだなにも怪異について知らぬよ」

草月は一切、言い返すことが出来ず、深く打ちのめされていた。ただなんとなく、なぜ堅浄が自分を身の回りに置いたのか、そして今日、ここに連れ出したのか分かった気がした。

堅浄が語ったことがどれほど真実を射貫《いぬ》いていたのか、草月に確かめる術《すべ》はなかった。だが、一つだけ間違いないことは、半生悩まされた怪異がはっきりと距離を取って遠ざかり始めた、という事実だけだった。

最後にアレを目撃したのは雪景色の中、堅浄に頼まれて倉庫にある古書を取りに行った時だった。

二百メートルぐらい先の木立の陰に〝アレ〟が立っていた。

現実の草月がダウンジャケットにブーツというすでに冬の装いをしていたのに対して〝アレ〟は半袖とジーパンという姿だった。季節に取り残されたような外観は怪異の草月をみすぼらしく、哀れに見せていた。

今までなかった服装の乖離《かいり》という現象に草月が呆然と立ち尽くしていると夏服の草月はくるりと背を向け、木々が作り出す暗がりの中に歩み去ろうとした。

ふと草月は、

「おい！」

もう一人の自分に向かって呼びかけていた。彼の父を破滅に追いやり、自身の半生を狂わせた怪異は一度、草月を憎々しげに振り返るとそのままゆっくりと雪に溶《と》け込むようにして姿を消した。

「おい、どこに行くんだ……」

草月は思わずそう呟いていた。不思議なことにその時、草月が感じていたのは安堵でも、勝利の達成感でもない、古い友人と別れるような、大事な本を処分するような、そんな物哀しい喪失《そうしつ》感だった。

後日、堅浄にそう報告したところ、

「まあ、そんなものだろうな」

こともなげにそう言って火箸《ひばし》で囲炉裏《いろり》の炭を弄《いじ》っていた。それから特に顔を上げることなく、

「で、おまえさんはアレをなんだと思った？」

草月は考えた。五分ほど黙考した後、

「分かりません」

正直にそう答えた。結局、〝アレ〟がなんだったのか、どういった理由で草月の前に現れていたのかやはり最後まで完全に理解することは出来なかった。だが、あえて言語化するなら

〝沢村家の血筋に取り憑いた呪い〟のようなものだった気がする。

　草月は言葉を重ねた。

「本当に酷い目に遭って、一度は死ぬつもりなくらい追い詰められて……おかしな話なんですけど、俺は無意識のうちにずっと〝アレ〟に依存していたんだと思います。恐らく俺の父親も」

　呪いの中、自ら進んで己の生を消費していた。

　だから、〝アレ〟はずっと草月のそばに居続け、彼の願望を叶え続けた。上手く表現できないがそんなイメージだ。

　その感覚を草月なりに堅浄に語ると、

「そうか」

　堅浄は口元に笑みを浮かべ、くるみ餅をあぶり始めた。草月の言葉を特に肯定も否定もしなかった。

　初秋に出会い、一冬を越え、気がつけば新緑の季節までこの家に逗留していた。草月の前に怪異が現れなくなっても、堅浄は引き留めもしなければ、出て行けとも言わなかった。

　なので草月もなし崩し的に滞在を続けていた。

　結局、怪異を遠ざけるようななにか特別な方法を教わるようなことはなかった。厳《おごそ》かな儀式や仰々しい呪文の伝授なども期待していたが、草月が堅浄から習ったのは、『地酒《わい》に合うあての選び方』とか『雪かきの上手なやり方』などといった生活に根ざしたごく他愛《た》のないものばかりだった。

あるいはその中になにか極意でも混ざっていたのだろうか。

一度、調べ物でネットを使用している時、彼だと思しき存在を見つけたことがあった。それはオカルトなどが語られる匿名《とくめい》の掲示板で「東北にいる超凄腕の霊能者を紹介《しょうかい》する」という形で記されていた。

投稿者はその霊能者のいる寺に行ってお祓いをして貰った、とそれなりの量のレポートで綴っていた。

やはり知る人ぞ知る存在なのだろう、と草月は興味深く文章を目で追ってみたが、その記述で一部、よく分からない箇所があった。『足が悪いのかずっと杖を使っていた老人で最初はこちらも期待していなかったが』と記されていたのだ。

老人？

堅浄はどう見ても五十代を越えているようには見えない。

そもそも足も悪くない。

堅浄ではなく、誰か別の霊能者のことが書かれているのだろうか？

だが、そのネットの書き込みから読み取れる寺とはまさに草月が起居《ききょ》している場所に他ならなかった。敷地の片隅にバナナの木が植えられている庫裏が青い屋根の寺などはそうそうないだろう。

すぐにもう一つ別の考えが閃《ひらめ》いた。もしかすると先代の住職がいてその人物の跡を今の堅浄が継いだのではないだろうか？

そう仮定すれば全ての説明がつくのだが……。

その書き込みが投稿された時期が少し気になった。

（書いてある内容から考えてもこれは去年の夏の出来事。すると俺がこの寺に来るほんの直前。それくらいまで先代が生きていた、ということになるが）

だが、堅浄やその家族からそのことを匂わせるような話は一切、聞かされていなかった。なんだか見てはいけないモノを見た気がして、草月は弄っていたスマートホンのブラウザを一度は閉じかけた。

だが。

（そうだよな。目の前のことにきちんと向き合え、というのは堅浄さん、あんたが教えてくれたことだよな）

草月は思い直し、堅浄のことを本格的に調べてみようと決心した。まず真っ先に頭に思い浮かんだのは恩師の存在だった。

彼は早速、川崎教授に連絡を取った。

『なんだ、藪《やぶ》から棒《ぼう》に。おまえ、俺は興信所じゃねえんだぞ』

という前置きが記されたメールが戻ってきたが、川崎教授は草月のために調査を約束してくれた。堅浄との何気ない会話の中で彼がこの寺の住職になる前は東京の某大手出版社に勤めていたことを知ったのだ。

川崎教授は以前、その出版社から分かりやすい教養書を二冊ばかり出していた。草月も資料作成を手伝わされたのでよく覚えている。もしかしたらそのツテでなにか分かるかもしれないと思ったのだ。

それと同時に草月は堅浄本人とも深く話そうと試みたが、彼の方も色々と忙しいようで以前のように囲炉裏を囲んでゆっくりと呑む、というような機会は作ることが出来なかった。そして川崎教授にメールを送って一週間後の朝、草月は恩師から返信を受け取っていた。

『おまえなあ。元普通の勤め人で、田中堅浄なんつう抹香臭《まっこうくさ》い名前だったらたぶん住職になる時に改名してるんだろう？　元の名前も分からないんで百パーセント本人かどうかは責任もてんぞ』

そんな前提だったが、おそらくは堅浄と思しき人物がかつて新書などを扱う部署にいたことを突き止めてくれていた。

なんでもかなり仕事が出来る人物だったが、去年の夏頃、付き合っていた女性のために結婚して彼女の実家を継ぐ決意をしたらしい。その経緯はきちんと職場に報告していたし、円満に退職の手続きも済ませてからいなくなったのだそうだ。

草月はかなり意外に思った。

堅浄と奥さんは決して仲が悪くないが、東京の生活をなにもかも捨ててこちらに来るほどの大恋愛を経てきたようにも思えない。

なんとなく互いに淡泊《たんぱく》な印象を受けるのだ。

（先代の住職が亡《な》くなったから慌てて結婚したのかな？　堅浄さんはもしかして東京の生活に多少の未練があるのかも）

だから、どことなくよそよそしさが残っているのかもしれない。

草月はとりあえず恩師にお礼のメールを送り、朝食のために食堂へと向かった。数ヶ月前までは気後《きおく》れしていたが、今ではごく普通に堅浄の家族と食卓を囲んでいた。よく磨き込まれて黒光りのする床を素足《すあし》で歩きながらある違和感に気がついて足を止めた。

（あれ？）

おかしい。

（奥さんはいいとして……なら、あ、あ、あの子は、一、一体なんなんなんだ？）

この寺には堅浄以外に三人の女性が生活をしている。

彼の義理の母、妻、娘だ。

丁寧《ていねい》で親切だが、どこか他人行儀な態度を崩さないのっぺりとした印象の女性たち。考えてみたら彼女たちから積極的に話しかけられたことなどこれまでほとんどない。

草月もまたあまり他人と積極的に関わっていくタイプではないので、今まではむしろそれを好都合にしていたのだが。

この家の娘は中学生だ。

制服を着ている。辛うじて名前は知っている。未玖《みく》だ。田中未玖。堅浄が去年の夏に今の奥さんと結婚したのなら……。

年齢が合わないどころの話ではない。

おかしい。

（待て。連れ子だろう。奥さんには以前、堅浄さんとは別の旦那《だんな》さんがいて、未玖ちゃんはその人との子で）

一応の理屈は通ったがどうにもすっきりしない気分が残る。草月は食堂に使われている部屋の引き戸を開けた。おはようございます、と挨拶して、テーブルの隅へと着席する。朝の光の中、家族が揃っているのを視界の隅で確認した。女性が三人に男が一人。そこで、

「え？」

思わず怪訝《けげん》な声を出してしまった。堅浄が普段使用している席に見たこともない男性が座っていたのだ。

線の細い男だった。

五十代くらい。フレームのない眼鏡にすっきりとした印象の白シャツとチノパン。堅浄が骨太で男っぽく、いかにも田舎の住職然としていたのに対して、この男は研究室などで白衣を着て顕微鏡《けんびきょう》なんかを覗き込んでいるのが似合っている。

「やあ、おはよう」

相手の方が快活に声をかけてきたので草月は慌てて挨拶を返した。

「あ、おはようございます」

しかし、混乱は続いていた。誰だ、これは？

「……」

三人の女性たちを黙って観察したが、彼女たちはいつもの微笑みを浮かべたまま、特にこの男性について言及しなかった。

田中家の親戚？

堅浄さんの友人とか？

本人はどこにいるんだ？

誰なんだこれは？

「ねえ、醤油《しょうゆ》を取って」

「今日は学校は？」

「ああ、しばらく良い天気が続きそうだね」

そんなごく日常的でありながらどこか空虚な会話がテーブルの上を往復している。草月は不安になって声を発した。

「あの、すいません」

田中家の三人の女性と見知らぬ男性がおしゃべりを止め、一斉に草月を見た。草月は居心地の悪さを感じながらも問いかけた。

「堅浄さんは？　堅浄さんはもうお出かけになったんですか？」

普段、車が駐車している正門の方を指す。しばしの沈黙の後、

「あははは」

「おほほほ」

「うふふふ」

突然、全員が笑い出した。さも面白い冗談《じょうだん》を聞いた、とでもいうように。草月は恐怖を覚えた。なんだ、こいつら。

なんなんだ？

この家の最年長である堅浄の義母が言った。

「いやだねえ」

堅浄の奥さんが言った。

「どうしたの、沢村さん？」

のっぺりとした笑みがその顔に張り付いていた。

「パパならさっきからここにずっといるじゃない！」

迷いのない明るい声で娘が言った。草月は思わずのけぞった。最後に見も知らない男性がこう言った。

「田中堅浄は僕だよ。沢村君。どうした？　変な夢でも見たかい？」

にこにこと笑いながらその男性は小首をかしげた。草月は立ち上がり、食堂から逃げ出した。

もう一秒でもこの寺に留まりたくなかった。草月は荷物をまとめると長逗留の礼もそこそこに出立を決めた。最後に眼鏡の男性は、

「そうかあ。寂しくなるねえ」

そう言って玄関まで見送りに出てくれた。

一度だけ草月は改めてまじまじとその男の顔を見つめた。やはり草月が知っている田中堅浄では断じてなかった。心の底から気色の悪さを感じて、無言で頭を下げると玄関を出た。

敷地内を歩き、何気なく振り返ると庫裏の二階の窓辺に女性陣が三人並んで立っているのが見えた。のっぺりとした笑み。手の振り方まで完全にシンクロしていた。まだ朝方だというのにぞわぞわと鳥肌が立ってきた。まるでずっと愛用していた枕の中に蟲《むし》かなにかが巣くっているのを見つけたかのような気持ち悪さだ。

草月はふらつきながら半年ばかり世話になった寺を後にした。

まさかこんな形での別離になるとは朝起きるまで想像すらしていなかった。ようやく頭が冷えて、しっかりとモノを考えられるようになったのはバス停でＪＲの駅まで向かうバスを待っている時だった。

その時まではただ逃げることしか頭になかった。

（そうだ。堅浄さん……本物の堅浄さんに一体なにが起きたんだ？）

ようやくそのことに想いを巡らせられるようになった。草月は塗装《とそう》の剝《は》げたベンチに腰を落とし、考え込んだ。木々の切れ間から差し込んでくる陽光が綺麗な明暗を地面に作っていた。

路線バスがやってくるまで三十分ほど時間が経過した。バスが停まり、乗降口が開く。運転手がこちらを見やって怪訝そうな顔をした。草月はゆっくりと首を横に振った。乗らない、という意思表示だ。そして新緑の中、再び寺へと引き返した。バスは彼を追い抜いて正常な世界へと軽快《けいかい》に走り去っていった。

田中堅浄。

草月の知っている豪快で骨太な好漢《こうかん》になにがあったか知らなければならない。彼は自分の恩人なのだ。

寺の正門をくぐる時はさすがに緊張した。あののっぺりした女たちが待ち受けていたらさすがに平静でいられる自信はなかった。新たに現れた偽物《にせもの》の田中堅浄が彼を見とがめるだろうか？

草月は用心しながら寺の敷地内を歩き回った。まっさらな午前中の光を浴びているのに、薄ら寒い思いがしてぞくぞくと身震いが止まらない。そして草月は異変に気がついた。

そこから先は、導かれるように真っ直ぐに歩けた。

(まさか)

心臓が痛いくらいに高鳴っている。

(これは)

最後はほとんど駆け足だった。上がり込んだ本堂一面を、鮮血が染め上げていた。彼の鼻孔の奥を刺激していたのはとてつもない血なまぐささだったのだ。

愕然としている草月はそして。

ぽん、と。

背後から一度、肩を叩かれた。

第四章　徳川清輝の話

夏はもうすぐそこまで来ていた。窓の外では透明に澄んだ光がきらきらと輝いている。恰好の外出日和《びより》だが、徳川にとってはそれも関係ないことだった。

いつものように家にいて、いつもと同じような恰好をしている。普段と少しだけ違うのは来客を迎えている点だけだった。

舞浜理理花が怪異の調査レポートを携《たずさ》えてやってきている。

「二週間通ってみましたが、特に何事も起きませんでした。怪異が関わっている可能性はほとんどゼロ。結局、団地内の狭いコミュニティーが生み出した噂話の類だったみたいです」

そう言って舞浜理理花は徳川が膝の上に抱えていた青いファイルを指した。

「詳細はそれに記してあります。えーと、かなりアレな内容なんですが」

徳川は頷いた。

「はい、昨晩一通り読ませていただいています」

事前に理理花がメールに添付した報告書を徳川がプリントアウトしたものだ。毎回、こうやって理理花がまとめたレポートを丁寧に成形して青いファイルにまとめている。徳川は多少、茶目っ気を交えた。

「本来の趣旨とは違いますが、これはこれで大変、面白いレポートでした」

そうコメントした。理理花は苦笑する。

「ええ。基本的には一号棟と三号棟の人がゴミ捨てと共益金の分担でもめた結果みたいですね。それで憶測と私怨《しえん》に基づく誹謗《ひぼう》中傷合戦がエスカレートして」

「そして、ありもしない怪異が出現した、と」

「三号棟の内藤《ないとう》さんが娘を殺した。そして夜毎《よごと》、その幽霊が三号棟の中庭に出る、というのが今回の大まかな内容だったんですが、調べたら結局、その噂は一号棟の特定の何名かが言い出したことらしくて」

理理花はアイスコーヒーを口に含んで一度、喉を湿してから、

「で、ですね。張り込みした結果、その幽霊とされていた人から直接、話を聞くことが出来ました」

報告を再開する。

「三号棟に最近、引っ越してきた川上《かわかみ》さんというのがその正体でした。この人は近所の串《くし》カツ屋さんの店員さんで、シングルマザーなんです。そして子供が寝た後、タバコと缶ビールを中庭で嗜《たしな》むのが唯一の息抜きだったらしくて」

「レポートによると年恰好が内藤さんの娘さんに似ていたらしいですね」

「ええ。そしてその肝心の内藤さんの娘さんですが、殺されたのでもなんでもなく、ただ単にお母さんと折り合いが悪くなって家を出たらしくて。あ、その娘さんにも直接、連絡はして裏は取っています。娘さんは大丈夫。ちゃんと生きています」

「なるほど……」

ほとんど探偵みたいになっているな、とおかしみと感嘆が入り混じった感想を抱く。

理理花の長所はとにかく依頼された調査を徹底して粘り強く行う点だ。去年の秋口、初めて依頼をした当初は全く想像していなかったが、理理花にはこうしたことに対するある種の適性があった。

とにかく行動力があり、初対面の相手でもグイグイと物怖じせず聞き込んでいく。最初は危《き》惧《ぐ》が九割だったが、今では理理花の報告を心の底から楽しみに待ち侘びるようになった。

「本当にお疲れ様でした」

徳川が労《ねぎら》うと、

「思わしい成果がなくて申し訳ないです」

理理花は生真面目《きまじめ》に詫《わ》びた。すっと形の良い頭を下げる。長い髪が少し揺れた。これでも調査費用としてそれなりの金額が理理花の口座に振り込まれる。そのことを恐縮しているのだろう。

徳川は微笑んだ。

「真実か否かを確認するために実地調査をお願いしたのです。怪異はそこに存在しなかった。それだけで私にとっては十分な収穫《しゅうかく》なのです」

それは本音なのか、理理花に対する気遣《きづか》いなのか理理花には判断がつかないようだった。

それでも彼女はややほっとしたように、

「そう言っていただけると助かります」

それからふとなにかを慮《おもんばか》るような表情になった。

「どうしました？」

そう徳川が尋ねると、

「あそこの団地、随分と人が少なかったなあ、とふと思い出したんです。私、団地はあまり馴染みがないんですけど、もっと沢山、人がいるイメージでした。それにお年寄りがすごく多くて。あまり活気がある感じではありませんでした」

「今は世代の入れ替えが上手く出来ていない団地が多いみたいですね」

「建物もだいぶ老朽化《ろうきゅうか》していましたね」

「……」

「かつて多くの人がいて、人がいなくなった場所、というのが日本のあちらこちらに増えているのかもしれませんね。そしてそんなところに今まで思ってもいなかったような怪異が宿っていく」

ぽつりと理理花がそう呟く。

「なるほど」

ふいに徳川が手を打った。

「それで思い出しました」

電動の車椅子を少しターンさせてテーブルに置いてある緑色のファイルを手に取り、理理花に向かって差し出した。

「これ。次の案件です」

理理花はここ一年ですっかり徳川のやり方に馴染んできた。青いファイルは調査済み。赤いファイルは全くの未調査。緑色のファイルはある程度、調査が進んでいるものの未解決である、という意味合いだ。

今回の調査は元々、赤いファイルを渡されて、それを理理花が一から調べ上げて青いファイルに昇格させた。

次のファイルは緑色なので徳川自身、あるいは誰かがある程度、調査を進めていた、ということなのだろう。

「この一件はとある廃ビルが舞台になっています。そういう意味であなたの仰《おっしゃ》る〝かつて人がいて、人がいなくなった場所〟に該当するのでしょうね」

「山崎太陽くん、という子が絡んでいるのですね？」

渡されたファイルをぱらぱらと捲りながら理理花が呟いた。

「ええ。別の人が調べていたのですが……アタリの匂いが強くなってきたので」

徳川は理理花の他にも何人かの調査員を雇《やと》っているが、そのほとんどは探偵や調べ物専門のライターなどの副業で、理理花のように怪異の探求に強い動機を持っている者はほとんどいない。

だから、ある程度、怪異が存在する確度が高くなってくるとこうして他の人の調査を理理花が引き継ぐことがある。

この廃ビルに現れる口の大きな女、というのはそれだけ信憑性《しんぴょうせい》が高い情報なのだ。少なくとも徳川はそう判断した。

理理花はぐっと表情を引き締め、誓った。

「頑張って調べます!」

「お願いします」

微笑んでそう告げた。理理花は早速、ファイルを開いている。最初はふんふんと頷きながら視線を動かしていた理理花だが、次第にその表情が変わっていった。

(彼女は自覚があるのでしょうかね)

その様子をいつものように静かに観察しながら徳川は思った。

(自分が笑っている、ということに)

理理花の目は冷たく炯々と光っている。なのに口元には獰猛《どうもう》な肉食動物のような笑みが浮かんでいた。

(怪異に遭遇したり、怪異を追いかけているとこの人は笑う)

時折、徳川は理理花の精神のあり方を眩しく思う。彼女が怪異を追いかけている理由は恐らく理不尽な現象への苛烈で純粋な怒りだ。まるでハンターが獲物を見つけた時のように。だから彼女は笑う。

対して自分は少し異なる。

徳川は優しさと寂しさの入り混じった笑みで理理花を見つめ続けていた。


徳川の書庫には造り付けの棚一杯に青いファイルが収納されていた。怪異が介在したケースや今回のように空振《からぶ》ったケース、地域別、年代別によって収納場所を詳細に規定している。実はこの部屋にある棚は全て可動式になっていて車椅子の徳川でも全てのファイルを自らの手で管理出来るようになっているのだ。

棚の上部と下部は電動で入れ替わるのだ。棚の脇《わき》にあるパネルを操作するとモーターが低い駆動音を立てて動き始めた。数十秒ほどでファイルの収納を終える。さすがに高級な外車一台分くらいの値段を設営に投資しただけあって、稼働《かどう》はスムーズだった。

これにより二十年近くに及ぶ徳川の怪異探求のコレクションに新たな一ピースが加わった。理理花に対して述べたことは気遣いでも何でもなく、全くの空振りもまた徳川には有益なものだった。

もっとも最初からそのことを理解していた訳ではない。怪異を希求し始めた最初期はとにかくひたすら本物に拘《こだわ》った。なぜなら自分の身に起きた忌まわしい出来事を見極めることが唯一の目的だったのだから。

なにが起こったのか。

アレはナンダッタノカ。

究極のところ幼い自分が目の当たりにしたアノ存在の正体さえ分かればそれで良かったのだ。

舞浜理理花が去年、建設会社の会長によって拉致され、重傷を負った事件はその他にも犠牲者が存在したため広く世間から注目された。

だが、かつて徳川の身の上に起こった出来事はそれよりも遥かに大々的にマスコミによって報じられ、人々の記憶に今なお強く焼き付いている。なぜなら単純に犠牲者の数が桁違《けたちが》いに多かったからだ。

日本の近代史における最悪の列車事故の一つ、として記録されている。そしてその原因は当局の努力をよそに未だはっきりとはしていない。とにかく二百名近くが亡くなり、徳川のように未だにその後遺症で苦しんでいる者がいる。そこまでが大多数の知る〝事実〟なのである。

だが。

その場に居合わせた当事者たる徳川清輝個人にとってはあの事故そのものは実はそれほど大きな意味合いを持っていなかった。

彼の下半身の自由を永遠に奪ったのも、彼を除く家族を直接、死に至らしめたのも間違いなく列車の横転事故によるものだが、正直なところ記憶がほとんど曖昧にしか残っていないのだ。

光の消滅に続く圧倒的な衝撃。痛み。悲鳴。絶叫。血の臭い。うめき声。激痛。煙の臭い。死の予感。絶望。それらが綯《な》い交《ま》ぜになって徳川の心を押《お》し潰《つぶ》しかけた。けれど、幼い徳川の心に本当の意味での忌まわしき烙印《らくいん》を押したのはその次に現れた者たちだった。

鉄骨の下で身動きが取れなくなっていた徳川の眼前に這い出てきた幾つもの黒い影。

ぬらぬらと蠢く黒い影。

それらは徳川の目の前で物言わぬ存在となった家族の遺骸《いがい》をモリモリ、ミチミチ、キチキチと食し始めたのだ。列車事故そのものではなく、その時の想像を絶する恐怖が徳川の精神を根底から打ち砕いた。

彼は数少ない生存者として救出されて以降、かなり長い間、まともな社会生活を送れなくなっていたが、それはあまりにも異常な光景を目の当たりにしたが故《ゆえ》の魂の荒廃によるものだった。

あの時のアレの姿を今でもよく思い出す。太くて長い胴体に幾本もの節足《せっそく》めいたモノが生えていたため、一番、近い形容は〝大ムカデ〟なのだが、根本的な要素がかなり異なっていた。身体の表面はヌメヌメとしているのだが、基本的には無機質な印象であり、鉱物《こうぶつ》のように冷たく感じられた。

後年、ネイティブアメリカンのトーテムポールを写真で見た時、一番似ていると感じた。具体的な形状と言うより、幾つものモチーフがパーツごとに組み合わさっている感じがそっくりなのだ。

顔が沢山、寄り集まって連結しているイメージというか。

それらは地中から現れるとあっという間にトンネル中へと広がっていき、横転した列車やねじ曲がった鉄骨などを乗り越え、周囲に転がっている遺体に群がり、巻きつき、貪《むさぼ》り喰《くら》い始めた。

牙《きば》なのか節足なのか分からないが、咀嚼中にどこかの部位がずっとキチキチ、キチキチ、と音を立てていた。

救助された当初の心神喪失《しんしんそうしつ》状態から回復してのち、徳川は懸命に周囲の大人に自分が目撃したものを伝えた。

しかし、それは全く実を結ばなかった。

事故の影響で錯乱状態になり、ありもしない幻を見たのだと解釈《かいしゃく》され、投与される薬の量がただいたずらに増えただけだった。遺体に残された列車事故ではとうていあり得ないような損壊もただ特殊な条件下において偶発的に生じたものとされ、深くは追及されなかった。

徳川は一人で生きていけるような年齢に達して以降、アノ存在を追及するためだけに全ての時間を費やし始めた。それは一度、壊れてしまった精神を少しでも安定的に保つための補完行為に近いものだったのかもしれない。

人間は〝分からない〟という不安定な状態にあまり長く耐えられない。

〝知る〟ことにより対象を自分の心の中の位相図で確定させ、安定化させていく意味合いもあるのだ。

十代の頃はただひたすら文献を読み続ける生活を送った。

古い書物。同人誌。個人の日記。戦前の雑誌。稀覯本からベストセラー。それらを片っ端から読み漁り、自分が目にした〝アレ〟に関係する手がかりが少しでもあるのならそれをノートに転写したり、パソコンに取り込んで保存した。

文献の数は膨大《ぼうだい》だった。

だが、若さとそれからなにもかも失うという環境、さらにどんどんと形成されていった異常なまでの執着心が絶望的な作業を可能にしていった。

当初は読了した資料を家に置いていたが、二十歳を迎える辺りで限界が訪れ、玄関と専用エレベーターをつなぐ内廊下に積み上げていく今のスタイルへと落ち着いた。

理理花など徳川邸を訪れる人間たちが一様に驚く本の山脈は、〝アレ〟を探求する過程で収集され、検証され、そのエッセンスだけを抜き取られたいわばダシガラのようなものだった。

その甲斐《かい》あって本当に徐々にだが、あの地下から現れた異形の存在に関する手がかりを得ていくことが出来た。

明治時代に九州の炭鉱《たんこう》で記された日誌。落盤による事故で二十人ほどが亡くなったが、その遺骸は落石に押し潰されたとは思えない食い散らかしたような跡があったらしい。

とある作家が同人誌に寄稿した戦時中の祖父のエピソード。祖父は日本軍が弾薬庫に使用していた天然の洞窟《どうくつ》で道に迷い四日ほど彷徨《さまよ》った挙句《あげく》、枝道の奥の奥に突如《とつじょ》、現れた大空間にのたうつ巨大なムカデのような異形の存在を目撃したらしい。その後、命からがら地上に逃げ帰ることには成功したが、その五日後に悶死したそうだ。

江戸時代の俳諧師《はいかいし》による紀行文に、とある北陸の村が地下から湧いて出てきた〝足の多きもの〟によって壊滅した、という伝聞が記録されている。

一つ一つは大した情報量ではないが、統合すると朧気《おぼろげ》に一つの事実が浮かび上がってくる。

幼き頃の徳川が見た〝アレ〟は幻ではない。

実際に存在している可能性があるのだ。

そう信じられるようになってようやく〝生きている〟という実感を抱けるようになった。あの列車事故以降、ずっと無色透明の幽霊だった自分に初めて色がついたのだ。

だが、膨大な文献渉猟《しょうりょう》の旅は思いもかけない副次効果を徳川の身の上にもたらした。はっきりとした自我をもった時、徳川は己の中にある不可分な衝動《しょうどう》に気がついたのだ。

それが今、彼の行動原理の全てとなっていた。

徳川はファイルを仕舞い終えるとテーブルの上に置いてあるパソコンを立ち上げ、一つの音声データをクリックした。

部屋に設置されているスピーカーが静かに再生《さいせい》を始める。徳川は車椅子を操作して、部屋の中央まで移動すると目をつむった。

まるでジャズやクラシックをその愛好家が愉しもうとするような体勢だ。

〝アレ〟の実在にある程度の確証を抱いて以降、徳川はその探究心を怪異全般に向けるようになった。

有り余る遺産を費やし、怪異を追いかける調査員を雇い、車椅子の自分では立ち入れない、赴くことが出来ない、生の、まだ文献にされていない現在進行形で起こっている怪異までも対象にして幅広く収集していった。

その際、調査レポート以外にも物品や音声、映像の記録などを入手できるケースが多々あった。今、徳川が聞き入っているのもそんな物証の一つだった。自殺者が出た部屋で録音された環境音。

ひたすら無音が続く。

だが。

七分と四十二分に一度ずつはっきりとした異音が収録されているのだ。

〝苦しい〟

と、

〝〇〇、死ね〟

男性の、乾いたはっきりとした声。残念ながら何度聞いても〇〇の部分は上手く聞き取れない。聞き返す度、〝肝臓〟とか〝腎臓〟などとなぜか臓器の名前に変換されて聞こえる。ただ、その声を聞く度にぞくりと出来る。

ここ数年で自分の欺瞞《ぎまん》をはっきりと理解している。

当初は〝アレ〟の根本を理解するには世の中全ての非合理的存在を視野に入れていく必要性を考えていたが、ある時から気づき始めたのだ。

感情的に平坦《へいたん》で、動揺も苦しみも怒りもない。その代わりに生きている実感さえ抱けない自分が唯一歓喜することが出来るのが、恐怖を感じる瞬間だけであるということを。そしてその喜びは何事にも代えられないのだということを。

いつしか主目的が入れ替わっていた。

アレを解明しよう、という気持ちは変わらないが、それによって心の安寧を得るより、少しでもあの時の恐怖と絶望を追体験したい、というように動機が変化していった。

激しくおののき恐怖して、魂の充足を図る。いつしかそれが切実な徳川の望みになっていた。

言ってしまえば中毒者《ジャンキー》だ。

重度の、末期の、怪異中毒者。

それがにこにこと人当たりの良い大富豪、徳川清輝に存在する暗く、病み爛《ただ》れたもう一つの側面だった。

今もこうして異音が残っている音声データに耳をそばだてている。どのタイミングで怖ろしい声が入っているかは熟知《じゅくち》しているのに、なにも音がしない時間も辛抱強く聞き耳を立てているのは、そうした方が異常音が聴覚に飛び込んできた時、より強く恐怖を感じるからだ。

なにもない日常があるからこそ怪異に触れた時その衝撃がより強くなる。

本物の怪異だけに囲まれてしまえば、いつしかそれは日常となって感覚が麻痺してしまう。バランスとリズム。だからこそこの部屋には本物の怪異もそうでなかったケースもレポートとして納めている。

徳川が怪異を上手く味わい尽くすためだけに作られた部屋。

七分の〝苦しい〟ははっきり聞こえたが、徳川は特になにも反応を示さなかった。やはり慣れてしまってきている。そしてじっくりと待って四十二分。今日ははっきりとなんと言っているか聞こえた。

それは聞くに堪《た》えない怖ろしい呪詛《じゅそ》の言葉だった。

だが。

ダメだ。

ほんの微かに肌が粟立《あわだ》ったが、魂を揺さぶられるほどの恐怖は覚えなかった。徳川は落胆して音声ファイルの再生を終えた。残念なことに年を経るごとにどんどんと恐怖を感じられる案件が少なくなってきている。麻薬中毒者がより強いドラッグを欲するように徳川もまたより強い恐怖を与えてくれる怪異を追い求めるようになってきていた。物足りないのだ。

絶対的に量も質も足りない。

(もっと怖いことが)

それはもはや耐えがたい渇きに等しかった。砂漠で遭難した人間が細胞の一つ一つまで乾ききって水を欲するように。

(もっと怖ろしい目に遭いたい)

指先が震え、目眩《めまい》がするほどに怖い体験がしたい。そうしないと。

生きている、と思えない。

生きている、という実感が抱けない。

徳川はふと思うことがある。もしかしたら自分はあの時の〝アレ〟にただもう一度、出会いたいだけなのかもしれない。あのおぞましい、怖ろしい〝アレ〟にもう一度、相対し、今度こそ完膚《かんぷ》なきまでに魂が破壊されるような恐怖を味わえたのなら。

きっと自分は恍惚《こうこつ》として死んでいくだろう。

徳川は額を押さえ、幾度も深呼吸した。薬の禁断症状のように身体が震え始めていた。なまじ中途半端な恐怖を味わったからこそかえって不完全燃焼《ねんしょう》な気持ちだけが残った。

死ぬほどに怖い目に遭いたい。

恋い焦がれる恐怖への想い。

その時である。

チャイムが一度、鳴った。徳川はパソコンの画面を見た。歩行が不自由な彼は自らが生活しやすいよう玄関のモニターもパソコンで確認できるように設定していた。彼の奇矯《ききょう》なライフスタイルに反して徳川邸を訪れる者は案外、少なくはなかった。

本や生活物資を宅配してくれる業者はそれこそ一日に何度も訪れてくるし、友人知人が遊びにやってくることも稀ではなかった。怪異への異常な執着心を除けば徳川は優しく、陽気で、人好きのする男だった。思いやりがあり、鷹揚《おうよう》で、知的な彼に多くの人々が親しみを抱いた。

彼が抱えている異常な部分はやはり一側面で、大きな悲劇を経験しても明るく前向きに生きている青年、というのもまた彼の一側面なのだった。

徳川は何気なくウインドウを開いて驚いた。

「！」

絶句した。そこに映されていたのは……。

〝すまない。突然、訪れて〟

沢村草月。

やつれた表情と苦しそうな目でこちらを見てきた。生きている、ということは彼の指導教授経由で知っていた。しかし、またこうして自分を訪ねてくるとは思ってもいなかった。

〝話したいことがあるんだ。開けてくれないか？〟

なぜだろう？

自分には霊感など全くないはずなのに。

彼の姿を目にしたとたん、ぞくぞくぞく、と怖ろしい予感が頭のてっぺんから足下まで走り抜けた。

もしかしたら、と思った。

死ぬほど怖ろしい目に遭えるかもしれない。

徳川は期待に震えた。


とりあえず家に上げ、リビングに通す。現在、エレイナはいないのでお茶などは提供できない、と言うと草月は疲れたように笑った。

「いらない」

それから少し黙った後、

「……あまり良い話は持ってきていない。だから、気を遣わないでくれ」

徳川も無言で頷く。椅子に座った草月に向かい合うよう徳川は車椅子を操作した。一年ほど会っていなかったが草月の外見上に大きな変化は見受けられなかった。

端整な顔立ちにすらりと高い身長。黒いズボンと白いシャツというシンプルな服装を優雅《ゆうが》に着こなしている。口元に浮かんだ皮肉げな笑みといい、眼鏡の奥の怜悧《れいり》なまなざしといい、記憶の中の草月とほぼ相違はない。

（いや、日焼けしていますね、少し）

元々、車椅子の徳川に負けないくらいインドア派だった草月だから、日焼けした、と言っても抜けるように白かった肌が人並みになった程度だ。彼の指導教授経由で草月がここ数ヶ月ほどとある山奥の寺で鞄持ちのようなことをやっている、と聞かされていた。恐らくそこでは出歩く機会も多かったのだろう。

「またお会いできて嬉しいですよ、沢村さん」

徳川がにっこりと微笑んで言うと、

「それを言われると辛い。本当はこうして会いに来られた義理でもないんだが……」

草月は居心地が悪そうに目を伏せた。どうやら話の切り出し方に迷っているようだった。徳川がふと指摘した。

「ホワイトボード」

「え？」

「筆談。もうされていないのですね」

「ああ」

草月は苦笑を浮かべた。

「もう。必要はなくなった」

彼がこの部屋に入ってきた時から薄々気がついてはいた。なにが彼の身の上に起こったかは分からない。だが、どうやら草月は己の怪異から距離を取ることに成功したらしい。

なのに。

なぜだろうか。

怪異から離れたはずの今の草月を見ていても未だに恐ろしかった。

あの時、モニター越しに感じた予感は一向に減じる気配はなくむしろ暗い、恐ろしい不可視の闇となって徳川の精神を圧迫してくる。それがぞくりぞくりと甘美《かんび》な期待となって徳川の心を震わす。

「酒でも飲みませんか？」

ふいに自分でも意外に思うような言葉を草月に投げかけた。草月が怪訝そうな顔をしている。

徳川は、

「いや、なにか話しにくそうですし。アルコールがその一助になるのではないかと」

「ああ」

草月は初めて少し笑った。

「いいな。飲もうか」

徳川は頷き、車椅子を台所の方に向けた。

「秘蔵の酒があるのですよ」

確かに少量のアルコールは草月の口を滑らかにしてくれるだろう。

同時に。

この指先の小刻みな震えを止めてくれるかもしれない。それは恐怖なのか喜びなのか徳川にもよく分からなかった。


ジャパニーズウイスキーのロック。徳川は普段、酒を飲まないので小洒落《こじゃれ》た酒器などの用意はこの家になく、緑茶用の湯飲みにウイスキーを注ぎ、冷蔵庫の製氷機で作られた四角い氷をそのまま入れて乾杯した。

「美味いな……なんだこれ？」

草月は感心したように湯飲みの中の液体《えきたい》を見やる。

「俺も普段あまり酒は飲まないがこれは分かるぞ。そうとう良い酒だろう？」

徳川はにこっと笑って、

「なに。もらい物ですよ」

杯を口元に運んだ。草月はウイスキーのロックを飲み干してから、ふうっと息を一つついた。

彼の頬に少し赤みが差した。

「これでようやく色々と話せそうだな」

そこで徳川も気がついた。

（そうか。沢村さんも畏《おそ》れているのか。これから話すことを）

幸い徳川の方もアルコールが喉の奥を通って胃の腑に流し込まれる度、手の震えが徐々に収まってきた。酒を飲む、というアイデア自体は悪くなかったようだ。

「……ここに来る前に先生から聞いてきた。俺がとある寺に厄介《やっかい》になっていたことは知っているな？」

徳川が頷いた。草月ははにかむように笑った。

「そうか。色々と心配をかけたようだな」

「まあ」

徳川は短く応えた。

「あなたはどう思っているか分かりませんが、私はあなたのことを未だに友人だと思っているんですよ。ですから、心配は当然しました」

非難がましくならないよう気をつけたつもりだった。

「……そうか」

二人の間では決定的に近い別離があった。

草月は怪異から距離を取り、逃げだし、徳川は踏み止まり、探求を続ける選択をしたのだ。

だから、こうしてまた面と向かって話せるとは徳川もほとんど思っていなかった。

特に舞浜理理花に関する事案では出会ってから初めて互いに言葉鋭くやり合った。理知的な二人だからこそ乖離してしまった立場を修復する術がなかったのだ。

「まず俺がどうしていたかだが」

草月は色々とあったわだかまりにはとりあえず言及することなく、自分が過ごしてきた日々を話し始めた。

あてどなく各地を転々として、そして東北のとある田舎町で堅浄という僧侶と出会った。彼との生活や彼の容貌、話し方、暮らしぶりなどをかいつまんで説明していく。徳川は相槌《あいづち》を打ち、聞き役に徹した。

「最初は半信半疑だった。信じ切っていたわけじゃない」

だが、堅浄の言うとおり、草月は自らに取り憑いていた怪異の濃度が日に日に薄まっていくのを実感した。

「正直なところ未だに堅浄さんがなにをやったのかよく分かってはいない。でも、もう長いこと俺は〝アレ〟の姿を見てはいない」

「その堅浄さん、という方は」

あれ、と徳川はふいに思った。草月の指先がとんとんとテーブルを叩き始めた。

(こんな癖《くせ》ありましたっけ？)

覚えていない。神経質な叩き方ではなく、なにか楽しいことがあった時のような陽気なリズムを取っている。

とん、とんとーん。

一方、草月本人は、

「ん？　なにか言ったか？」

どちらかというと疲れたような表情でこちらを見てきた。

「あ、いえ」

徳川はその指先を見つめながら答えた。

「その堅浄さん、という方は」

「ああ、その寺では自分でも驚くくらい落ち着いて暮らしていたよ。ただあの堅浄さんの奥さんとおかあさんと娘さんはとてもよく似ていた」

少しの間。

とーんとん。

「あの、沢村さん？」

「顔が似ていたんだ。笑い方もそっくりだったよ」

とーんとん。

「一度、夜にトイレに起きた時、娘がずっと廊下に立っていて少し薄気味が悪かったな。ずっとこちらを見て笑っているんだ」

ぞくり、とした。

「沢村さん？」

酔いがどんどんと覚めていくのを感じた。

「ああ、そうだった。あそこはずっとなぜか少し生臭かったんだ。なんか饐《す》えた臭いがしていた。なんでだろう……気にならなかった」

先ほどから微妙《びみょう》に会話がかみ合っていない。徳川は強ばった表情で草月に視線を向け続ける。

（一体、なにが？）

草月は行きつ戻りつしながら自分の身に起こったことを語っていった。かなり早口でほとんど聞き取ることが出来ないくらいなのに、なぜか彼が言っていることははっきりと頭の中で理解できた。

「堅浄さんの奥さん、そういえば時々、右腕がないことがあった。なぜ、気にならなかったんだろう？」

時折、ぽつりと述懐が入る。

「おかあさん。そうだ。義理のお母さんがずっと庭先で叫んでいる日もあった。まるでネコみたいに耳元まで口が裂《さ》けていた。朝から晩までずーっと叫んでいるんだ。でも、誰も気にしていなかった。俺もだ。なぜか。そうだ。そういえば小さなトイレの個室に三時間くらい三人一緒に入っていたこともあった。ああ、思い出した」

草月は言う。

「あの三人の女性は時々、ニンゲンであることを止めていたんだ。なんで気にならなかったんだろう」

指先がまるでピアノでも弾くように陽気にテーブルを叩き続ける。

激しく。

その間、徳川は草月のおおよそを知った。彼は堅浄の身の上とその寺について疑問を抱いた。

ある朝、堅浄は全くの別人に成り代わっていた。

「……」

徳川はいつしか自分が全く身動きできなくなっているのを知った。草月は、

「だから、俺はもう一度、寺に戻った。堅浄さんには世話になった。恩義があるんだ。柄《がら》じゃ

ないけど……逃げ出すわけにはいかなかった」

うわごとのように話していく。そして、

「ああ、一面に鮮血が広がっていた。本堂だった。直感で分かった。アレはきっと、だから、その時」

もう草月の目はどこも見ていなかった。彼が部屋に入った時からずっと感じていた恐ろしい予感が今、破裂せんばかりに膨れあがっていく。

「そして」

唐突に草月が立ち上がった。

「俺は背後からぽんと肩を叩かれた」

急に静かになった。草月はがっくりと首を前に垂れている。徳川は固まったまま動けなかった。ようやく徳川が声を発せたのはそれから一分も経ってからのことだった。

「それは」

自分でも驚くくらい喉がからからに干上がっていた。

「それは誰だったんですか?」

「……それは」

草月は口元だけ動かした。にいっと笑う。

「それは私でした」

すっと顔を上げる。

目の輝きが違う。そこに草月ではない何者かが立っていた。

「ちゃお。お元気だったかな、徳川清輝くん？」

草月。

いや、その草月の中にいるナニカは再び椅子の上に腰を落とすと芝居《しばい》がかった仕草で足を組み、手を組み合わせた。

「さて。答え合わせの時間だよ。僕は一体、誰でしょう？」

外観は完全に沢村草月そのままである。だけど、彼はこんな気取った喋り方はしない。こんな浮薄な、陽気で親しげだがどこか得体の知れない表情は浮かべない。

すぐに記憶が現在の意識と連結した。

ふうっと一度、腹の底から息を吐き出した。目の前の常識から逸脱した存在と対峙する覚悟を固めたのだ。

「溝呂木《みぞろぎ》さん、ですね？」

確信があった。

「ぴんぽーん」

嬉しそうに草月……否。

溝呂木は指を立てた。その目的も、正体も分からない怪人、溝呂木。かつて舞浜理理花、沢村草月が一度だけ相対し、徳川もまた理理花の深層意識を催眠で探っている最中に出くわした。

彼女の記憶に鍵をかけ、ちょうど今回のように理理花の口を通して徳川に呼びかけてきたのだ。

「……沢村さんは」

徳川の警戒した表情を見て取って溝呂木が陽気に自分の腹を叩いた。

「あ、少し身体を借りているだけだよ。心配ナッシング。すぐに出て行く。それからこのことは彼とはちゃーんと合意の上だよ」

徳川は髪をくしゃっと掻き回した。頭がおかしくなりそうだった。

「あなたは」

浅い呼吸を繰り返す。

「あなたは」

適切な言葉が思い浮かばない。

「あなたは一体なんなんですか？」

ようやく吐き出した問いがそれだった。

「……」

溝呂木は困ったような顔をしてみせた。

「君の敵ではない」

「……」

「でも、ごめんね。君の味方でもない」

「で、しょうね」

強ばった苦笑を頰に浮かべるのが精一杯だった。溝呂木は、

「強いて言うとこの国の味方かな？」

「国？」

「そー。国」

溝呂木は指をくるくると回しながら、

「日本。この国。ＪＡＰＡＮ。その防波堤。管理者。ガーディアン。行きつ戻りつする者。〝公務員〟。僕たちは〝公務員〟と自分たちのことを呼んでいる」

「〝公務員〟？　たち？」

徳川は与えられた茫漠《ぼうばく》とした情報の中でまず真っ先に気になったことを問いかけた。

「そうするとあなたみたいな人たちは他に複数いる、という訳ですね？」

「ザッツライト」

ふいに溝呂木はポケットから飴玉《あめだま》を取り出すと袋をむしり取り、口の中へと放り込んだ。もごもごと嬉しそうにそれを舐めながら、

「他にもいる。沢村くんが厄介になっていた寺の……ちゃんもそうだ」

「え？」

「……ちゃん。ああ、恐らく君の耳には本当の名前を言っても聞き取れないだろうね。……ちゃん。……ちゃん！　……ちゃん！」

溝呂木は手をメガホンにして何度もその名前を連呼する。その度に脳を直接手のひらでこすられるような不快感が生じて徳川は大声を出して手を振った。何度、聞いても名前の部分がきーんと耳鳴りがして全く理解できない。

「分かりました！　分かりましたから止めてください！」

溝呂木は気の毒そうな顔つきになった。

「彼女は、えーと、君たちの目からすると彼女たち、なのかな？　彼女たちもまた〝公務員〟なんだ」

「……その、堅浄という住職の義母や奥さんや娘さんのことですか？」

「そう。あの寺はいわば彼女たちが本体。凶事や怪事から人々を護《まも》る心優しき北の守人《もりびと》」

草月の説明を聞いている時、もっとも不気味に感じた三人の女性。彼女たちを〝心優しき〟と表現するのに違和感を感じた。

「〝公務員〟、なのですか？」

「公に務めている。代々の堅浄はそのためだよ」

徳川はどうしても確認したい事柄をまず尋ねた。

「代々、と仰いましたね？　堅浄、という人は定期的に入れ替わるのですか？」

「それは入れ替わるよ」

溝呂木が当然のことのように言った。

「あそこはこの国有数の大きな鬼道《きどう》が開いている場所だからね。それに堅浄の名を頼って外部から難しい案件が持ち込まれることもあるし。その代の堅浄の手に負えないこともたまにはある」

徳川は努めて冷静であろうとした。目の前の相手は沢村草月の身体を借りているとはいえ中身は怪物だ。人間の倫理観は恐らく通じない。

「手に負えないとどうなるのですか？」

「んー」

ころっと溝呂木は飴を口の中で転がした。ごく平然と、

「壊れる」

それから急に慌て出し、

「あ、誤解しないで！　……ちゃんは別に堅浄を使い捨ててるわけじゃない。それはそれは大事にしている。信頼関係もちゃんとある。代々の堅浄も納得して堅浄になっている」

「……」

「あ、止めてよね、その冷たい目。だって、仕方ないじゃん。誰かがやらないといけない仕事だよ。それを言うならさあ、この沢村くんだっていわば堅浄と……ちゃんに救われたケースでしょう？」

それは恐らくは事実だ。徳川は慎重に、

「全くの別人が引き継ぐわけですよね？　誰かが疑問に感じたりはしないんですか？」

「誰かって誰？」

「近所の人とか。そうだ！　行政はどうなるんですか？　戸籍のこととか」

溝呂木が笑った。ケラケラと。

「だから、そういうことも含めて僕らは〝公務員〟なんだよ」

詳細な意味はよく分からない。だが、なんとなくぞくりとした。

「それに壊れる、と言っても堅浄は……ちゃんの中に残るからね。だから、おおよその記憶が引き継げる。……ちゃんと堅浄は言ってしまえば同一のもの。……ちゃんさえいれば結局、身

体は入れ替わってはいても堅浄はほぼだいたい堅浄のままなんだよ。もちろんその代ごとに多少の個性差はあるけどさ」

　全く異質な存在と会話して自分の中の良識のような部分がひどくぐらついてきた。

「分かりました、とはとても言えませんね。正直なところ頭がおかしくなりそうです」

　徳川は車椅子に深く身を沈め、重たい溜息を一つついた。それからふとまず真っ先に尋ねるべき質問を自分がまだしていないことに気がついた。

「あなたは」

　それは多少、勇気のいることだった。

「なにをしにいらしたのですか？　今日。この場に」

　溝呂木は間違いなくなにか重要なことを伝えにここにやってきたはずだ。溝呂木のような存在が無意味にその正体の一端を晒《さら》すようなまねはしない。そして草月も恐らくその内容を承知しているからこそ身体を貸し与えたのだ。

「……」

　ころころ、と溝呂木は口の中で飴玉をしゃぶった。彼の眼球が一度、左上、それから右上に動いた。指先がまたテーブルを激しくタップする。徳川はまた恐怖心が膨れあがっていくのを感じた。

　溝呂木は明らかに言い淀んでいる。この怪人が迷っている。そのこと自体が話の重大性を予感させ、恐ろしかった。

「堅浄がね」

「え？」

「正直なところ……ちゃんもすごく哀しんでいるんだよ。これほど頻繁《ひんぱん》に堅浄が代替わりをしたのは初めてだから」

「どういうことですか？」

「基本的にはあの寺は一般ピープルを護るために存在しているんだよ。そして……ちゃんとその加護《かご》の下にある堅浄は、この国で起こる怪異の大概をモノともしない、それはそれは強い強い力を持っている。〝公務員〟の中でもずば抜けた存在だ」

ふいに溝呂木が声の調子を変えた。

「その並外れた力を持つ堅浄がね。三年で三回入れ替わった」

徳川は草月が語った話を思い出していた。

「それは、通常のことではないんですか？」

「いやあ。それはちょっとさすがに異常事態かなあ」

へらへらとどこまでも軽い口調で溝呂木は答えた。

「あれ？」

ふいに徳川はあることに気がついた。

（もしかして）

草月の話に色々と圧倒されて流していたが、堅浄が消えたシチュエーションには間違いなく聞き覚えがあった。

大量の鮮血を残して存在が消滅する。

それは確か——。

「もしかして舞浜さんのお父さんと同じ」

その時である。

いつの間にか。

本当にいつの間にか徳川に接近していた溝呂木が、その右手の人差し指をぐっと徳川の唇に押し当ててきた。彼は立ったまま車椅子の徳川の目の奥を覗き込むようにして上半身を傾け、穏やかに言った。

「ダメだよう。いいかい？　そのことは安易に口にしてはダメ」

徳川はのけぞった。溝呂木の瞳の奥は全く笑っていなかった。そこにはただ暗いぽっかりとした闇があった。

「君が思っていることはとても正しい。堅浄の消失はそれに起因している。だ、け、ど、君が今そ、の、こ、と、を、口、に、し、て、は、ダ、メ。その存在を追及することもしちゃいけない。いい？　なぜなら、それはね」

徳川の耳元に唇を寄せ、

「因果のつながりを頼りに這い寄り、いつの間にか近づいてくるんだ。君はもう既にソレの視界に入っていると考えていい。いいね？」

優しく、だが、有無を言わさぬ口調で溝呂木が言った。徳川が答えられずにいると、

「分かった？」

さらにぎゅっと徳川の首に手を回してきた。徳川はぎこちなく首を縦に振った。

「いい子だ」

頭を撫《な》でられる。それは優しい仕草のように感じられた。なぜだか幼い頃に死に別れた父のことを思い出す。

ふいに溝呂木の声が掠れていった。

「おや、思ったよりも草月くんが起きるの早かったな。まあ、いいや。とりあえず君にはそのことを伝えたかっただけだから。詳しいことは草月くんから聞いてね。ちゃお……愛を込めて。本当に。ちゃお」

すうっと溝呂木の気配が遠のいていって……。

「おい」

沢村草月が突如、強ばった声で聞いてきた。

「一体、なにがあったんだ？　俺たちはなんでこんなことになっている？」

どうやら再び意識を取り戻したら徳川に正面から抱きついている状態だったらしい。嫌そうな顔で徳川からそそくさと身を離していく。

その憮然とした表情を見ていたら、

「はは」

徳川も苦笑が漏れてきた。そしてそれはやがて、

「ははははははは」

たがの外れた笑いに変化していく。なぜか涙が出るほどおかしかった。人生で初めてくらい身体をよじって笑っていた。そしてそんな徳川を草月はばつが悪そうな、気味が悪そうななん

とも言えない顔で見つめていた。

溝呂木の気配が去って草月は文字通り憑き物が落ちたような状態になった。やけくそのようにまた酒瓶《さかびん》に手を伸ばし、ぼやく。

「全く気色の悪い。俺の身体を借りる、と言っていたのはそういうことだったのか！」

草月の談によると背後から肩を叩かれて以降の記憶はやや曖昧なのだそうだ。完全に自分を取り戻すまではずっと暗闇の中にいて遠いところに映っているテレビの映像でも見せられているような感覚だったらしい。

徳川はそんな草月に向かって率直に尋ねた。

「溝呂木はあなたに詳細を聞くように、と言い残しました。一体、なんのために溝呂木と……そしてあなたは私に会いにいらしたのですか？」

「……」

「あまり覚えてらっしゃらない？」

「……いや」

草月は再び酒を呷《あお》って、

「そこら辺ははっきりと覚えている。俺はあいつとかなり話し込んだ。たぶん、警告と忠告ってことなんだろうな」

「……」

沈黙。徳川は気がついていた。溝呂木の気配は完全に消え去っている。だが、得体の知れない恐ろしさは未だに草月から漂っていた。

　正直なところ先ほどからずっとぞくぞくしっぱなしだった。徳川は再び小刻みに震えてきた指先をごまかすべく、草月と同じように酒を急ピッチで飲み続けた。

「俺の意識を朦朧とした状態のままで溝呂木が話したのはある意味、あいつの好意だったのだと思う。本質をぼやかして語らないと俺自身がどうにかなるからこそ直接的な言及は避け、あえて不完全な形であいつは俺に色々語ってくれた。だから」

　草月は徳川を見据えた。

「俺もあえてあやふやな形でおまえに伝えるべきなんだと思う。いいか？」

　徳川は頷いた。語る主導権はあくまで草月にあるのだ。

「いかようにも。どうぞ」

　手でそう合図をする。草月は自分の頭の中を探るような表情を浮かべながら切り出した。

「おまえはものすごい数の怪異を採集しているな？」

　徳川は首肯した。自身の小部屋に案内したことはないが、その存在自体は草月に語ったことがある。

「その中にひどく訳の分からない事案が一定数あるだろう？」

「どういうことでしょう？」

　徳川は質問の意図を図りかねた。

「怪異はおおむね常人の理解を逸脱しているものだと思いますが？」

「いや、そういうことじゃない」

草月はもどかしそうに首を横に振った。

「A＝Bという因果関係で説明できればそれはたとえどんなに常識から逸脱していても理解の範疇《はんちゅう》にある、と言っていいんだ」

徳川は困惑している。草月は熱心に、

「人が死んだ場所でタタリが起こる。誰かが呪った行為で怪奇現象が生じる。そういった怪異は全て因果の連鎖《れんさ》がきっちりと繋がっている。そこで仮にどんなに恐ろしいことが起きても、結局は理性に落とし込める範囲だし、それ故、対処できないというほどのことではない。なぜなら、先ほど言ったようにそこには人の知覚しうる原因があるからだ。違うか？」

「ああ。なんとなく」

徳川は草月の言葉を頭の中で吟味《ぎんみ》しながら頷いた。

「少し分かりました」

まさに今日、舞浜理理花に渡したケースはそんな感じなのかもしれない。事前調査のレポートを読んだ限りだと転落死した女性が原因となっている気配が濃厚だ。

ということは恐らく理理花だったら対処できないことはない。

「だけど、怪異を追っているとそんな因果関係の全く存在しない、意味の分からない奇妙な事象が時々、存在するだろう？」

草月は一言一言、区切るように言った。

徳川は頷く。

ちりっと肌が粟立った。

「理不尽で、不可解で、唐突な。まるで暗闇の中にぽっかりとそれだけ浮かぶような訳の分からない怪異」

たとえば。

大量の血液を残して人が消失するような――。

そういうことを草月は言いたいのだろうか？

草月はふいに語る視点を変えた。

「ずっと古来からこの国にはそういった人間の理解の範疇を遥かに越える不可解な現象が存在し続けた。そしてそんな怪異の中にはごく一部」

彼は不意に立ち上がった。そして壁際に設置された棚から赤いペンとチラシを一枚持ってきて、

「借りるぞ？」

徳川に了解を取ってから。

邪神《じゃしん》

と、そう一字、記した。

「そう呼ぶべきような存在が関係している」

恐らく草月も溝呂木から警告されていてみだりに核心を口にしないよう注意しているのだろう。

邪神。

徳川は口元を手で覆った。

「確か古事記に」

「ああ」

徳川の言外の示唆に草月が即座に頷いた。徳川の言わんとしたのは古事記の中にある〝さばえなす邪《あ》しき神〟と表現された一文だ。高天原《たかまがはら》の人間のような性格を持った人格神とは異なる、この地に元々蠢く、共感と理解が一切、通用しない不可解な存在たちだ。

それがこの国でもっとも古い歴史書には確かに記録されている。

草月は言った。

「無数の文献を読んでいるおまえなら分かるだろう？　一神教や多神教の神々とは全く意味合いの異なるこの国ならではの神というモノが」

この国では万物全てに神が宿る。

八百万《やおよろず》の神々。

吹く風にも、ざわめく木々にも、沈黙を保つ岩にも神はいる。人が死んでも神として祀《まつ》られるし、人工物や目に見えぬ架空《かくう》の存在にすら神格は遍在する。

そしてその中には。

「人に仇《あだ》なすようなモノもいる、ということですか」

徳川が呟くと草月は首を横に振った。

「違うな。それにはそもそも必然性のある害意すらないんだと思う。たとえば人間が歩く時、無自覚に蟻を踏み潰すように。別に蟻が憎くて殺している訳ではないのに結果的に脈絡なく蟻の生命を奪っている。逆に蟻側は自分がなんで死ぬのかなんてこれっぽっちも分からないまま、ただ単に踏み潰されている。相互理解なんかあり得ない。それくらいの隔絶《かくぜつ》だ」

「……蟻と人ほどの」

「あくまで比喩《ひゆ》だけどな。そして溝呂木が言うところの〝公務員〟という組織は、そういった存在に対抗《たいこう》していくためにか弱き人間側で確立されていったんだと思う。恐らくはこの国が歴史というものを持ち始めた遥か古《いにしえ》の時代から」

「彼ら……溝呂木たちは人間なのでしょうか？」

「さあな」

草月は苦笑した。

「俺がそのことを尋ねたら溝呂木はニヤニヤ笑って〝しー〟と唇に指を当ててみせたよ。たぶん、ちょうどその中間にいる存在なんじゃないのかな。人と怪異の。俺がいた寺の三人の女のように」

徳川は口元に手を押し当てたまま黙っている。草月は話し続けた。

「溝呂木の口ぶりだと溝呂木ですら〝公務員〟の全体像は分からないようだった。各々、独立していて怪異や人間に対しても全く異なるスタンスを取っているらしい。それこそ俺がいた寺のように怪異に苦しむ人間を積極的に救済している者もいれば、人間に一切、興味を持たない、むしろ逆に危害を加えているような存在もいるみたいだし。だから、溝呂木はまだ俺たちに好意的だと言えるんじゃないかな」

草月はそこで声の調子を落として、

「だが、そんな緩い連帯とも言えないような連帯を結んでいる〝公務員〟たちにも、たった一つだけ絶対の共通点がある。それがこれだ」

草月は再び〝邪神〟の一字が書かれた文字を掲げてみせた。徳川はごくりとつばを飲み込んだ。

「これをなんとかする、という動機だけは絶対に共通している」

「……なる、ほど」

徳川はさらになにか言いかけて止めた。草月は言葉を重ねる。

「それだけ恐ろしい、ということだ。それだけ切実なんだよ、これは」

「今回の堅浄さんの件も、それから舞浜光太郎先生……そうだ。あなたが以前、訪れた阿佐不磨の屋敷でも」

「ああ、そこの大西《おおにし》さんという人も同じように、その、なった」

なった。

というのは、大量の血液を残して消失した、という意味だ。

徳川は自然と声の調子を落として、

「それは、なんなのですか？　なんなのですか、という表現もおかしなものですが」

「言ったろう？」

草月は苦しそうに、

「溝呂木たちですら形容できない。理解できていない。俺たち人間には絶対に本質は分からない。ただ」

草月は紙に書かれた邪神という文字を丸で囲んだ。

「溝呂木と会話している最中、ちょっとだけ見えた風景、というかビジョンみたいなものがある」

草月はかいつまんで語った。

成層圏にまで届きそうな巨大な肉の岸壁。そこに這っている青黒い血管。それが脈打つ。恐ろしく絶望的なまでにそそり立ち、ただひたすら他の存在を圧倒する。屹立《きつりつ》する。暗黒色に光り続けている存在。

そんなモノがちらっと脳裏をよぎったそうだ。

「気がついたら俺はトイレに駆け込んで吐いていたよ」

今でも気持ち悪そうな表情で草月が言う。徳川も顔をしかめた。草月は今一度、酒を呷って苦《にが》そうに口元を手の甲で拭ってから、

「俺が見たイメージがなんなのか分からない。どういうモノなのか、それ自体と関係あるのかも分からない。ただ仮にこれを〝A〟と呼称しよう」

「〝A〟？」

「便宜《べんぎ》上な。この〝A〟は溝呂木たちが語ったところによればこれは現世……この世？　この空間、つまり俺たちが今、生きている場所とはやや異なるところにいるらしい。伝統的な言い方をすれば常世《とこよ》や根《ね》の国《くに》という表現をされる場所。いわば異界だ」

徳川は頷いた。

「この〝A〟が現世にいる俺たち人間を時々、この異界に引き込む」

「……」

「なぜ、とは聞くなよ。当然、その理屈も理由も分からない。ただ〝A〟はこれを盲目的に行う。溝呂木の言葉を借りればそれこそ〝神代《かみよ》の昔から〟だそうだ」

「……」

「その力はあまりに強大で封じることも回避《かいひ》することも叶わない。ただある種の法則性に近いものと周期があるため辛うじて溝呂木たちは〝A〟の存在を人間社会から秘匿し、対処できていた。しかし、ここ最近」

「……〝A〟の活動が活発になった。違いますか？」

徳川の言葉に草月が頷いた。

「そうだ」

「ふ」

徳川が力なく笑った。

「〝周期〟だとか〝活動が活発になった〟って。まるで台風や地震みたいな表現ですね」

「近いだろうよ」

草月は真顔だった。

「どうすることも出来ない、いわば天災だ。この国は宿命的にそれを受け入れているようなところがある」

徳川にも多少、理解できる感覚だった。不可避の災難を明るく澄んだ諦念《ていねん》と共に受け入れ、共存していくような独特の文化がこの国にはある。

「その法則性、というのは一体どういったものなのでしょうか？」

徳川の問いに、

「これは……」

草月が考え込むように言葉に迷いながら、

「ある種の縁《えにし》を辿るらしい。関係性というか、近しい気配というか」

「……というと？」

「うーん、そうだな。より具体的に言うと、怪異に近い行為をすればするほど発生確率が高まるみたいだ。いや、これは溝呂木が言ったわけではなく、単に俺がそう推察しているだけなんだが」

そこで草月はさらに自らの見解を比喩を使って説明した。

地中に目の見えない巨大な生物がいるとする。それは時々、触手を伸ばして地表の生き物を捕らえ、地中に引きずり込む。ただし、目が見えないから触手の先にある感覚器官でかぎ当てた匂いだけを頼りにしている。そしてその匂いは怪異に近ければ近いほどより、触れれば触れるほど濃くなっていく。

「……なるほど」

徳川は二度、三度と頷いた。

「ならば阿佐不磨の大西さん、そして理理花さんのお父様、舞浜光太郎先生、あなたの恩人である堅浄住職が飲み込まれた理由も分かりますね」

三者とも形は違えど、怪異に魅了されたり、怪異を探求したり、それに対処することを生業《なりわい》としていた。

「怪異に接すると匂いがつく。それが濃くなればなるほど〝A〟に気がつかれる可能性が上がっていく」

自分でそう言いながら徳川はふとあることに気がついた。

「……そうか」

全てが腑に落ちた。

草月がここに来た理由。

溝呂木が警告に現れた訳。

「我々はとっくに狙いを定められている訳ですね？　その〝A〟という」

そこで徳川は思い切ってその言葉を口にした。

「太古からこの国に存在する邪神から」

草月は一度、驚いたような顔をした後、大きく頷いた。もう既にソレの視界に入っている、と溝呂木は言い残して消えた。

「あれはそういう意味だったのですね……」

徳川が呟く。それからじっとこちらを見ている草月を見つめ返し、ぞくぞくと身を震わせながら悟った。

この草月の背後から漂う圧倒的な恐怖の気配にようやく察しがついた。

それは……。

異界に鎮座する邪神のものだった。

その巨大な見えない瞳が、不可視の感覚器が、草月にまとわりついていて、自分はその予《よ》兆《ちょう》を感じるからこそこんなにもおののいている。草月も、そして自分も、怪異を追いかけてきた経歴は消え去った三人に決して劣らない。

ならば。

恐らくいつ消え去ってもおかしくはないのだ。

特別な感受性——いわゆる霊感というものを持たない徳川がその気配を感じ取ることが出来るのは、きっと自分自身も既に邪神の視界に入っているからで。

ということは——。

もしかしたら草月側からも徳川を見ると恐ろしく感じるのかもしれない。彼の切羽詰まった表情を見ているとそれはあながち間違った解釈ではない気がしてきた。

「……そうか」

草月は懸命に訴えた。

「だから、このままでは俺たちは」

なにか言っている。だが、徳川の耳にはもう草月の言葉は届いていなかった。指先から始まっていた震えはもう既に全身に広がり、彼の身体は揺さぶられるように激しく振動していた。

怖くて怖くて仕方ない。

それなのに。

初めて生きている、と思えた。

人間など絶対に及ばない圧倒的な超常物に魅入られている。それはなんという愉悦《ゆえつ》だろう。

恍惚。

恐怖。

恍惚。

恐怖。

喉が張り裂けるくらい叫び出したい。自分でも恐ろしくてなのか快感を感じてなのか分からない。

徳川は震え続けた。草月が険しい形相で取りすがってくるがもう気にもならなかった。

もしかしたら。

彼が幼い頃に出会ったあの巨大なムカデのような存在も。

「あれも邪神の一種なのだとしたら」

恍惚と笑みを浮かべる。

よくやく見つけたのだ。ずっと探し求めていたものを。

第五章　舞浜理理花の話、再び

新宿の街を歩いて再び徳川のマンション前まで戻った。様々な覚悟があった。心に秘めてきた感情があった。恐怖も、哀しみも、それを凌駕《りょうが》する熱い想いもあった。

沢村草月に出会う可能性を求めて渦中に飛び込んでいく。身体の芯《しん》から震えてくるような怖さを感じつつも、足は一向に止まらなかった。

一年。

そのために自分は走り続けてきたのだ。

怪異を追い続けた。

彼と再び出会うために。

正直なところなぜそこまでするのか、と問われると困ってしまう自分がいる。

恋心なのかと聞かれたら、絶対に首を縦に振らないだろう。プライドに賭けても。事実としても。だいたい草月とは一緒にいた期間などほとんどなかったし、彼に男性としての魅力を感じたわけでもない。

しいて言えば頭が良いところだけはやや好みだった。理理花の父親もまた非常に聡明な人物だった。弁が立ち、自信に満ちあふれ、挙動《きょどう》のさわやかだった父を理理花は同年齢の女子の平均以上に慕《した》っていた。

多少のファザコンを認めるのはやぶさかではない。

でも、恐らく核になっているのはそんな甘い、乙女《おとめ》チックな動機とは違う。怒りなのだ。あれだけ優しかった父が、運命に翻弄され続けた草月が、幼なじみを護ろうとした少年が、なぜ、こんな理不尽な目に遭うのか、という激しい怒りなのだ。

それこそが理理花を前に進める。

恐怖に打ちのめされる度に立ち上がる力となる。

気負いとはやる気持ちで理理花はマンション前まで近づき、ふと足を止めた。そこで制服姿の警官が三人ほど固まっているのを目の当たりにしたのだ。先ほど虚偽の通報をしたばかりなのでどきりとする。だが、どうやら自分を待ち構えていた訳ではないようだ。

彼らの中心に不審な人物がいて尋問を受けているのだ。どんなに寝ぼけた警官でも見過ごせないほど男は異様だった。一体、どうやったらそこまで出来るのかと思うほど全身、泥まみれなのだ。理理花は彼らの横を注意を引かないよう気をつけながらすり抜けた。

横目でちらっと見る。

しきりに男が喚いているが、警官たちは取り合わずとりあえず連行しようとしている。

「だから言ってるでしょう⁉　ちょっと山の中で作業をしていただけで、俺は学生だって！」

（うわ、やだなあ）

「友人の家にシャワーを借りに来ただけですよ！」

理理花は眉をひそめた。男はここまで漂ってくるほど異様な臭気を放っていた。

その時。

「舞浜！」

突然、男が歓喜に満ちた声で叫んだ。

「舞浜だろう？」

「え？」

理理花は信じられない面持ちで振り返った。男の声に聞き覚えがあったのだ。

「助かった。証明してくれ。俺はおまえの知り合いだよな？」

男はこちらに近づいてこようとして警官に阻《はば》まれている。よくよく見ればその泥まみれの顔にも見覚えがあった。

「さ、沢村さん？」

それは紛れもない。

あれだけ。

あれだけ必死で行方を捜した男。

沢村草月だった。

だったのに。

「な？　頼む！　舞浜！　この人たちに説明してくれ」

明らかに不審者の領域にいる必死の草月を見て理理花は、

「いえ、知らない人です。全く」

思わず真顔でそう言いそうになってしまった。

その後、警官たちは割とすぐに草月を解放してくれた。理理花が彼の身元を証明したのと理花の携帯を使って草月の指導教授、川崎忠則に電話することが出来たからだ。

警官からは、

「我々としては立場上、職質しないわけにはいかないんですよ。あまりそういう恰好で出歩かないで下さい」

川崎教授からは、

「……おまえはトラブルしか起こさないのか？　あとで顔を出せ。説教してやる」

そんなお小言を貰ったようだが。二人は今、徳川のマンションに入り、エレベーターに乗っていた。

「……なんか色々あったみたいね」

あまりの沈黙に耐えがたくて理理花は強ばった笑みでそう言った。なぜ、彼がここにいるのか。なんで徳川邸の鍵を持っているのか。そもそもこんな泥だらけになっている理由も全く不明だ。

だが、とにかく。

くさい。

「ああ」

草月は憮然と答えた。

「色々とあった」

理由を知りたいのだが、それはとにかく彼がシャワーを浴びて着替えてからでも十分、間に

合うだろう。是非そうして欲しいところだ。ふいに草月が表情を緩めた。感情の籠もった声で、

「しかし、ここで会えて本当に良かった」

心底、ほっとしたような様子だった。

「おまえの顔が見られて嬉しいよ」

落ち着いた穏やかな言い方。

理理花は少し感情を揺り動かされた。彼がここまで素直に再会を喜んでくれるとは正直、思っていなかった。理理花としても出来れば彼とその気持ちを共有したいところだったが。

なにしろ。

彼はくさかった。

「なあ、舞浜」

草月が一歩、近づいてきたので理理花はその分、露骨に身を引いた。草月が怪訝そうになる。

「あ、いや、えーと」

「なるほど」

鼻を押さえ、へらへらと愛想笑いを浮かべている理理花を見やり、草月は冷たい声を出した。先ほどの温かみのある表情はいつの間にか霧散し、ただ悪意のある冷笑だけが顔に浮かんでいた。

「いやあ、舞浜。改めて」

突然、彼はがばっと理理花の肩に手を回してきた。

「本当に会えて嬉しいよ！」

自分の泥を念入りに理理花になすりつける。理理花は悲鳴を上げるのと彼のおなかに正拳《せいけん》を叩きつけるのを同時に行った。

「本当にサイアク」

心底、うんざりした表情でシャワーから上がった理理花が言った。草月と最初に出会った時、ロープで木に縛り付けられ、置き去りにされた。別離があったので色々と美化が生じたのかもしれない。草月は基本的にイヤなやつだということを改めてはっきりと思い出していた。そこまでするか、ということを平気でするのが沢村草月という人間なのだ。シャワーで匂いは落ちたが、結局、徳川がパジャマ代わりに使用していた浴衣《ゆかた》を拝借するしかなかった。

「残念だな、舞浜」

草月が芝居っけたっぷりの表情で言った。

「俺はおまえに再会出来てこんなに喜んでいるというのに」

オーバーに手を広げてみせる。彼もまた徳川の浴衣を羽織《はお》っていた。ぶかぶかで袖のところを折っている理理花とは異なり、えんじ色の着物をジャストサイズで着こなしている。

「一言言って良い？」

「なんだ？」

理理花はびしっと音が鳴るくらいの勢いで中指を立ててみせた。草月は唇を歪めて笑った。

「おいおい。しばらく会わないうちに随分と下品になったんじゃないか？　内面はともかく外面《そとづら》はお嬢様然《じょうさまぜん》としているのがおまえの長所だったのに」

「あなたは相変わらず。性格がサイアク。少しは更生して殊勝になっているかと期待したのに」

つい憎まれ口をきいてしまう。

「まあ、でも、いいわ。それより色々と聞かせて」

結果的に再会時の照れくさい空気を互いに感じることなく、こうして一年前の関係に戻れた。自分と草月はこうやってやりあっているくらいがちょうどいい。理理花はなんとなくそう思った。

そして認めたくはないが。

（……私はリラックスできている。この場所で本当に怖い目にあったというのに。もう一度、戻って来られてる）

もっとも不可解なのは草月が徳川邸の安全性を極めて高い確度で保証したことだった。

〝公務員だろう？　大丈夫。もういない〟

さらりとそう言ってのけたのだ。その理由を知ろうとする理理花の口調はもはや詰問に近かった。

「アレは一体どういう意味？　どうしてあなたはそんなことまで知ってるの？」

草月は皮肉っぽい笑みを浮かべて言った。

「舞浜。やっぱり一年経ってもせっかちなところは変わらないな」

ソファにゆっくりと腰を落としながら、

「まずはお互いの近況を報告し合うのが先じゃないか？　たぶん、そこから話し始めないと俺がなにを言っても理解は出来ないと思うぞ？」

「……」

理理花はしばし考えてから溜息をついた。忌々しいことに多くの場合、彼は理のあることを言っている。ただその言い方や表現が癇《かん》に障るだけなのだ。理理花は、

「そうね」

すとんと彼の前に座り、

「急がば回れ、ね。分かったわ。話し合いましょう」

ちらりと草月を見た。〝どちらが先に話す？〟と視線で問いかける。草月は手で促した。

「レディファーストだ。どうぞ」

理理花はその言葉を鼻で笑ってから、

「まあ、私の方が手短にすむかもね」

理理花はおおよそを語り始めた。といっても彼女の一年はほぼ一つのことで彩られていた。徳川から斡旋される怪異をひたすらに追いかけ続ける。それぱかりを繰り返し続けた。変化が起こったのは山崎太陽が関わっていた事件の調査を終えた辺りだ。

徳川邸での不可解な襲撃者。ファストフード店での奇っ怪な現象。そして山崎太陽の失踪。

そのことを口にした時だけは自然と小さく拳を握り込んでいた。

「まあ、そんなところかな」

理理花は強ばっていた肩の力を抜いた。今度はあなたの番、と草月に視線を向ける。

「なるほど。把握した」

草月は優雅に手と膝を組み、まるで事前に話す内容を準備していたかのように滑らかな口調で語り始めた。理知的な彼の話はよくまとまっていて聞いていてとても分かりやすかった。

自暴自棄の旅。その中で出会った堅浄という僧侶。不可解な居候《いそうろう》としての生活。そしてなにより。

「そっか」

理理花は半ば独り言のように口を挟んだ。

「良かったね」

草月は堅浄によって救われた。

「あなたは解放されたんだね。あの怪異から」

理理花は草月がどれほど自らの業《ごう》に苦しんでいたか知っている。二人の別離も根っこのところにはそれが起因していた。草月がホワイトボードを使用していない時点で薄々そのことは察していたが、改めて彼の口から報告を受けると我がことのようにじんわりとした嬉しさがこみ上げてくる。

心の籠もった声でまた言った。

「よかった。ほんとうに」

手を伸ばして彼の肩を叩こうと思ったが、それは止めておいた。

「……」

草月はなにも答えなかった。素直な感謝の言葉も、皮肉な照れ隠しも。ただゆっくりと一度だけ理理花の目を見て頷いた。

それだけで理理花には十分なにかが伝わった。少しだけ笑った。苦しいことや恐ろしいこと、哀しいことは沢山あった。それでもこうして良いこともたまには起こる。逃げないで良かったのかもしれない。

草月が話を再開した。

草月が体験した出来事は理理花よりもさらに異様で、奇っ怪だった。いわば彼の大恩人とも呼べるような田中堅浄が血だまりの中、消失した時は予想はしていたものの大きな衝撃を受けた。

そして溝呂木の出現。

なにより徳川のこと。

草月の視点から聞かされた徳川の病んだ部分に思いを馳せたとき、心が痛んだ。

(私も沢村さんも多かれ少なかれ怪異に人生を、そして人格を歪められている。徳川さんのことは決して人ごとではない)

草月は理理花の表情を見てなにかを察したのだろう。今までのスムーズな語り口とは打って変わって沈鬱《ちんうつ》な口調で言った。

「俺と徳川は一年前、決別に近い別れ方をしたんだ。あくまで怪異を追いかけようとする徳川に対して俺はもうこういったことは一切、止めるべきだと主張した。あいつは〝逃げていくあなたに言われたくないですね〟と言い返してきた。初めて聞くような静かで、冷たい言い方だった。確かに、だ」

草月が苦く笑った。

「確かに俺は徳川や……そしておまえから逃げたんだからな。一言《いちごん》もなかったよ。その時は」

理理花は特になにも言及しなかった。自分は怪異を追いかけ続けた側なので心情的には徳川の立場に近かったが、草月の言わんとしていることも十分、理解できた。なので黙っていた。どちらの味方もしたくはなかった。

草月が理理花に視線を向けた。

「徳川からファイルを託された、と言ったな。見せてくれるか？」

理理花は頷いて今日一日、ずっと死守してきたバッグから赤いファイルを取り出した。それを草月に手渡す。

草月はかなりの速度でファイルを捲り始めた。

彼を知らない者が見たら読んでいるとはとても思えない速度だ。

「そうか。なるほど」

彼はそれから視線を上げて、

「……これは目を通したのか？」

そう尋ねてきた。理理花は肯定した。

「ざっと、くらいだけど」

「そうか」

草月はすうっと息を一度、吸ってから、

「では、お互いの状況も把握したところでおまえの細かい疑問に答えていこう。さっき俺がなぜ公務員がいないことを知っているのか、とおまえは尋ねたな？　簡単だ。溝呂木から聞かされていたからだ。そしてなぜ泥だらけだったのかというと、その溝呂木の指示で『異なる色の月に関する伝承』の原本を手に入れるためにとある教会を捜索していたからなんだ」

「！」

理理花は目を見張った。

草月が徳川との再会後も溝呂木とコンタクトを取っていたのは薄々察していたが、『異なる色の月に関する伝承』の原本に関しては本当に想定の範囲を超えていて、身体が震えるほどの衝撃を受けた。

『異なる色の月に関する伝承』は舞浜理理花の父、光太郎が失踪を遂げる前に刊行したエッセイとも研究書ともつかない書籍で、それ自体は少部数とはいえ普通に流通したのでそこそこに大きな図書館に行けば今でも閲覧《えつらん》することが出来る代物だ。

ただ理理花や草月はそれとは別に原本のようなモノが存在する、とずっと考え続けてきた。去年、彼らが遭遇した怪異の首魁《しゅかい》的存在とも言うべき阿佐不磨の吉沢《よしざわ》老や喜良ディベロップメントの喜良佳枝《よしえ》などもその原本が実在するという前提の元、舞浜光太郎の娘である理理花に対して剛柔《ごうじゅう》取り混ぜた接触を図ってきた。

理理花が命を落としかけたのも、草月が東京から離れたのも、ひいては彼らが怪異を追いかけ始めたのもこの原本がきっかけだった。

草月はまずその実在をさらりと肯定した後、自らが回収作業を行ったと語った。理理花は、発すべき言葉を失って椅子に背を預けた。目を見開いたまま固まっていて、五秒後、ようやく息を一つした。

「……驚いた」

ようやく絞り出せた言葉がソレだった。草月は微かに笑った。

「まあ、驚くよな。それは。とにかく順を追って話すとこの家で徳川と話した後、俺は再度、溝呂木と出会った。そしてあいつと協力して原本を探すことにしたんだ」

「どこにあったって言ってたっけ？」

理理花が手で額を押さえながら尋ねた。

「秩父《ちちぶ》の山奥にある廃墟になった教会。正確な場所は溝呂木にも分かっていなかったので、俺が敷地内で寝泊まりしながら探した。二週間くらいかかったよ」

「……」

「おかげで泥だらけになったし、それなりに恐ろしい目にも遭ったけど、なんとか井戸の奥深くに隠されていたのを発見した」

「見つかったんだ……その」

理理花はおそるおそる、

「今、持ってる、の？」

草月は微かに笑った。立ち上がると壁際の棚まで歩いて行き、そこに置いてあったショルダーバッグからビニール袋を取り出す。戻ってきてそれを無造作に理理花に向かって突き出した。透明な袋の表面には微かに泥がこびりついている。中に大学ノートのようなものが入っているのが見て取れた。

おそるおそる手の上に載せる。

「……」

長い間、探し求めていた物だというのに受け取るのに躊躇してしまったのは、阿佐不磨や喜良ディベロップメントにまつわる恐ろしい出来事が次々と頭をよぎったからだ。

だいじょうぶ、というように草月が頷いたのを見て、覚悟を決め、袋を開いた。中に籠もっていた土と泥の匂いが鼻をくすぐった。はやる気持ちと恐れる気持ち半々で黄ばんで半ば破れかけた表紙を捲る。

一ページ目の冒頭に、

『異なる色の月に関する伝承覚え書き』

という文字が滲《にじ》んではいたが確かに記されている。

すぐに父がメモ書きを残すために使用した研究用ノートだと分かった。

『序章は中世から近代の時間軸で組み立てていくべき?』、『富田《とみた》資料館にて。要精査文献あり』、『七月八日。まとめた図を清書。コンパス購入』、『次のシンポジウムまでに領収書の整理。経理課の須藤《すどう》さんへ連絡』、『〝きたんにち〟と海難法師の関係?』、『出雲《いずも》から三次《みよし》に抜けていく足の確保。山崎くん? 田中くん?』、『未生《みしょう》寺と古里院の書庫。一次資料ではない』

脈絡のない覚え書きが大半。研究に関係することだったり、日常の雑感だったりする。筆記用具もペンだったり、鉛筆《えんぴつ》だったりして極めて読みにくい。それがかえって理理花のよく知る父の息吹《いぶき》を感じさせた。指先の震えが自然と増した。

「舞浜光太郎先生はフィールドワークをこなしていく過程で日本各地に普段の色と違う月に関する言い伝えが数多く存在することに気がついた」

草月が解説を加えていく。

「研究テーマとして漠然《ばくぜん》と意識していたのはそれこそ院生の頃からみたいだが、あくまで沢山ある興味対象の一つに過ぎなかった。元々はこれも先生の数ある研究ノートの一冊でしかなかったのだろう」

理理花の父、舞浜光太郎は多才な人物だった。研究者としてだけではなく、民俗学をテーマにした漫画の原作を請け負ったり、テレビタレントまがいのこともしていた。

多面的に展開していた副業同様、本業である民俗学の研究対象も複数にまたがって存在していた。

「だが、先生はとある出来事をきっかけにしてこの異なる色の月の研究に取り憑かれたように専心するようになった。それがきっかけで阿佐不磨で吉沢老と遭遇した——」

理理花は草月の声を聞きながらページをゆっくりと捲り続けた。

「〈あってはならない存在〉だ。恐らくその詳細がその本には記されている」

『阿佐不磨到着。風光明媚《ふうこうめいび》で人物良好。期待は万全だ』

軽く浮かれたような記述の後、阿佐不磨で閲覧した古文書の写しと思しき文章が何行にも渡って記録されていた。

そして。

『阿佐不磨逗留二日目。裏の畑で鹿《しか》が倒れていた。血のにおいがする。資料の読み込みが』

そんな書き込みのあるページのあと、

「なに、これ？」

理理花の声がふいに強ばった。

　父の文章が突如、失調しだしたのだ。

『全天緋色《ひいろ》。甲殻類の銀のあぶくがアブサンとペプチッドの極みへと発する。味覚と聴覚の構造的なクレオチール和音』、『ユリウス。シリウス。カッター。パター。ラッター』、『ダダダダダ』『十六限。二十四限。反体制。フッサール。荻生徂徠《おぎゅうそらい》。コモディティ。素数』

　意味をなさない走り書きが幾ページにも幾ページにもわたって続いていく。そしてそれはさらに崩壊を加速させていき、

『ばらが歹ギンぱい内視鏡ササラ９１２ふふ』

『九キョウソウー（冥じる王）瞳孔九拝口径』

『ＤＯＮＥ呪呪ソウ√呪ソウ』

　読んでいると目眩を起こしそうなただの文字列と化していく。合間に奇妙な図形や歪んだグラフや揺れ動く線や不自然に誇張されたスケッチや得体の知れない記号も挟まれていた。

「う」

　理理花は顔をしかめた。見ていると どんどんと気持ちが悪くなっていく。

　同時に。

（あ、まずいかも）

　貧血の症状がすうっと現れた。目の前が暗くなっていく。

「そうか。おまえは俺よりもこういったことに影響を受けやすいのかもしれないな。もう読まない方がいい」

草月が心配そうにノートを手で覆った。

理理花は一度、えずいてから頷き、ノートを閉じる意思を示した。ただ気力を振り絞って最後のページだけは確認する。そこには、

『私は確かにこの世界の月を見上げた。真っ赤な月が』

という一文が記されていた。

そのとたん理理花の視界が暗転した。

前のめりに崩れ落ちるのと草月が慌てたように支えてくるのがほぼ同時だった。

冷たい水を飲み、呼吸を整え、ようやく意識がはっきりするまでに五分は消費してしまった。

「だいじょうぶか？」

気遣うような草月の問いかけに力なく笑ってみせた。

「うん」

溜息をついて、

「これ、途中から訳が分からなくなるね。暗号？　なんて書いているのかな？」

草月は肩をすくめた。

「さあな。恐らく舞浜先生が〈あってはならない存在〉と邂逅《かいこう》した時に記述した文章なんだと思うが。あるいは溝呂木なら読めるのかな？」

理理花は、

「溝呂木ってさ、なんなんだろうね？　人間？」

嫌悪と好奇心の入り混じった口調で尋ねた。恐らく草月にも答えはないのだろうと知りながら。

案の定、草月は苦笑して、

「徳川にも同じことを言われたよ。そしてあいつにもそう答えたが正直なところ俺にもよく分からん。ただ俺は前ほどあいつに反感を抱かなくなったかな」

意外そうな理理花に対して、

「本当はこの『異なる色の月に関する伝承』の原本を溝呂木に渡すためにあいつと落ち合うはずだったんだ。だけど、あいつから急遽《きゅうきょ》、おまえの安全を確認しに行け、って言われたので予定を変更してここにやってきた。おかげでシャワーを浴びる暇もなかったがな」

「え？　どういうこと？」

「なにしろそれを見つけたのは今朝だったからな。昨日は一晩中、涸《か》れた井戸の底でスコップを使っていたよ。本来なら俺のような頭脳労働者にやらせる仕事じゃないと思うんだがな」

「そうじゃなくて」

理理花はじれったそうに草月を遮った。

「ここに来たのは溝呂木の指示だったってこと？」

「ああ」

草月は真面目な顔で頷いた。

「あいつはあいつなりに……普通の人間とは異なる意味合いで俺たちのことも気にかけているんだと思う。俺が東北で会ったあの得体の知れない三人の女もそうだけど」

「……」

「そしてだからこそ、〝公務員〟に襲われたおまえを憂慮《ゆうりょ》して俺を派遣した。もっとも俺も詳細までは聞かされていないがな。一体どんなやつだったんだ？」

理理花はぶるっと身震いした。

「ミイラ男みたいなの。人間とはとても思えない変な形をした」

思い出すだに気持ちが悪い。それから理理花は根本的な疑問を抱いた。草月を見上げ、

「やっぱりアレは〝公務員〟だったんだ。ねえ、なんでアレは私を襲ってきたの？〝公務員〟は人間の敵ではないんでしょう？溝呂木はそのことでなにか言ってなかった？」

「……」

草月はしばし押し黙った。それから、

「俺はその理由も溝呂木から聞かされた。だが、その前に〝公務員〟の前提を話さないといけないと思う。まず全ての〝公務員〟はなんと言うか、とある現象というか存在というか不可解な怪異の頂点である……」

言い淀む草月。理理花は理解した。

（言葉にしたくはないんだ、沢村さんも）

だが、理理花はきっぱりと口にした。

「邪神、と呼ぶべきモノね？」

逃げてはいけない気がしたのだ。草月はどきっとした顔になった。それから苦笑し、

「全くおまえといい徳川といい」

観念したように頷いた。

「そうだ。この国のさばえなす神。それに対抗するためにいる。いや、対抗とも呼べない感じなんだろうな。精々《せいぜい》、いなしたり、すかしたりするくらいしか出来ないみたいだが。それでも通常の人間よりは遥かにその畏れるべき存在を理解している」

理理花は頷いた。

「だが、彼らも決して一枚岩じゃない。その……いわゆる邪神を恐れ、決して近づかないようにする者もいれば、むしろ積極的に邪神を理解し、近づいていこうとする者もいる。そしてこの『異なる色の月に関する伝承』の原本とも呼ぶべき研究ノートを舞浜光太郎先生の研究室から移動させたのは、後者の考えを持った〝公務員〟だったらしい」

理理花は驚いた。

「え？」

「ああ。溝呂木が言っていたが、その〝公務員〟がノートを持ち出したらしい。子供の頃のおまえが舞浜光太郎先生の研究室で血まみれの光景を目の当たりにする直前にな」

「なんの、ために？」

「この本に書かれていることが公務員にとっても貴重ななんらかの鍵になるからみたいだな。俺にはおかしな意味不明の文章にしか思えないし、おまえは読んで気持ち悪くなったが、少なくともその〝公務員〟、仮にこいつをAと名付けるならその〝公務員〟Aにとっては意味があったみたいだ。そして〝公務員〟Aは舞浜先生の研究室から原本を運び出し、朽《く》ちた教会に隠した」

「待って。なんでその〝公務員〟Aは自分でずっと持っていなかったの？　それだけ大事なものだったんでしょ？」

「一つは多数派である溝呂木たちから秘匿するためみたいだ。〝公務員〟Aは異形の頂点である邪神の脅威から逃れるにはその存在へと積極的に和合していくべきだ、という〝公務員〟の中でもかなり異端の考えを抱いていた。そしてそれは溝呂木たち他の〝公務員〟の方針と対立するものだった」

　草月は淡々と説明していく。

「なぜだか分からないが、溝呂木たちにとってこの国由来のものではないものは感知しにくいみたいなんだ。しかも宗教施設ならなおさらで、だから、溝呂木たちもずっとこの原本の行方が分からずにいた。というより原本の喪失に〝公務員〟Aが絡んでいたことさえ気づいていなかったんだ」

「溝呂木もなんでも出来るという訳ではないのね」

　ぼそっとそう呟く。ついでもう一つ草月の説明から理解できたことがあった。

「そっか。だから、溝呂木はこの本をずっと探していたんだ……」

「ああ」

　草月がすぐに頷いた。

「あいつが俺たちに時折、アプローチをかけていたのはこの原本の手がかりを得るためだったらしい」

「ねえ」

理理花が草月を見て、疑問を差し挟んだ。

「なら、どうやって溝呂木は原本のありかを知ったの？」

「おまえも薄々分かってるんじゃないのか？」

草月が逆に問い返す。にやりと笑った。

「消えたんだよ。その〝公務員〟Ａ自身も。血だまりを残して。ごく最近な」

理理花は絶句した。草月は溜息をつく。

「〝公務員〟Ａは消える直前、経緯のあらましを一応は同志である溝呂木たちに伝達していた。だが、大まかな場所しか伝えられなかったため、実働役として俺がかり出された、という訳だ」

理理花は頭の中を整理するために十秒ほど考えてから、

「……今更だけどさ」

「この本、とても危険なものなの？」

答えは分かっていた。

「今更だな」

草月は隠すことなくはっきりと告げる。

「さっき〝公務員〟Ａが教会にノートを隠した肝心な理由を言わなかったがな。危険すぎて手元におけなかったんだよ。超常に近い力を持っている〝公務員〟でさえな」

理理花はしばし思案した。それから、

「パパのノートだけど焼いたり、破棄したりしてもいいよ？」

そう提案する。

「……」

草月はしばし押し黙ってから首を横に振った。

「いや、これは溝呂木に引き渡すのが一番だと思う。いいか？　これだけははっきり言っておくぞ？」

草月は理理花の目を見て、

「俺たちはすでに邪神に魅入られている。徳川や堅浄さんのようにいつこの世から消えてもおかしくない。今更リスクの一つや二つ関係ない状態なんだよ。分かるな？」

「……」

理理花は長い沈黙の後、一度、頷いた。草月は、

「さっきなぜおまえが〝公務員〟に襲われたのか、と聞いたな？」

少しだけ疲れた口調になった。

「〝公務員〟の中には俺たちの存在自体が邪神を刺激してその活動を誘発しているのではないか、と考えている一派もいるんだ」

理理花は顔を上げた。草月は指を一本、二本と立てる。

「邪神の活動を抑え込めるなら人の命の一つや二つ消すことなんてなんでもない強硬派。ある意味でもっとも〝公務員〟としての職務に忠実な連中。そしてそいつらにとって今、もっとも消してしまいたいのが」

「わたしだってこと？」

草月は肯定した。

「そうだ。舞浜光太郎の娘であり、怪異を追いかける者。おまえだ」

かなり恐ろしい事実を告げられたのだろうが、意外なほどに精神的な衝撃は少なかった。

それよりも、

（わたしが邪神の活動を誘発するような危険な存在なのだとしたら……なんでわたし自身はまだ邪神に引き込まれず残っているんだろう？　徳川さんや太陽くんも消えたのに）

半ば苦い気持ちでそう思っていた。草月は理理花の沈鬱な表情をやや気遣わしげに見ながら、

「そして強硬派……おまえの表現を借りるならミイラ男を溝呂木たちが条件つきで説得した」

「条件つき？」

「おまえを邪神の目の届かないこの国の外、つまり海外に逃がす、ということで折り合いがついたんだ」

「なる、ほど」

なんだか色々なことが繋がってきた。

「徳川さんもファイルにそんなことを書いていた。あれはそういう意味だったんだね？」

嚙みしめるような口調でそう呟いた。

自身は業に飲み込まれながらも徳川はずっと理理花を救う算段をしていたのだ。胸が痛んだ。

「……あなたがそう徳川さんに頼んでくれたの？」

その問いに、

「俺が知っている限り、あいつ以上に金とコネがある人間はいないから」

草月は微かに笑って答えた。

「溝呂木によれば今は邪神の活動が少し落ち着いているんだそうだ。少なくとも次になにかが起こるまで二日から三日くらいは余裕がある、と聞かされている。この間に俺はこの原本を溝呂木に渡し、おまえを海外……この場合はアメリカか？　アメリカに逃がす手伝いをする」

それから彼はやや言いにくそうに、

「それと当然ながらおまえと同じように俺もすでに邪神に魅入られている身の上だ。いつ消えてもおかしくない。強硬派のターゲットになるかも分からない。だから、おまえと一緒にアメリカに渡る。おまえはイヤかもしれないがな」

理理花は小さく首を振った。

「イヤではないよ、別に」

それは素直な感情だった。草月が咳払《せきばら》いを一つした。

「でも、徳川さんは？」

じくんと心の奥に疼痛《とうつう》を感じて、理理花が草月を見据えた。

「太陽くんはどうなるのかな？」

理理花は畳みかける。

「他にも飲み込まれた人たちが沢山いる訳でしょ？　わたしたちだけ安全なところに逃げていいのかな？　あの人たちを救う方法ってどうしてもないの？」

必死の問いかけだった。やや重たい沈黙が場を支配した。

（わたしは元々、パパを探すために怪異を追いかけ始めた。逃げるということはパパを含め、

徳川さんや太陽君、全てを見捨てていくことだ）

一拍《いっぱく》、置いて再度、理理花は尋ねた。

「……仮にだけどさ、わたしがそれを拒否した場合、どうなるの？　つまり日本に留まった場合。どうなるのかな？」

草月はかなり長いこと押し黙っていた。それから、静かで、落ち着いてはいたが、かなり容赦《ようしゃ》のない物言いだった。

「恐らくは徳川たちのようにただ消えるだろうな」

「仮にそれを免れたとしても強硬派によって再び命を狙われる。一度目は脅しかもしれないが、二度目はない。それだけだ」

理理花はたまらず叫んだ。

「なら、最初からわたしに選択肢なんてないじゃん！」

ばんとテーブルを平手で叩いた。

ぽろりと頬に涙が伝わった。悔しいのか、哀しいのか自分でもよく分からなかった。

草月はじっとそんな理理花を見つめていた。

理理花は涙を手でごしごし拭いながら、

「うん。ごめん。そもそもないんだよね、選択肢が。わたしたちには」

それでもまた涙が溢れた。父が、徳川が、太陽が哀れだった。なにも出来ない自分がふがいなかった。

（ごめんなさい。本当にごめんなさい）

誰にともなく心の中で謝り、理理花は心を固めた。

「分かった。あなたの言うとおりにする」

怪異を追いかけることを諦める。

「けど、条件があるの。わたしのママも連れて行く。説得はわたしがする。それでいい？」

「……当然だ」

草月がほっとした顔になった。


改めて時刻を確認すると病院に入院している人間を訪問するには明らかに非常識な時間、午前一時だった。はやる気持ちもあったが仮に病院に押し入り、タチアナを無理矢理連れ出したところで、飛行機すら飛んでいないので身動きも取れない。

そこで二人は朝一番に病院を訪れることにし、それまで汚れた服を洗濯したり、身体を休めたりする方針に切り替えた。

考えてみたら理理花は今日一日ずっと気を張り通しだった。今、草月と共に汚れた服を乾燥機能付きの洗濯機に放り込み、冷蔵庫に入っていたビールを失敬して少し口に含んだだけで気絶しそうなほどの眠気に襲われていた。

二人ともこの居間で一晩、共に過ごすことを暗黙のうちに了解し合っていた。特に理理花は口にこそ出さないが、草月の姿が視界の中にあるからこそある程度、平静を保っていられるのであって、この家で一人っきりになった場合、恐怖に耐えられる自信がなかった。

少し離れた徳川の私室にはまだ彼が消失した時の血だまりが生々しく残っている。そのことを意識すると自然と胃の縁がぐっと重たくなる。二の腕に鳥肌が立ってきた。

（邪神に引き込まれた人たちが行く異界ってどんなところなんだろう？）

ついついそんなことを考えてしまう。気分が滅入っていく。どうやら外では雨が降り始めたらしく、パラパラとベランダから音がしている。ふいに徳川の残したファイルをソファに座って読み込んでいた草月が顔を上げた。

やや言いにくそうに、

「実を言うと少し意外だった」

そんなことを言い出した。

「なにが？」

ぐびり、とビールをもう一口、飲み込み、理理花が気だるげに問い返した。草月は咳払いをしてから、

「いや、おまえが母親を連れて行く、と言ったことだ」

「……」

理理花は無言でビールをもう一口。草月が、

「今、ここを読んだら徳川はちゃんとおまえの母親が避難する方法も算段している。でも、俺は心のどこかで」

「……置いていくと思った？　実の母親だから当然じゃない」

理理花の声は静かで尖っていた。尖っていてとても冷たかった。草月から視線を外して中空を見ている。

無駄口《むだぐち》にかけては右に出る者のいない草月が、

「……そうだな。とうぜん、だな」

それ以上、一切の言及を避け、またファイルに視線を戻した。理理花が自嘲的に笑った。

「そういえばあなた家に来た時、見たものね。わたしとママがあんまり上手くいってないの」

草月が再び顔を上げた。

「あー」

横を向き、

「正直なところびっくりしたんだ。おまえはいつも明るく見えるから。怪異のまっただ中にいても明るく見えるから。だから、家であんな風な関係があるとはちっとも思っていなかった。いつものおまえらしくないというか」

「生々しかった？」

「感情がぶつかりあっているようにさえ見えなかった。なんだか他人同士が暮らしているみたいだった」

「……」

「母親とおまえは舞浜先生がいなくなられてからずっと、二人っきりだったろ？」

「……」

「辛かったんじゃないのか、なと思った」

静かな草月の声。雨音。理理花はぽろりと涙をこぼした。今度はそれを拭うことはしなかった。涙と鼻水を出しながら、またビールを飲んで泣き続けた。困った顔の草月が周囲を見回し、

ティッシュを見つけ、手を伸ばし、鼻を拭《ふ》いてくれてもなお理理花はなにもしなかった。ただ顔も隠さず泣いていた。それから、

「うん。辛かった」

そう言って大きく頷いた。涙が後から後からこぼれてきた。ずっとこらえていたものが一気に噴き出していた。

怖いことや哀しいことや辛いことが涙と共に溢れ出ていた。

草月は、

「なにがきっかけだったんだ？」

慎重に尋ねてきた。

「……きっかけ。分からない」

ぐじゅぐじゅと鼻をすすって理理花は首を振った。それからようやく草月を見て、

「最大の原因はやっぱりパパが失踪したことだと思うけど、その後、特に大きな事件があったわけでもないの。気がつけばあんな風になっていた」

きちんと母親とのことを話す姿勢になった。

「でも、小さい頃は割と普通の関係だったと思う。それがパパが失踪してからお互いに」

記憶を辿り、

「あれ？」

違う。

身体を起こした。

「パパが失踪してから、じゃない」

口元に手を当てた。草月がじっと理理花を見ている。

「微妙だけどそのちょっと前だ。パパがいなくなるほんの少し前からわたしとママと……そう、ぎくしゃくし始めた。そうだ。パパがある頃から家に帰らなくなったんだ」

なぜ忘れていたのか。

「ちょうど『異なる色の月に関する伝承』を書いていた頃だ。パパは夜、あまり寝られなくなったり、具合が悪くなったりしていた。そして最終的にほとんど家に帰らなくなったんだ。なんでだっけ?」

それまではごく普通の仲の良い家族だったのに。

研究が忙しくなった?

浮気?

そんな単純なことではない。

確か……。

アルコールのせいなのか、疲れのせいなのか頭がじんじんしてきた。だが、逆に記憶のもやはどんどんと晴れ渡っていく。いつになく頭の奥深くが冴《さ》えていた。

(ママはパパが家に帰らなくなった理由がわたしにあると言った)

道を歩いている。これは父の研究室に行って、血まみれの部屋を目の当たりにした日のことだ。理理花はお弁当を届ける、という名目で両親の反対を押し切って父の研究室に向かっていた。

(それまでも何度か同じことはやっていた。だから、記憶がごっちゃになっていたんだ。だけど、この日はいつもと違っていた)

幼い理理花は泣いている。

泣きながら歯を食いしばり歩いている。

父から言われたのだ。来るな、と。

母から言われたのだ。行くな、と。

でも、なんで？

(大好きだったのに。大好きなパパとママだったのに)

タチアナは理理花に冷たい目を向けるようになった。

光太郎は……。

(パパの目を思い出す。つらい)

あれは。

理理花を恐れる目だ。

不安と恐怖を抑えて父の元へ向かっている。そうしないともう二度と父と会えない気がしていた。

でも、なぜ？

苦痛と衝撃によって脳裏の奥底に厳重に封印されていた記憶が蘇《よみがえ》る。血まみれの部屋の中で連絡を受けてやってきた母、タチアナが自分の娘、理理花に指を突きつけ、叫んだのだ。

おまえのせいだ。

おまえのせいでコウタロウはこうなったんだ。

憤怒《ふんぬ》と絶望が理理花を押し包む。そうだ。これが決め手になり、以後、互いに母と娘であることを事実上、止めた。

二人は和解せぬままここまで来た。

「……舞浜」

気がつけば草月がぎゅっと理理花を抱きしめてくれていた。理理花は自分が滂沱《ぼうだ》と涙していたことに気がついていなかった。十分ほど放心状態で泣き続けたことを覚えていなかった。

それだけ導き出した記憶は苛烈なものだった。

「思い出さなくていい。もう思い出すな」

理理花は答える代わりにぎゅうっと草月を抱き返した。


抱き合っている間、草月がぽつりと言った。

「一つだけずっと不思議だったんだ」

「なにが?」

理理花がそう尋ねると頃合いも良しとみたのだろう。草月はそっと身体を引き離し、座る位置を変え、距離を取った。それを理理花は少しだけ残念に思っていた。

草月はすでに思考を巡らす表情になっている。

「なんで舞浜先生は『異なる色の月に関する伝承』……あ、一般に発売された方な? なんであれを普通の研究書の体裁《ていさい》にせず、まるで私小説のような書き方をしたんだろう?」

「ん？」

中空にやや未練がましく浮かせていた手をぱたりと膝の上に置き、理理花は小首をかしげた。

「そういえばそうだね。なんでだろう？」

「俺は何度も読み返しているし、前に言ったように全文暗記もしている。けど、最近、また改めて読み返してみて前とは少し違う感想を抱くようになった」

「違う感想？」

「そう。前まではなにかの暗号や比喩が含まれているんじゃないかと疑って文章や単語の選び方を調べたりもしたけど、おまえと知り合って分かった。あれは先生にとってなにかの確認作業だったんだよ」

「え？」

「自分の核になる部分をもう一度、言葉に起こしている、とでも言えば良いのかな？ 自分はこうだったんだ、ということを書き留めている。大事な事柄を刻んで、忘れないようにしているように読める」

「だいじな、こと？」

「そう。若かりし頃の自分。研究。妻。そして娘。あの本には自分の大事なことばかりが切々と書かれている」

うっと一瞬、父に拒絶《きょぜつ》され、母に罵倒《ばとう》された時の切ない感情が蘇ってきてまた泣きそうになった。だが、今度はこらえた。草月に泣いてばかりいる女だとはあまり思われたくない。

「言われてみれば、そうかも」

首をひねりながらも腑に落ちる部分はあった。

「問題はなぜそれが必要だったのか、ということだ。俺は舞浜。こう考えている」

草月は一拍おいてから結論を言った。

「舞浜先生は一度、阿佐不磨で異界に迷い込んでいる」

「！」

理理花は衝撃を受けつつも、

（そうか）

心の中で呟いていた。

（やっぱりそうだよね。そしてそこで〈あってはならない存在〉に出会った……）

ざわっと鳥肌が立った。

「まって。ということはパパが書き残している〈あってはならない存在〉とわたしたちが今、狙われている邪神は同じじってこと？」

つい早口になる。

「いや」

草月はその点、はっきりと首を横に振った。

「恐らく別の存在なんじゃないかな。溝呂木たちが対処しているそういったさばえなす神は、どうやら一体だけではないようだから。先生が最初に〈あってはならない存在〉を目の当たりにした時も血で引き込まれたような形跡はなかったようだし。俺たちが脅威に晒されている邪神と〈あってはならない存在〉は別プロセスで動いているんだと思う」

「でも、異界にはいったんだ。そもそも帰ってこられるものなの？」

「いくつかの記録で異界から戻ってきた人間の例は存在している。だから、『異なる色の月に関する伝承』の原本には恐らく〈あってはならない存在〉だけではなく、異界に関する記述もあるんだと思う。もしかしたら行って帰ってくる方法すら。ただ、恐らく舞浜先生はそこでなにかとても大事なモノを失った。だから、己の精神史を書き残していく必要性が生じた」

「いったい、なにを失ったのかな？」

「……分からない」

そうは言いつつも草月は某かの当たりをつけてはいるようだった。だが、彼は結局それを口にすることはなかった。

そして理理花の目を見て、

「しかし、今のはあくまで俺の推論だ。事実ではないのかもしれないがな」

そんな断りも入れてくる。理理花はすぐに答えた。

「ううん。とても筋が通ってると思う」

「推論をもう一つ言って良いか？」

草月は理理花の反応を待ってこんなことを言った。

「俺にはもう一つ、疑問があったんだ。なぜおまえやおまえの母親は邪神に長いこと引き込まれなかったのかって」

「あ、それはわたしも考えていた」

どっぷりと怪異にのめり込んでいた徳川や〝公務員〟と協力していた堅浄という僧侶はとも

かく、賢く怪異から距離を取っていた山崎太陽ですら血だまりの中に引き込まれた。

恐らく邪神の影響力は相当に強まっているはずなのに、自分は未だに現世に留まっている。

多少のランダム性はあるにせよ、舞浜光太郎の娘であり、怪異を追いかけ続ける者である自分がまだ残っているのは少々解《げ》せない。

「おまえ、出会った頃から時々、貧血みたいになるよな？　特に昔のこと、舞浜先生が失踪された時のことを思い出すとその症状が強く出ている」

うん、と声に出さず、理理花は頷いた。

「おまえの母親は原因不明の貧血で入院している」

「言いたいことはだいたい分かるよ。つまり」

慎重な態度で、

「わたしたち親子が邪神の影響を受けてそうなってる、ってこと？」

今度は草月が言葉にせず、頷いた。

「なる、ほど。でも、なぜわたしたちだけ？　消えるでもなく、こんな貧血症状が起きているの？」

「それはおまえたちが」

はっきりと草月は言った。

「この国の由来でない部分を持っているからだと思う」

「！」

「さっき言ったよな？　邪神の影響力はこの国から出れば及ばないって。同じ文脈で語っていいかどうか分からないが溝呂木もこの国の由来でないものはとたんに感知能力が落ちると言っていた。だから、おまえと母君に流れる異国の血が、邪神の力に某かの影響を与えているんじゃないかと俺は思っている」

「う、ん。そうなの、かな？」

百パーセント、頷けないが、それでも一応の説明はつく気がする。

理理花はなにか口を開きかけ、

「──あれ？」

携帯が着信していることに気がついた。音は出さない設定にしてあるので液晶《えきしょう》画面が点滅している。

表示されているのは知らない番号だ。

（こんな深夜に？）

時計を見てみると深夜二時。つい草月に視線をやる。草月も顔を強ばらせていた。

「あ」

躊躇している間に電話は切れてしまった。おそるおそる携帯を取り上げる。するとまた同じ番号から着信した。草月を見ると彼は深く頷いている。理理花は覚悟を決めて電話に出た。

「はい」

「あ、舞浜理理花さんの携帯ですよね？　こちら××中央病院の丸井です。今ですね。お母様が」

切羽詰まった声が響いてきた。

全身から血の気が引いた。

その先の言葉は聞かなくても予想が出来た。

〝病院からいなくなってしまわれて〟

〝大量の出血をされているようで〟

〝近くを探したのですけど〟

言葉が断片的に耳へ飛び込んでくる。脳の処理が追いつかない。

「え？」

〝もしもし？〟

〝おかあさまが〟

〝行方が〟

〝聞こえてますか？　舞浜さん？〟

「な、んで」

腰がかくんと砕けた。見かねた草月が理理花の手から携帯を受け取って、

「はい。お電話代わりました。今、理理花さんはショックを受けられていて私が代わりに。はい、彼女の友人です」

理理花に背中を向け、代わりに応対を始めた。理理花は放心状態で座り込む。頭の中では、

（ママが消えた。異界に飲み込まれたんだ。あれ？　でも、おかしいよね？　二、三日は小《しょう》康《こう》状態だったんじゃないの？　そもそもお母さんの異国の血がお母さんを守ってくれるはずじゃ）

色々な前提が一気に崩壊している。

(あれ？　ということはわたしも。いつ消えても、おかしく、はないの？)

ぞくぞくっと背筋に寒気が走る。

いつの間にか電話を終えた草月が傍《かたわ》らに膝をついて、

「だいじょうぶか、舞浜？」

心配そうに顔を覗き込んできていた。

「……」

理理花はこくこくと子供のように頷いた。草月は唇を噛んでいる。

「すまん。俺にはもうなにがなんだかまるで分からない。だが、とにかく一刻の猶予《ゆうよ》も出来ないようだ。急いでここを出よう。間に合うかどうか分からないけど」

端整な顔を歪ませ、

「国を出る努力をしよう。俺たち二人だけでも」

そして彼は立ち上がると、

「乾燥機に入れた服の様子を見てくる！　もう着れる頃合いだろう！」

廊下に向かって小走りに走り出した。

「あ」

なにかとてつもなくイヤな予感がした。

(待って)

そう声にならない声を発し、手を伸ばしていた。草月は理理花のその危惧に全く気がついていない。

急《せ》いた足取りで柱の角を曲がり。

そして。

音よりも早く鼻孔に押し寄せた圧倒的な臭いの洪水に理理花はのけぞった。続けて。

どばあっと。

何千ものスイカを一斉に棒で叩き割ったような音がした。理理花はその瞬間、理解していた。

（そうか、まるで人が破裂するみたいに。だから、血が）

音は一瞬で消え去り、ただ濃厚で生臭い臭気だけが暴力的な密度で室内を満たしていた。

「……」

理理花はのろのろと立ち上がった。すでに答えは分かっていたが、己の目で確かめない訳にはどうしてもいかなかった。

先ほど草月が歩いていったのと同じように柱の角を曲がり。

そして。

「あああああああああああああああああああ」

絶叫を上げた。

喉が張り裂けるほどに声を上げた。

目を見開き、息を吸えなくてめまいを起こすまでひたすらに叫び続けた。

廊下は一面、深紅の血液で染め上げられていた。

理理花の声はひたすら空しく、虚ろに響き続けた。

どれくらい血だまりで放心していただろう。まるで黙ってそこで待っていれば全てが元通りになるかのように理理花は床や壁や天井にまで広がった血だまりの中でただひたすら座り込んでいた。

サイズが合っていないため、かなり盛大にはだけた浴衣から覗く白い足や腕は既に血まみれになっていた。天井から時折降ってくる血液のしずくで胸元から首筋、頬にまで点々と朱色が付着している。綺麗な金色の髪は乱れに乱れていた。

彼女自身の容姿と相まってある種の悽愴《せいそう》な美しささえあった。

頭の中にあるのはたった一つの思いだけ。

自分は全て失ってしまったのだ、と。

その時。

「おめでとうおめでとう」

この場にそぐわない落ち着いた声がした。

「よく頑張ったね」

理理花が顔を上げるとそこにはまるでこれから商談にでも赴くビジネスマンのように、ダークグレーのスーツをしっかりと着こなした男が立っていた。

「……」

理理花は、

（溝呂木？　なぜ、ここに？）

ぼうっと彼を見つめていた。

草月などから間接的に彼のことを聞いたりする機会はあったが、実物と相対するのは阿佐不磨以来だった。

（あれ？　こんな顔だっけ？）

にこにこと笑っているその顔が記憶の中のものと微妙に違う。いや、それどころかこうして見ている最中もどんどんとその印象が変わっていく。造作が変化している訳ではない。

理理花が感じる評価が一定しないのだ。

頼もしい二枚目のようにも見えるし、うさんくさい詐欺師《さぎし》にも見える。誠実そうにも、哀しそうにも、狂気《きょうき》を帯びているようにも、あるいは思慮深そうにも見える。

（そっか、こいつやっぱりニンゲンじゃないんだ……）

次に街ですれ違っても見分ける自信はなかった。

「なにを、しにきたの？」

自分の声がひどく嗄《か》れているのを自覚した。

「おめでとうを伝えに」

「……」

あまりにこの状況にそぐわない言葉に理理花は怪訝な表情を浮かべた。溝呂木は言う。

「現在、君たちの言うところの邪神は急速にその活動を休止しつつある。恐らくあと百年くらいは眠りにつきそう。なので、恐らく君の寿命《じゅみょう》くらいは大丈夫なんじゃないかな？　それに伴《ともな》って僕ら〝公務員〟の中でも君は封殺対象から外された。おめでとう」

「え？」

「あれ？　聞こえなかった？　君はもう安全になったの。だから、アメリカに行く必要もなくなったし、この国でずっと生きていける。いやあ、正直、言うとさ。僕はもう君はダメだと思ったんだよね」

なにか白いモノがちかっと脳裏で閃いた。

「邪神。いなくなった、の。なんで？」

ガラガラとひび割れた声が喉の奥から紡がれた。理理花は心の奥からふつふつと沸き上がる自らの強い感情に戸惑いを覚えていた。

（なんだろう、これ？）

溝呂木は困ったように言った。

「あれ？　理解できてない？　いなくなったんじゃなくて眠ったの」

「なんで？」

白く、眩《まばゆ》い、強烈なナニカが徐々に心と身体を満たしていく。

「なんで？」

問いかけを繰り返す度、この凶暴《きょうぼう》な衝動の正体に気がつく。

そうか。

これは。

「いやあ、わっからないんだよね。僕らの見立てではこの二、三日は小休止すると思っていたから」

溝呂木はあくまでも飄々としていた。

「それが急にがっと動き出して、今度は完全に眠りについちゃったの。人間で言うとなんか満足したみたい。でも、ごめんね」

溝呂木は全く感情の籠もっていない謝罪《しやざい》をした。

「僕らにもよく分からないんだ」

「わからないの？」

「うん」

溝呂木はあっさりと、

「僕らにも〝あの存在〟のことはさーっぱりなにも」

ぷちっとなにかが千切れるような感覚があった。理理花は己の中に育った激しく狂おしい感情、〝怒り〟を一気に爆発させた。

「！」

無言で溝呂木に飛びかかる。まるで飢えた獣のような動作だった。溝呂木の姿がふいにかき消えた。理理花は血だまりの中、目標を見失い、盛大に転んだ。もがき、血糊《ちのり》に足を滑らせ、なんとか立ち上がる。

そして気がつく。

溝呂木はいつの間にか居間の方に移動していた。テーブルに向かい、手品のように出現させたティーカップで優雅にお茶を飲んでこちらを興味深そうに観察している。理理花は再び溝呂木に突進した。

「いい加減に！」

飛びかかろうとしてまた溝呂木を見失う。だが、一度、慣性のついた身体は止まらない。そのままテーブルの上に派手な音を立てて突っ込み、椅子や食器もろとも床に転がった。

「なんで！」

悔しくて涙が出た。

拳で床を叩く。

「なんで！」

何度も。

何度も。

「なんで！」

涙が止まらない。八つ当たりだと思った。でも、許せなかった。自分はもうなにもない。

なのに。

それなのに。

「……」

やがて声も嗄れ果て、床に打ち付ける拳はその勢いも弱々しく、ただ弱々しくなって理理花は泣き続ける。

「……」

全ての動きを止め、またしばらく放心する理理花。

どれくらい時間が経過しただろう。ふと我に返って顔を上げると溝呂木の姿は完全に居間から消失していた。現れるときも一切、予兆がなかったが、立ち去るときも気配は全くしなかった。

「は、はは」

乾いた笑い声が漏れる。

（帰ったのかな？）

考えてみたらもう溝呂木には理理花に対して用はないはずだ。いや、そもそも先ほど現れた溝呂木自体、錯乱した理理花の脳が作り出した幻影だったのかもしれない。

「は、ははは」

もうなにもかも空しくなって、ひたすら哀しくてまた涙を流す。

その時。

「あ、れ？」

おかしなことに気がついた。部屋の中だというのに空気の対流が生まれているのだ。ほんの微かだが、間違いなく廊下の方から風が吹きつけている。それがなぜだか妙に気になって重たい身体を引き起こし、そちらへと向かう。

先ほどと変わらぬ血にまみれた光景。

風はどうやらそのさらに先。玄関の方から吹き込んでくるようだった。

（おかしいな。なんだろう？）

ざわざわと身体の表皮全体をくすぐられるようなむずがゆい予感に導かれ、廊下に足を踏み出す。

「！」

衝撃を受けた。

最初は描かれた文字があまりに大きすぎて気がつかなかった。だが、理解すれば一目瞭然《いちもくりょうぜん》だった。

『いかい』

ひらがなで三文字。

そう血糊で廊下の壁に記されている。

そしてその血文字の最後の部分。

『い』の文字を手で乱雑に引き延ばした跡がまるで矢印のように玄関の方へと続いている。

（なに？）

理理花は素足のまま、血だまりを踏み越えた。ぬちゃっとした感触も、吐き気を催すような臭気ももはや気にならなくなっていた。出来うる限りの早足で真っ赤に染まった廊下を通過し、風が吹いてくる源泉を探し求めて歩を進める。やがて開け放たれた玄関の扉が見えた。理理花は希望と恐れが綯い交ぜになった気持ちを抱えて、内廊下へと出た。

そして悟った。

（まちがいない）

まるでスタンプで押したかのような真っ赤な血の足跡が本の山を越えてエレベーターの方角へと続いていた。

（これは溝呂木からのメッセージ、誘いだ）

よろっと一度、ふらついてからその足跡を追いかける。その時、パラパラパラ、という何匹もの蝶が羽ばたいているような音が聞こえた。周りに散乱している本のうちの何冊かが風に捲《めく》れているのだ。

場所も置かれている位置も重さも装丁《そうてい》も一切、関係ない。特定の書籍だけがまるで紙幣《しへい》計数機で数えられているように機械的に捲られ続けている。明らかに超常の力が働いていた。理理花は一番、手近ではためいていた本を手に取り、覗き込んだ。

それは昭和に発行された写真週刊誌だった。捲られていたページは黄色く変色したアイドルのスキャンダル記事。

『重要なことは』

いくつかの文章にまるでアンダーラインのように血が引かれていた。

『今回の一件で発覚した真実が他の音楽業界関係者にも飛び火する可能性があることで』

それ以上、この週刊誌に血で指し示された文章はなかった。理理花はその週刊誌を放り捨て、首を巡らし、また一番近くにあった別の風で捲られ続けている本に飛びついた。

今度はハードカバーの本だった。

五年ほど前に映画化もされた恋愛小説のベストセラーだ。普段、この手の書籍はあまり読まない理理花でもそのタイトルには聞き覚えがあった。

そこには、

『観念としての死を迎え』、『遊園地に行っても華やかなアトラクションではなくゴミ箱の横で何気なく咲いている花に注目するような』、『豪雨の中、双子の用心棒《バウンサー》が路地裏に立ち塞がっていた』などと飛び飛びで合計、二十一もの文章に血で印がしてあった。互いに関連がある語句でも文脈でもないと思う。

だが。

『そこはまさに異界のようで』、『記憶を失った者はその間の命をなくしたということに等しい』

などと言った妙に気になるフレーズにも印がつけられていた。なにかを暗喩《あんゆ》する溝呂木からのメッセージなのだろうか。理理花はその後も夢中でパラパラと音を立てる本を拾い集め、その中で血によって暗示された文章を頭に焼きつけ、それを繰り返しながら書物の山を越えていった。

パラパラパラ。

音が鳴る。

本を拾う。

血で強調された文章を探す。

それを読む。

それを脳裏に刻む。

それを繰り返す。

『遠州《えんしゅう》には夜、魚が歩く山があるという。提灯《ちょうちん》を持ったヒラメを先頭にタイ、アジ、伊勢《いせ》エビ、シャコなどが月の出ない晩に練り歩く』、『寛永』、『口減らし』、『飢饉《ききん》』、『越後《えちご》の国の又村は土から這い出てきた〝足の多き者〟によって一晩の内になくなった』

とある郷土史。

『円周率はいつしか閉じると考えている。無限の一歩手前、それはきっと7という数字で終局する確信がある』、『私は寝ている最中、存在が圧死されそうなとてつもない不安で飛び起きることがある。その時、時計の針を見るとたいていの場合、三時二十一分を指している』、『神は血だまりの中で〝わ〟の字にわだかまっている』

早世した文筆家の私家版随筆集《ずいひつしゅう》。彼は神経を病んでいた。

『むせかえるような森の臭気。密林を抜けるのに三日ほどかかった』、『かがり火』、『原住民の歌に導かれ、私の魂は淀んだ夜空を飛翔《ひしょう》する。熱病に浮かされたように。遠くに聞こえるのは悪魔の金切り声だろうか』

十九世紀に書かれた高名な探検家の自伝。

『人工肺は指数関数的急膨張による金属的憎悪』

たったそれしか書かれていないメモ帳。

『深海の底に潜るように』、『隣の部屋のドアを開けるように』、『宇宙の果てのように』、『一歩、踏み出したすぐそこに』、『絶対に到達できない』、『すでにそこにいる』、『不可視の』、『網膜に焼きついた』、『畏るべき』、『もって畏るべき』、『神の住まう』

本の形状をしていない本。

『異界』

拾い集めた文章で頭がいっぱいになった。異様なフレーズが脳裏を行き交い、魂が変革《へんかく》される。本来の用途から認知能力が解放される。研ぎ澄まされた神経によって起動してはいけない脳の一角が起きてしまったようなそんな感覚がある。

なにかが切り替わった。

知らなければそれで済んでいた世界をこじ開けてしまった。

理理花は知ってしまった。

異界はもうすぐそこにあることを。

いつしか彼女は本の山の中に腰まで埋まりながら前に進んでいた。それが幻覚なのか、現実に起こっていることなのかもう区別が出来なかった。本が流砂のように流れ、理理花はその中をまるで泳ぐようにしてかき分けていった。少しでも油断をするとそのまま堆積した本の中に沈み込んでいってしまいそうだった。息苦しさと圧迫されるような恐怖。

溺《おぼ》れるように真っ黒な深い影へと身体が落ち込んでいく。

理理花は力尽きる直前なんとか本の山を突っ切ることに成功した。呼吸を整えるのにだいぶ時間がかかった。顔を上げると目の前には開かれたままのエレベーターがあった。

風はそこから吹き付けてきている。

『後悔はしないかい？』

血文字でエレベーター内の壁にそう書かれてあった。とても綺麗な書体だった。理理花は無言で頷き、一歩、前に踏み出した。エレベーターが勝手に閉まり、上へ、上へと昇っていく。

徳川清輝が所有するマンションの最上階は庭園になっていた。基本的に徳川の住居からしかアクセスする術がなく、他の住人は立ち入ることが出来ない構造になっていた。気軽に外出できない徳川がたまの気晴らしをするためだけに作られた閑雅な施設。

理理花は一度、ここで沢村草月と会話を交わしたことがある。本来は高層ビルのてっぺんにあるとは思えないようなしっかりとした造りの庭が広がっているはずだった。

だが、今、エレベーターから降り立った理理花の目の前に広がるのは全てがぐにゃぐにゃに歪んでねじ曲がった奇っ怪な光景だった。植えられた植物や品良く配置された椅子やテーブル、オシャレな形をした照明。そのなにもかものパーツが狂い、波打ち、蠢いていた。

現実の世界がおかしくなっているのか、それとも自分の視界が壊れてしまっているのか。

恐れる気持ちがないではなかったが、それ以上に、

（この先にきっとあるはずだ）

強くそう信じられた。

風がますます強く吹きつけてくる。きっとこの先に理理花が行こうとしている世界がある。

（これは——異界から吹く風だ）

気がつけば彼女は涙を流していた。頰を手で拭ってみて気がつく。それは涙ではなかった。

血だった。

ずっと瞳から血を流し続けていたのだ。

そのせいかやがて視界が徐々に狭まってきた。歪んでいた世界のデザインがやがて灰色一色に塗り潰されていく。理理花はふらつきながら辛うじて屋上の端へと辿り着いた。適正な平衡感覚を失った状態で自分の背丈よりも高いフェンスをよじ登る。無防備な柵《さく》の向こうに立った

時にはもう目がろくに見えていなかった。

だが、もう本能的に感じ取っている。

ほんの一歩、屋上から中空に足を踏み出せばそれで良い。

それで行ける。

異界へと辿り着ける。

その時、声がした。

「今ならまだ君を安全に帰してあげられる」

もうほとんど目は見えない状態だが溝呂木が隣に立っているのが分かった。理理花の眼球が機能を失ったからなのか、溝呂木はもはや人の姿を取っていなかった。ただ大きな黒い影が滲んでいるようにしか見えない。

あるいは巨大なフクロウのようだった。

「そこまでする意味はないと思う。君は十分やった。このまま回れ右をしてエレベーターで一階まで降り、マンションを出て行けば、平穏な人生を送ることが出来る」

理理花は考えていた。溝呂木は重ねて言う。

「だけどそこに行けば恐らくもう二度と戻って来られない。仮に戻って来られたとしても、君は必ず大事なモノを失っているはずだ。君のお父上のようにね。君のお父さんは君を失った」

理理花は思い出していた。父のことを。母のことを。

「異界から戻った時、最愛の娘が異形の姿に見えるようになってしまった。彼は苦しんだ。結果的に君の母上も苦しみ、君も苦しんだ。もう一度、言う。異界に足を踏み込んだ人間は仮に戻ってくることが出来ても必ずなにかを失う」

理理花は溝呂木に答えた。

「それでも可能性が少しでもあるのなら」

想った。徳川のことを。太陽のことを。草月のことを。

「あの人たちに会いたい」

それは楽しかった全ての記憶に直結している。彼女の心情としてはもう今更、一人で生きていたくはない。なにもかも失った状態よりはたとえどんなに想像を絶する過酷な世界であろうとも大事な人たちと共に朽ちていきたい。

そして可能性が少しでもあるのなら――。

（みんなを連れ戻す）

そこに賭ける。

理理花の心に理理花らしい闘志の炎が再び宿る。それは静かな青い炎だったが、今までで一番、苛烈に燃えていた。

「溝呂木」

理理花は笑った。

「ありがとう。わたしにこんなチャンスをくれて」

そして身体の重心を動かし、虚空に向かって身体を倒していく。その時、黒い影は応えた。

「……分かった」

ひび割れた声だった。

「主義ではないけれど、ほんの少しだけ君を手伝ってあげるよ」

どういう意味だろうと思うまもなく、つま先が硬い縁から離れて、ふわりと重力から解放された感覚があった。

すうっと身体が落下を開始する。

「……」

聞き取れない声で溝呂木がなにか言った。身体をひねり、仰向《あおむ》けになったその時、溝呂木がナニカを放るような仕草をするのが見えた。小さな書物のような物体がぱっと開かれる。

その奥にぽっかりと月が浮かんでいる。

それは。

真っ赤な血の色に染まっていた。


横たわっている彼女に気がついたのはソレが先だった。ゴミ捨て場にうち捨てられた汚らしいゴミ袋が折り重なったものとしか形容できない代物で、実質的にもそうだった。

だが、それはまるでアメーバや原生生物のようにゆっくりと蠢いていた。幾層にも重なったビニールのヒダ。よく見ればその奥に赤い目が幾つも幾つも潜んでいて貪婪《どんらん》に輝いている。それは理理花を見つけて、最初は興味深そうに遠巻きに、次第に明らかに興奮したように忙《せわ》しなく律動を繰り返しながら近寄ってきた。

理理花は眠り続けている。

その汚らしいゴミ袋はまるで捕食するかのようにその先端を少しだけ持ち上げ、理理花を足の方から包み込もうとした。

　その刹那《せつな》。

「触るな！　汚らわしい！」

　一人の青年がその場に姿を現した。

　彼は手に持っていた先の尖った鉄の棒で、そのゴミ袋の群生体を何度も突き刺した。猛烈な悪臭がゴミ袋に空いた穴から吹き上がった。ゴミ袋の群生体はぎゅっと身を収縮させる。到底、敵わないと判断したのだろう。また蠢きながら、後退していった。

　青年はその光景を冷ややかに見送った。

　そして改めて理理花に向き直る。

　眩しそうな目で理理花を見た。浴衣姿の理理花は彼の記憶と同じく美しいままだった。彼女の傍らに膝をつき、その身体を抱え上げ、移動しようとした。その際、彼女が持っていた一冊のノートが地面に落下する。

　青年はわずかに戸惑ったものの手早くその本も拾い上げ、理理花を運んでいった。

　辺りに荒涼とした風が吹いた。


　轟音《ごうおん》と閃光《せんこう》が交互に繰り返される。理理花はふと覚醒した。それは眠りから目覚めるプロセスとは全く異なり、突然、身体と精神が完全に自由になった感覚だ。

　自分が何者で、どういう経過があったのか完璧《かんぺき》に覚えている。その結果、理理花は恐怖と共に身体をよじった。ビルの屋上から宙に落下する感覚と今の自分とがダイレクトに繋がったのだ。

当然、中空にいて、これから地面に叩きつけられるはず。

「！」

猫のように身体をひねり、起き上がる。とっさに身体を安定させようと手で宙をかいた。懸命に辺りを見回す。心臓がどっどっと脈打ち、汗が噴き出る。だが、すぐに自分が硬い床の上に立っていることに気がついた。

そのことを確信したとたん、身体の力が抜けた。

「……はあ」

ゆっくりと長めの息を吐く。その瞬間、どおんと大きな音が聞こえ、辺りが緑色の光に包まれた。

びくっと身をすくめ、首を巡らせ、光の発せられた方向を振り向く。

（雷《かみなり》？　緑色の？）

理理花が把握した限りでは、どうやら自分は廃ビルのような場所にいるらしい。がらんとした空間にコンクリートの柱。左手に入り口らしき場所。右手には窓枠が規則正しく並んでいた。

緑の閃光と轟音はそちらから飛び込んできた。

どうやら外は雨が降っているようだった。

（わたしは、異界にいるはず）

また混乱し、眉をひそめる。

ここがそうだ、という確証がいまいち持てない。それだけ理理花が見ている景色は彼女の常識で判断しても違和感のないものだった。窓ガラスや扉はないが今、立っている場所も人工物としか考えられない。

（いや、でも、やっぱり少しちがう）

そこで首を振る。

先ほどから時折、窓の外を走る緑色の稲光《いなびかり》。これだけは現実の世界ではあり得ない。さらに不思議なことがあった。稲光が止んでいる時もまるで部屋全体が発光体であるかのように辺りを目視するには十分な明かりで室内が満たされていたのだ。

理理花がさらに周囲の状況を探ろうと窓の方へ向かいかけたその時。

「理理花さん」

背後から声をかけられた。振り返り、反射的に身構える。入り口の辺りに一人の青年が立っていた。やや大きめの赤い短パンにTシャツ。ナップザックを担ぎ、サンダルを履《は》いている。

二十歳にわずかに届かないくらいだろう。

鋭く野性味を感じさせる顔つきだ。

誰だ？

人間なのか？

「……」

理理花は警戒して一歩、後ろに下がる。青年は理理花の心を見透かしたかのように苦笑し、その場から一歩も動かず、敵意がないことを示そうとするかのように両手を挙げてみせた。理理花は、

(今、わたしの名前を呼んだ、よね？)

相手の素性を確かめようと目をすがめる。見覚えのない顔だ。その時、青年が言った。

「色々と聞きたいことがあるんですけどね。とりあえずあなたとまた会えて嬉しいですよ、舞浜理理花さん」

その時、理理花の脳裏で記憶の回路が発火した。今、目の前に立っている青年が誰なのか一瞬で理解できた。

「もしかして、太陽くん？　山崎太陽くん？」

抑えようもなく声が震えた。青年は、

「ご名答」

皮肉げに肩をすくめた。

理理花は彼の顔をもっとよく見ようと二歩、三歩と彼に近づいた。太陽はそんな理理花から顔を逸らしながら、

「まあ、だいぶ姿形が変わっちゃったから信じられないでしょうけど」

理理花は己の直感を信じた。

(まちがいない。太陽くんだ！)

涙が溢れてきた。

太陽が消え去ったと電話で聞かされた時に感じた激しい怒りと恐怖。その反動で今、とてつもない安堵と歓喜が理理花の中で爆《は》ぜている。現在、自分がどこにいるのかもろくに分かって

いなかったが、彼と再会できた、という一点だけで理理花は今までの決断を全て誇ることが出来た。

(またあえた)

よろよろと近づき、

(またあえた)

最後は駆け足で飛びついた。全力で彼を抱きしめる。

「よかった！」

涙が溢れた。

「本当によかった！」

うわ、と太陽は小さく叫んだが、理理花の跳躍があまりに早すぎて回避することが出来なかったようだ。結局、彼は理理花にしがみつかれたまましばしの時を過ごさざるをえなかった。

子供のように泣きじゃくる理理花に対して困ったような顔をしていた太陽だが、やがてふっと笑うと彼女の肩を優しくぽんぽんと叩く。

彼の瞳にもやはり柔らかい安堵の光が宿っていた。

「体感として約二週間です」

太陽は落ち着きを取り戻した理理花に対してそう告げた。彼が異界に滞在している期間を述べたのだ。

理理花は首をかしげた。

「え、おかしい」

どう考えてもそんなに時間は経っていない。

「君がいなくなった、と聞かされたのはつい昨日のことだよ？　──私がここに来てどれだけ意識を失っていたのか分からないけど。それでも二週間はないと思う。それともここは現実世界と時間の流れが違うのかな？」

相手の表情を慮りながら、

「……君が随分と大きくなっちゃったように」

一度、落ち着きを取り戻すと太陽に接する時にまず気まずさが先行した。それだけ彼の姿は変化しすぎていた。

（元々、大人びた子だったけど、この外観になってさらにオトナ……というより男っぽくなったな）

精悍《せいかん》で落ち着いた印象。

彫美は見る目があるのかもしれない。

いつの間にか異様な輝きを放つ緑色の雷は止んでいて、細かい霧雨だけが窓の外には降っていた。

「──」

太陽はしばし考える表情になった。それから、

「ちょっと初めにお話ししておきたいことがあるんです。実は俺、ここに最初に来た時、助けて貰った男の人がいまして」

「え？」

「俺が理理花さんを見つけたみたいに、気を失っていた俺のことを拾ってくれて、ここで生きる方法やこの世界のルールみたいなのを色々と教えてくれたんです」

理理花は大きく頷いた。こんな環境に突如として放り込まれたら、いかに太陽がタフな少年でも一人では正気を保つことすら難しかったはずだ。色々と教えてくれる先達《せんだつ》がいたのなら十分、納得できる。

「俺が聞いた限りでは、二年近くここにいたみたいです」

太陽は重苦しい口調でそう言う。

「にねん？」

理理花が思わず目を剝《む》く。

「ええ。相当にタフで頑丈な人だったんだと思います。でも、俺が会った時はもうすでに心も身体もぼろぼろで。それでもその人は俺のことを必死でケアしてくれました。一緒にいられた期間はたぶん一週間くらいだけどその人がいなかったら俺、本当にどうなっていたか分かりません」

もう理理花もとっくに気がついていた。

太陽は過去形でその人物のことを語っている。

「……その人、どうなったの？」

おそるおそる問いかけると、

「そろそろ、かな」

太陽はふと顔を上げた。理理花に視線で合図し、窓際に誘う。理理花は彼に従った。

窓から太陽と覗いた景色は決して理理花の精神的許容を超えるような不可解なものではなかった。だが、しかし、現実のどこにこのような場所があるのかと問われると首を横に振らざるをえない。

空は一面、鉛色の雲。

遠くの方でまだ雷が時折、緑色に明滅していた。

その下には赤や茶色が主体の荒れ地が広がっていて、四角い構造物が不均等な距離で何棟も建っていた。その全てに窓のような穴が規則的に並んでいる。恐らく今、理理花たちがいる場所も同じような構造物の一つなのだろう。

（たてもの、なのかな？）

どの構造物にもガラスなどは一切はまっておらず、扉のようなものもない。そのため人の手によって建てられたようにも見えるし、あるいは蟻や蜂などの昆虫《こんちゅう》が作り出した巣のようにも見える。壁面は灰色で材質は石かなにかのようだ。理理花が連想したのは核戦争後の世界を描いた映画だ。そこで映し出された朽ちかけた町並みにそっくりだった。

人類が滅びた後、わずかに遺物が残った新宿辺りはきっとこのような光景になるのかもしれない。

その時、ぞぞおお、ぞおお、というゆっくりとなにかを引きずるような音がした。隣に並んでいた太陽がにわかに緊張するのが理理花にも伝わってきた。彼は口元に指を立て、理理花に静かにするようジェスチャーで伝えてから建物の一つを指した。

理理花は目をこらす。

最初はよく分からなかった。なにか大きな黒い影が建物の横合いから出てくる。なんだろう、と思っている間にそれは意外なほどに速いスピードでその全貌をあらわにした。

「！」

理理花は思わず口元を手で押さえた。

それは巨大な人の生首だった。

首から下はない。

頭だけ。それが顎を前後に動かすような形で荒野を移動している。

異様に顔全体が膨らんでいて目も鼻も口も肉の中に埋没しているが、それぞれのパーツが確認できた。そして後ろに引きずっている長い長い黒髪。首から頭のてっぺんまでがちょうど今、現れた建物の半分ほどはある。恐らくは二十メートルはくだらないだろう。

互い違いになっている目。口元からだらだらと垂れ続けるよだれ。それはあまりに量が多くてナメクジのような粘液の跡をぬらぬらと大地に作っていた。やがて頭はまた別の建物の陰に入って見えなくなった。

「あの人が俺にこの世界のことを教えてくれた人……現実世界ではお坊さんだったみたいですね。田中堅浄、と名乗っていました。ああやって一定の時間で大きな円を描くようにぐるぐると動き回っているんです」

太陽は苦しそうな表情で言い添えた。

「この異界にいるとやがてなにもかも変わっていく。堅浄さんが身をもって教えてくれたことです」

理理花はしばしの間、瞑目《めいもく》した。

「堅浄さんはこの世界の食べ物を食べることによってゆっくりと異界と同化していく、と言っていました。二度と現世には戻れない身体になると」

理理花と太陽は二人並んで壁に背を預けていた。雨音がだいぶ小さくなっていった。太陽は沈鬱な声で話していた。

「堅浄さんはこちらに来てから、何人も自分と同じようにこの異界に迷い込んできた人たちと出会ったそうです。その人たちは皆空腹に耐えかね、こちらの食べ物を食べ、最終的に人間の姿ではなくなってしまった。ここではそんな人間のなれの果てが沢山います。堅浄さんが二年もの長い間、人であり続けたのはすごく強い意志と霊能力みたいなモノを持っていたからなんでしょうね」

「食べるものあるの？　この世界に」

理理花の問いに、

「ええ。わずかですが植物みたいなモノが生えていて実をつけたりしています。水は結構あちらこちらから湧き出していますし、ごく稀に現世の食べ物が流れ着いてくることもある」

力なく笑って、

「お供《そな》え物《もの》とかそんなものが多いですよ。僕も堅浄さんからおまんじゅうを一つ分けて貰って食べました。それから」

さらに暗い顔つきになった。

「岩場の陰に不浄な、汚らわしい食料となるものが」

ぎゅっと拳を握った。

「……こちらの世界の生物なんだと思います。泥みたいな。不定形でぬるぬると這っています。おぞましい姿なんだけど、こちらでは本当に食料は貴重だから。だから、みんなそれを啜《すす》るようにして食べる。それを食べるとどんどんと変身が加速していくみたいなんです」

「君も」

答えを聞くのが少し怖かった。

「それを食べたの？」

いいえ、と太陽は首を振った。

「堅浄さんがすごく気を遣ってくれて果物とか現世の食べ物を中心に分けてくれたのでそれはまだ。でも」

太陽の身体が小さく震えだした。

「十日ほど前、堅浄さんが岩場に首を突っ込んでそれを貪り食っている姿を見てしまいました。そしてその後、たった三日くらいであんな姿に」

絞り出すような声で、

「……堅浄さんはきっと自分の分の食べ物も俺にくれていたんです。だから、ずっと耐えてきたのに。二年も耐えてきた人なのに俺と出会ったから！　堅浄さんをあんな姿においやったのは俺だ！」

太陽の目から涙が溢れてきた。彼は小さく背を丸めて力一杯膝をかき抱いた。理理花は太陽がまだ十年と少ししか生きていないことを改めて思い出していた。目の前の恐怖や困難に立ち向かう勇気はあっても身を切るような罪悪感に対してはどうしていいか分からない。

彼はまだ子供なのだ。

身体は変化しても心は変わらない。

そのことが胸に痛い。

ならば堅浄も？

変わっていったというこの異界に流されてきた人たちも？

「だいじょうぶ」

理理花は並んで座ったまま太陽の肩を抱き寄せた。太陽はされるがまま嗚咽《おえつ》を漏らし続けた。

それから理理花は彼女が田中堅浄について知る限りの全ての情報を太陽に向かってゆっくりと語りかけた。太陽はうつむいたままじっと黙って聞いていた。そして話が一区切りしたところで、

「堅浄さん。やっぱり霊能者だったんですね。あの人、自分のことは全然、教えてくれなかったから」

悔悟《かいご》が滲む声音だった。

「もっと色々と話せば良かった」

理理花は田中堅浄という人物について改めて考えた。沢村草月の運命を変え、沢山の人たちを怪異から護り、異界では一人の少年に宝石よりも貴重な食料を分け与え、最終的に自らは異

形と化した。

（きっと堅浄さんは助けたかったんだ。沢村さんを助けたように。他の人たちを助けたように。まだ子供である太陽くんだけは助けたかったんだ）

田中堅浄は拝み屋としての自分の筋を最後まで貫き通したに違いない。その遺志は自分が引き継ごうと思った。

「太陽くん。聞いて」

彼の正面に回り込み、がっと両手で肩を摑んだ。

「辛いと思う。今は罪悪感で押し潰されそうだと思う。でも聞いて！」

太陽が涙に濡れた目を上げたのを視線で捉えて訴えた。

「ここで泣いていてもしかたない。教えてくれないかな？　この異界から現世に戻る方法。堅浄さんはなにか言っていなかった？」

ふとほんの一瞬、

〝主義ではないけど、ほんの少しだけ君を手伝ってあげるよ〟

という溝呂木の言葉が頭をよぎった。

あれは一体どういう意味だったのだろうか？

「……」

太陽はしばらくじっと黙って理理花の目を見返していた。それから、

「そうですね」

微かに笑った。

「それほど長い時間一緒にいられた訳ではないけど堅浄さんも同じことを言いそうです。分かりました。つながせて貰った命だと思って気持ちを切り替えますよ」

訂正。

理理花は思った。大人ではないかもしれないがやはり太陽は普通の子供ではない。この場所で一番最初に太陽に出会えたのは大変な僥倖だったのかもしれない。

太陽はもう大丈夫、というようにぽんぽんと理理花の手を叩いた。理理花が身を離すと、

「はい。堅浄さんから聞いています」

手の甲で涙の跡を拭い、はっきりとした口調で太陽は言った。

「この異界から抜け出す方法はあるみたいです」

「やっぱりあるんだね」

勢い込んで理理花は尋ねる。草月も似たようなことを言っていた。神隠しにあって戻ってきた人たちはいる、と。

太陽は笑うような困ったような中途半端な表情になった。

「舞浜さんのお父さんもその一人みたいですね」

「え?」

理理花は困惑した。太陽には確かに父親のことを少し話した覚えはある。だが、特に踏み込んだ情報は伝えていない。そもそも舞浜光太郎が異界にやってきていたかもしれないということは理理花自身もつい先ほど(彼女の時間感覚があっているなら、だが)知ったことなのだ。

「すいません。理理花さんが倒れている横に落ちていたので。勝手に読ませて頂いていまし

た」

　そう言って彼は担いでいたナップザックから古びたノートを取り出した。

「あ」

　理理花は声を上げた。それは沢村草月が井戸の底から回収した舞浜光太郎の遺稿《いこう》、『異なる色の月に関する伝承』だった。

「それもこっちに来てたんだ。あれ？　でも、わたし、持ち運んだ覚えはない……」

　もしかしたらこれが溝呂木が暗示していたことと関係するのだろうか？

　確かに彼は最後、ナニカを放り投げるような仕草をしていた。

（これを持っていかせたかったのかな？）

　それともう一つ。

　太陽は気になることを言っていた。

「ねえ、今、そのノートを読んだって言った？」

「ええ」

　理理花が奇妙な反応を示したので太陽はばつが悪そうに、

「すいません。つい気になっちゃって。お父さんの手記を勝手に読まれたらイヤですよね？」

「ううん。そういうことじゃなくて」

　理理花は首を横に振った。ぼそりと、

「読めたんだ、それ……」

「ええ、はい。普通に。少し読みにくい字でしたけど」

太陽は戸惑い気味にノートを差し出してきた。理理花はそれを受け取り、

「！」

驚いた。異界に来る前、草月と検討した時は全く意味不明だったページが今はごく自然に読める。

逆に……。

（前の方の文章が全く読めなくなっている！）

どういうことだろう？

首をかしげる。

もしかしたら――。

異界では認知が全く異なるのかもしれない。だから、こちらで書いた文字はここでしか読めず、その逆に現世の文章はこちらでは解読不能と化す。そんな仮説を頭の中で立ててみた。

「……」

父親の残した貴重な手記だ。光太郎の懐かしい筆跡を見て思わずじっくりと読みふけりそうになる気持ちをぐっと抑えた。

理理花はぱたりとノートを閉じた。

「太陽くん、これ一通り読んだ？」

代わりにそう尋ねる。太陽は首を横に振った。

「いいえ。そこまでの時間はなかったので飛ばし読みです」

「そっか。それでもいいからここに書いてあることのあらましを教えてくれないかな？」

このノートは結構な分量がある。これを今から読み通すとなるとそれなりに時間がかかってしまう。それなら大人並か下手をしたらそれ以上の洞察力と判断力を持っている太陽に概要を聞いてしまう方が手っ取り早い気がする。

先ほど堅浄のおぞましい姿を目の当たりにしてから理理花にはずっと気にかかっていることがあった。理理花より先に消え去った徳川や草月、それに理理花の母親は一体どうしているのだろう、という不安だ。

この世界に長くいればいるほど堅浄のようになってしまう可能性が高くなるのなら——。時間は少しでも惜しんで行動しなければならない。

(でも、多少の誤差は存在すると仮定しても徳川さんや沢村さん、ママはわたしとここに来た時間はそんなに差はないはずだ。問題は——パパ)

十年近く前にいなくなった父親は果たして今どんな状態になっているのか。あまり深く考えないようにしないと。

理理花は前向きに気持ちを切り替えようとしていた。

「——そうですね」

理理花の想いを察したのか太陽がよどみなく話し始めた。

「基本的には異界に滞在していた間の覚え書きがメインだと思います。吉沢さんという人に案内されて山間の朽ちた寺社を見に行った際、気がついたら異界に立っていた、と最初に書かれています」

理理花が頷くと、

「俺もパラパラ読みなんで細かいことははしょります。問題は理理花さんのお父さんがこちらに偶然来て、また帰ったという点なんです」

「ん？　どういうこと？」

「これは堅浄さんから聞いたのですが、現実の世界から時々、こちらに流れてくる人間がいるように異界からまた現世に唐突に戻る人間も存在するそうです」

「それっていわゆる神隠しに遭った人が戻ってきた、という風になるのかな？」

「そうですね。堅浄さんは〝穴〟でたとえていました。現世にあいた〝穴〟に落ち込むことがあるなら、異界に空いた〝穴〟を通って再び現世に戻れるケースもある、と」

「……あのさ。でも、それって」

「ええ」

太陽は沈鬱な表情になった。

「堅浄さん自身がいかにそれが可能性の低い偶然によって起こるかを証明してしまっていますよね」

彼は結局、二年もここから出られず、最終的にあんな姿になってしまった。

「〝穴〟を探したり、作ったりすることは出来ないのかな？」

「人為的には無理だそうです。でも、〝穴〟が起きやすい場所はある程度、絞られるって堅浄さんは言っていました。現実の世界でも神隠しに遭いやすい山や森の伝説ってありますよね？それと同じような場所が異界にも幾つかあるということです」

「なるほど。ちなみにそれはどこら辺なの？」

「ここもその一つですよ」

にやっと笑って太陽が足下を指した。

「正確にはここら一帯ですけど」

なるほど。だから、彼はここを拠点《きょてん》にしているのか、と納得がいった。

「やっぱりわたしちょっとお父さんの手記を読み込んでみようかな」

しばし考えてから理理花が言った。やはり溝呂木の言っていたことが気になった。もしかしたら〝穴〟の手がかりがそこにあるのかもしれない。

「それがいいかもしれませんね」

太陽が賛意を示す。それから、

「ただ」

やや懸念するような顔になった。

「理理花さんのお父さんや普通にこの異界に迷い込んできた人と僕たちは違うわけですから。もしかしたら堅浄さんが帰れなかったのも、そのことと関係があるのかもしれないなと今は思うんです」

「え？　どういう意味？」

「つまりですね」

太陽がなにか話し始めようとしたその時。

「あれ？　なんだろう？」

理理花ははっとした顔つきになった。なにか奇妙な歌声のようなものが外から聞こえてきた。

立ち上がり、窓から外を見下ろすと、

「太陽くん！　人だ！」

理理花は興奮してそう叫んだ。彼女が指した先、確かに四人ほどの男女が荒れ地をのろりのろりと歩いていた。どうやら今までいくつか並んでいる構造物の中のどれかに潜んでいて雷雨が止んだところを見計らって出てきたらしい。

重苦しい雲が徐々に晴れていき、辺りに光が差し込みつつあった。

彼らの姿を鋭く浮かび上がらせるような眩い、どこか不安を感じさせる真っ白な光。

その光にまるで天空のスポットライトのように照らし出されて一団は歩いている。ぼろをまとい、やせ細り、足取りもふらついていた。だが、その亡者《もうじゃ》のような出で立ちとは異なり、狂躁《きょうそう》的な激しさで手を振り、奇妙な節回しで歌のような、うなり声のようなものを上げている。

「ねえ、太陽くん。あの人たちなんか様子が変だね？」

理理花はその異様な雰囲気に気がつき眉をひそめた。

「——人間、だよね？」

「ええ、まあ」

太陽はじっと空を睨《にら》んでいる。それから突如、

「まずい。理理花さん！　こっち来て！」

今まで見たことのない険しい表情で理理花の腕を引っ張った。そのまま強引に建物の奥へと向かおうとする。

理理花は一切の無駄な質問を発しなかった。

なにか緊急事態が起こったことは太陽の切迫した表情ですぐに分かった。彼に従い、一歩、歩み出す。何度も怪異と遭遇してきた理理花の対応は理性的で早かった。だが、そこで彼女は同時に過《あやま》ちも犯した。つい無意識に後ろを振り返ってしまったのだ。

彼女が目の当たりにしたのは今まで厚い雲に覆われていた遠い遠い荒野の彼方だった。そこに塔のようなモノが建っている。

いや、生えている。

ハエテイル。

生きている？

荒れ地を歩いていたぼろ衣の一団は跪《ひざまず》き、感極まったように手を振り回しながら歌っていた。

それはあの塔のような物体。

否。

神を崇《あが》め奉《たてまつ》る歓喜の歌だった。未だに雲はかかっている。距離もある。見えたのもほんの一瞬ですぐに青ざめた太陽に力一杯、引っ張られて床に倒れ込んだ。だが、それでも十分だった。

理理花の脳にいくつかのイメージが濁流のように流れ込んできた。

何億年。何十億年。そこにいる。肉の塊。直径百キロに渡る。成層圏に届く。その先の先まで伸びている。まるでユグドラシルの木のような。肉。肉の木。肉の塊。表面に血管が這っている。脈動している。眠っている。分厚く巨大で、気の遠くなるほどの血液を中にため込んでいる。十の十乗の十乗の十乗の……。人間とは全く異なる意思。それに比べれば自分たちなど細菌のように卑小な存在でしかない。


理理花は目を見開き、絶叫した。

完全に理解していた。

アレこそが理理花たちが恐れていた〝邪神〟に他ならなかった。


次に目を覚ました時には不安を覚えるような眩い真っ白な光はなくなっていて、代わりに青い光がほのかに薄明るく室内を満たしていた。理理花は額を押さえながら起き上がった。

まだ多少、目眩がして頭がくらくらするが、どうにか身体は動きそうだった。

「……理理花さん、だいじょうぶですか?」

そばでずっと見守っていたのかすぐに太陽が声をかけてきた。

理理花はそちらを振り返り、

「ごめん。太陽くん。迷惑かけちゃったね」

「いいえ。こちらの方こそもっと早く〝アレ〟の存在について説明するべきでした。つい後回しになっちゃって」

彼は心の底から申し訳なさそうに頭を下げてきた。

彼の身体がまるで蛍光塗料でも浴びたかのように青く光っている。ちらりと顔を上げると巨大なサファイアのような透明感のある青い物体が空に浮かんでいた。

（あれは月、と呼んで良い物なのかな？）

理理花は考えながら、

「もうすっかり夜だよね。わたし、どれくらい寝てた？」

「時計がないんでよく分からないですけど理理花さんが倒れてから一時間も経ってないと思います」

「え？　それくらいなの？」

理理花は軽く驚いた。太陽は苦々しく、

「ここはなにもかもデタラメなんですよ。急に夜になったり、昼になったりするし。月の色もころころ変わります。今は青い月ですよね？　でも、その前の夜は真っ赤な月でした。形もちょっと違ったかな？　それより」

太陽は心配そうにこちらの顔色をうかがってきた。

「理理花さん、心や身体に特に不調はないですか？」

「ないよ」

若干、まだ違和感はあるが、理理花は微笑んでそう答えた。

「だいじょうぶ」

「――そうですか」

心からは信じていない表情だが、太陽は引き下がった。そして重々しい口調で話した。

「あのちらっと理理花さんが見てしまったアレ。あ！」

急に慌てた声で、

「難しいとは思いますが、アレのことは頭に思い浮かべたり、考えたりしなくていいですからね？　アレはそうするだけで心身にダメージを生じさせたりします。理理花さんは特に影響を受けやすいみたいですし」

理理花は頷いた。確かにそんな自覚はある。

ほんのちらっと目視しただけなのだ。それなのに昏倒した。もしあの例の物体を二十秒ほども眺めていたら。

自分の心と身体は取り返しがつかないほど損壊すると思う。ぶるっと身震いした。

（いけないいけない。頭はからっぽからっぽ）

努めて意識しないようにしつつ、太陽に話の先を促した。太陽は理理花の様子を観察するような調子で話を再開した。

「まあ、どちらにしてもアレに関しては話さないといけないので手短にいきますね。例のアレ。アレはお分かりになったように昼の時間帯、晴れている時にしか見ることが出来ません。月が出ている夜、雨が降っている昼は遠くまで見晴らすことが出来ないので大丈夫。ここで距離の概念が意味があるのか分かりませんが、恐らく何万キロも遠い先にいるのだと思います」

うんうん、と理理花は頷いた。

「堅浄さんからは絶対に直視するな、と厳命されました。また出来たら晴れている昼間は……実はそんなに長い時間帯ではないのですが、その時は出来るだけこういった建物に入っていろ、とも言われました」

「太陽くん。あの人たちは？　あの変な奇声を上げていた人たち」

「ああ」

太陽は暗い顔になった。

「あの人たちはきっとアレを長い間、見てしまったんだと思います。魅入られたみたいになってしまって、アレが見えるようになるとああしてまるで礼拝みたいな行動をします。俺も一度、堅浄さんとあの人たちの近くまで行ったことがあるのですが、他の時間帯は虚ろに笑ってそこらに寝っ転がっているだけで、こちらのどんな呼びかけにも応えません。人としてはもう壊れてる感じです」

ぶるっと身震いした。

気を失ったのは幸いだったのかもしれない。おかげで長時間、アレを見ずに済んだ。もう理解できていた。理理花の父を始め沢山の人たちを異界に誘ったいわゆる〝邪神〟がアレなのだ。

「さっき俺、言いかけましたよね？　俺たちは普通に神隠しに遭った人たちとやや条件が異なるって」

「あ、そっか」

なんとなく太陽が言いたいことに察しがついた。彼は言う。

「ええ。俺たちが他の異界に流れてきた人たちと違う点はアレに招待された、というか拐《かどわ》かされた点なのだと思います。アレの意思でここにいる以上、帰ることのハードルが上がっているのではないかと。だから、堅浄さんはずっと異界を彷徨い続けなければならなかった」

さらに太陽は皮肉げに付け加えた。

「パーティーのホストでも誘拐犯《ゆうかいはん》でも、どちらにしてもその意図は全く不明ですけどね」

意味なんてないのだろう、と理理花は思った。

あるのかもしれないが理理花たちがそれを理解することはあり得ない。アレは理理花たちとは根本的に存在する立脚点が違う。

昆虫の方がまだ近しい。

細菌の方が親しみやすい。

某かの意思を持っているようだが、生命という範囲でくることは不可能なのだろう。

「今の理理花さんにこういうことを言うのもちょっと心苦しいのですが、理理花さんのお父さんがなによりその証明になっている気がします。一度目は恐らくアレとは関係なく異界に来ていますよね？　その際は無事に現実世界に戻れて手記まで残している。でも」

「……アレに呼ばれた、大量の血を残した二度目は戻れていない。そういうこと？」

「申し訳ないですけど、はい。そうです」

太陽は苦しそうな表情で、

「だから、俺たちは状況がいっそう難しくなってるのかな、と」

理理花は少しだけ迷ってから、

「あのね、太陽くん。これは最初にはっきりさせた方がいいと思うから言っておくけど、わたしは実はアレに呼ばれてここにきた訳ではないの」

太陽は目を丸くした。それからしばし経って、

「……え？」

彼らしからぬ間の抜けた声を出した。理理花はやや気まずさを抱えて自分がここに来るに至った経緯を伝えた。

話し終えてたっぷりと五秒経ってから太陽は言った。

「つまりあれですか？　俺たちを助けるためにわざわざ自分の意思でここに来た、ということですか？」

「う、うん」

「異界がどんなところかも分からないのに？　なんの策もなく？」

「えー、と。うん、そう」

太陽は呆《あき》れた、というように溜息をついた。

「率直に言って理理花さんの行動は無謀だったと思いますよ。その溝呂木が言うとおり、理理花さんは回れ右して自分の生活に戻るべきでした。正直なところ俺はそういうヒーローじみた行為は全然、感心しません」

「はい」

怒られてるのだろうか？

「で、でもね」

理理花が弁明しようとすると、

「ただ」

太陽はそこで少しだけ表情を和らげた。

「あなたのその行動力で俺は以前、助けられました。今回もそうなるかもしれませんね。ありがとうございます。助けに来てくれて」

頭を下げる。

「う、うん」

理理花はほっとした顔になった。

「そうなるよう頑張るよ！　太陽くん。そうだ！　わたし、やっぱり時間をかけてもパパのノート読んでみようと思うんだけど、どうかな？」

太陽もしばし考えてから賛成してくれた。

「そうですね。お話を伺う限り、きっとその溝呂木はなにか意味があってノートを理理花さんの元に送ったのだと思います」

「うん。やっぱそうだよね」

理理花は大きく頷く。

一刻も早く母や草月、徳川たちを探しに行きたい焦りもあったが、まずそこから始めようと思った。そして明るいところで読もうとノートを取り上げ、月明かりの下に運んだ。

ページを開き、読みふけっている内に様々な事柄が分かってきた。そして理理花は涙を流した。

沢村草月はこの日、同行者である徳川清輝に対して何度目か分からない悪態をついていた。

この足手まといめ、と思い、何度も切り捨てようかと考え、今もまたそれをかなり本気で検討している。

しかし、最初からそんな悪感情を持っていた訳では決してなかった。自分が異界にいることに気がつき、二日ほど荒れ地を彷徨い、絶望しきっている状態で彼に出会えた時は本当に嬉しかった。

ほんのわずかに湧き水が流れる小さな谷の奥まったところに徳川はしゃがみ込んでいた。遠くから彼を見つけた時は思わず喜びの声を上げ、駆け寄ったほどだ。だが、すぐに自分より一足先に異界へ消えた盟友の異常に気がついた。

なにより顕著だったのは、列車事故に遭って以来、ずっと車椅子だったはずの徳川がすっくと立ちあがったことだ。次に彼は草月に対してにたりと笑ってみせたが、その表情は見れば明らかに正気を欠いたものだった。

「(にふぉいあさhyあははうやおあ(%$%$」

言っていることが欠片《かけら》も理解できない。早口で何事か語りかけてくるのだが、注意して聞いていると意味不明すぎて頭が痛くなってきた。

「おい。徳川。俺だ。こんななりになってしまっているけど沢村だよ!」

揺すぶって語りかけるとへらへらと笑いながら身をくねらせた。その口元からよだれがたらりと垂れている。

白髪《はくはつ》に着物姿。整った顔立ちは一切、変わっていないため、よりその蒙昧《もうまい》とした有様がひどく痛ましかった。

そうか。

こいつも異界に来て変容してしまったか。

徳川は明らかに意思と知性を欠いた状態だったが、草月に危害を加えるようなそぶりは一切見せなかった。それどころかまるで生まれたてのヒナが親鳥を慕うように草月が歩き出すとふらふらとどこまでもついてきた。

それ自体は大きな障害ではない。問題は油断をするとすぐに異様なモノを口に入れようとするところにあった。最初に出会った湧き水が流れていた谷間でもどうやらそれを食していたらしい。

おぞましく異様なモノ。

それはよく見るとこの異界の至る所で蠢いていた。

淀んだ水場や腐《くさ》った木材の陰、岩場のくぼみ。廃墟のような不思議な構造物の中にびっしりと潜んでいたこともある。

一番、近いのは巨大化したアメーバやミドリムシだろう。見方によっては輪郭《りんかく》が溶けたナメクジのようにも見える。大きさもまちまちで、手のひらに載るくらいからちょっとしたカーペットくらいのサイズもいた。それらは透明な外殻の中に毒々しい赤や青の内臓のような部分を有していて、大概の個体が表面から不定型の触手をうねうねと突き出していた。

見るからに不快で、醜悪な生き物なのだが、それを徳川は見かけるたび、まるでごちそうを見つけた幼児のように飛びつき、手づかみで貪ろうとするのだ。最初、その行為を見たときはあまりの気色の悪さに全身、鳥肌が立った。徳川を力尽くで引きはがし、なんとか距離を取ると彼は切なそうに身をよじり、涙を流して泣き叫んだ。

歩いているとそれが何度も繰り返される。

　しかも、草月が耐えがたかったのは徐々に自分もそのグロテスクな巨大アメーバを食したくなってきたことにある。

　身体がうずくほど段々とその衝動は強まっていった。

　確かにここ二日ほどなにも食べていないので目眩がしそうな空腹感はあった。だが、それとは異なる本能に基づく強烈な飢餓感がこの虫酸《むしず》が走るような生き物に対して湧いてくるのだ。次第に徳川の変調はこの生き物を口にしたからではないかと思えてきた。

　草月が頭に思い浮かべたのは古事記《こじき》のイザナミのくだりだった。イザナミは黄泉国《よみのくに》で黄泉戸喫《よもつへぐい》と呼ばれる食べ物を食べて、恐ろしい亡者の姿となった。

　これはその黄泉戸喫と似たようなものではないだろうか。

　異界には異界のルールがあり、それはいわば適応のためのメカニズムとして存在している。流されてきた人間はこの食べ物によって異界にもっとも適応した形に身も心も変貌していく。

　そんな恐ろしい予感に怯え、自分の意思を強く保とうとする。

　彼がこの異界で徳川を急き立てて移動しているのには訳があった。今、空にぽっかりと浮かんでいる緑色の月。それが完全に隠れて昼間になる前になんとか遮蔽物《しゃへいぶつ》がある場所まで辿り着こうとしているのだ。

　昼間、晴れ渡っている時に現れる巨大なナニカ。

　あれを目の当たりにしては絶対にいけない。

　その一心で先を急ぐ。

　だが、またしても、

「おい！　徳川！」

徳川がふらふらと予定していたコースを外れ、ちょっとした丘を登り始めてしまった。

「そっちじゃない！」

手を摑む。

「時間がないんだ！　手を焼かせるな！」

振り払われる。

「おい！」

前に回り込み、止めようとしたがここしばらくは大人しかった徳川が、

「Ａｐ９７６えあ８７ふあぬふゃおいｇふあ！」

意味不明な奇声を上げ、一気に赤土を駆け上がっていった。草月はその勢いに押され、仰向けに倒れ込んだ。徳川はあっという間に丘の向こうに見えなくなった。

「ちくしょう！」

起き上がり、すりむいた手で構わず地面を叩く。

本来だったらいかに草月が貧弱でもこうまで簡単に突き飛ばされたりはしなかっただろう。だが、異界の影響は草月にも及んでいた。

身体全体が縮み、背が低くなっていたのだ。単にサイズが縮小したのではなく、恐らく著しく身体が幼くなっている。鏡がないので確かめようもないが、おおよそ小学生くらいの姿に戻っているようだった。

「情けない……」

なぜ俺がこんな苦労をしなければならないのか。

ふとなにもかもイヤになって今度こそ徳川を見捨てようかと思った。そうすれば随分と楽に動ける。

だが。

（楽に動いて——それでどうする？）

どこかに行く当てでもあるのか？

それで自分が助かる保証があるのか？

全てはなんの意味もないのだ。この異界では。やがて徳川のように正気を失うか、おぞましい食物を摂取《せっしゅ》して異形に変貌するか。遅かれ早かれの問題なのだろう。

現世ではさほど生きがいを感じていたタイプではないが、それでもあの世界に戻れないと思うと悔しくて仕方ない。こんなところで朽ちたくはないと切に感じる。

願うなら大学に通っている時、行きつけだった値段の割に美味い定食屋で腹が満ちるまで焼き肉定食を食べたい。気にはなっていたが今まで手に取ってこなかった本の数々を読みふけりたい。それが高望みだというのならせめてもう一度でいい——。

明るい日差しの下でゆっくりと深呼吸がしたい。

不気味な緑色の月が浮かんだ空を見上げ、彼は乾いた笑い声を上げた。それから身を起こし、徳川を追いかける。

この世界に生きる意味がないのならせめて自分で作ろうと思った。友人の一人くらい最後まで面倒を見よう。

それで身も心も化け物になるのなら。

もう受け入れるしか選択肢がなかった。

諦念《ていねん》からではあるが、それが彼の足取りから迷いをなくした。筋力は落ちているが、若返っている感覚があるため、動きは敏捷性《びんしょうせい》に満ちている。草月はあっという間に丘を登り切り、そこで軽く驚きの声を上げた。

「なんだ、ここは？」

怪訝そうに下を見下ろす。

そこには無数のゴミが散乱していた。今までの道行きでも現世から流れてきたと思しき物品は見てきた。一度などはコンビニなどでよく売られている菓子《かし》パンがぽつんと荒れ地に落ちているのを発見した。期待に胸を躍らせて取り上げてみるとパッケージの封は破られていて、中に例のおぞましいアメーバもどきが入っていた。

草月には珍しい口汚い罵声《ばせい》を上げ、それを地面に叩きつけた。

他にも紙くず、ポリバケツ、錆びた釘などは見つけたこともある。だが、ここにはテニスコート三面ほどに渡って様々な物品が層をなしていた。ここから見る限りだとビニール袋や、プラスチックの容器、雑誌や家電などが主体のようだ。他にもマネキンやタンス、自転車などが見える。どれも一部、もしくは大部分が破損し、ほぼ原形を失っていた。

奥の方に朽ちて緑色の巨大な亀《かめ》のように見える物体があるがあれは乗用車だろうか。

まるで何世代にも渡って不法投棄が行われた現場みたいだ。

草月は興味と警戒心を同時に抱いた。徳川はと首を巡らしたが、どこにも見当たらない。

とっくの昔にこちら側へ降りていったはずなのに。

　ふと。

（なんだ、ここは？）

猛烈にイヤな予感に襲われる。その時。ばしゃっと水音が聞こえ、ヘドロのように黒ずんだ本やぼろぼろの青いシートの合間から真っ白な手が覗くのがはっきりと見えた。

その時、ようやくここの特殊な地形の全体像が理解できた。恐らく沼地のような場所なのだ。そこに様々な物品が堆積している。

今一度、手が大きく突き出て、また沈み、一瞬だけ発せられた苦しそうな息の音が耳に残った。徳川が溺れているのだ。

ち、と舌打ちが出る。

草月は丘をほとんど滑り降りるようにしてそちらへと向かった。俺はこんな人助けをするようなキャラではないのに、と思いながら。

「おい！　徳川。どこだ！　しっかりしろ！」

物品の間と間に黒い水面が見える。そこに落ちたら這い上がれるかどうか定かではない。とりあえずすぐには沈みそうもない古い型式の冷蔵庫にのり、次々とまだしも安定していそうな足場を探しながら歩を進める。最後に徳川の手が見えた辺りに辿り着いたその時。濡れた青白い手が四本ぬうっと伸びてきて草月の足とズボンを摑んだ。十分に警戒はしていた。

　が。

間に合わなかった。跳ねのくことが出来ず、振り払うことも叶わず、なす術もなく水中へと引きずり込まれる。

どぶんと水音を立て、一気に水面下へと身体を運ばれた。月明かりのためか真っ暗だと思っていた水の中は意外なほどに透明度があった。水中のあちらこちらに幾つも幾つも黄色い目が輝いているのが見えた。

水死体のように輪郭が崩れた人形《ひとがた》のナニカが草月に群がり寄ってくる。ごぼごぼと草月の口から苦しそうな息が漏れた。

やはりこれは罠《わな》だったのだ。大量に置かれていた現世の物品はいわば、人間をおびき寄せるための餌《えさ》。まんまとそれに引っかかった。俺はこいつらに食われるのだろうか？

彼が死を覚悟したその時。

しゅっと上部から槍《やり》のようなモノが突き込まれ、水死体の一つを突き刺した。水中でもはっきりと伝わるほどそのナニカは凄絶《せいぜつ》な苦悶の叫びを上げた。さらに二度、三度と槍は的確に草月の周りにいた怪物を突き刺していく。それらは慌てたように周囲へ散らばっていった。

それとほぼ同時に草月は襟首を摑まれると一気に水上へと引き上げられた。ゲホゲホと激しくむせる。

腐ったような味のする水を口から吐き出した。

「良かった！」

頭が朦朧としていて視界もぼやけていたがはっきりと分かった。草月の首筋をぎゅっと抱きしめたのは、

「沢村さん！　ようやく会えた」

舞浜理理花だった。草月はにやっと苦しそうに笑って、

「お互い悪縁だな」

そう言った。理理花は涙を流しながら唇をぎゅっと嚙みしめ、再度、草月を強く抱きしめた。


「雨が少し落ち着いたみたいですね。ちょっと外、見てきます」

太陽はそう言って護身用の棒を手にすると軽い身のこなしで立ち上がった。岩などで先端を鋭利に尖らせているので棒と言ってもほとんど槍のような殺傷力を帯びている。

草月たちが襲われていた時に怪物どもを撃退したのもこの手製の槍だった。

「気をつけて」

理理花がそう声をかけると、

「徳川さんから目を離さないであげてください」

太陽は少し笑って一行がシェルターとして使用している洞窟の外に出ていった。太陽は雨が落ち着いた、と言っていたが、理理花の見る限り、まだ雨脚は相当、激しかった。

「頼もしいことこの上ないな」

あぐらを掻いて舞浜光太郎が残した研究ノート、『異なる色の月に関する伝承』を読んでいた草月が太陽の背をちらっと見送ってから言った。

「あいつがいなかったら俺たちは色々な意味でダメだったろう」

理理花も頷く。

「本当に」

草月と徳川が残した足跡を最初に見つけたのも太陽だったし、間一髪で草月たちの窮地に間に合ったのも太陽が〝イヤな予感がする〟と言って理理花に半ば無理矢理、道行きを急き立てたからだった。

そういえば理理花も意識を失った状態で太陽に発見されていた。彼は言わなかったが、もしかしたら自分も同じように窮地に陥っていて、助けられていたのかもしれない。

異界に来て体感として約三日。

この世界には人間に害をなす存在が複数いることを理理花は知った。現にしばらく前から何者かにつかず離れずつけられていると太陽は主張している。彼が油断なく外を確認しに行っているのはそれが理由だ。理理花には全くなんの気配も感知することが出来ないのだが。

「いいんだか悪いんだか分からないけど」

そんな前置きをしてから草月が言った。目はまたノートに戻している。ランタンの光の中で小学生程度に若返ってしまった彼の姿がひときわ小さく見えた。

ぱらっとページを捲りながら、

「あいつこの世界に適応し始めているんだろうな。俺たちを見つけたのもたぶん偶然じゃないし、俺たちが向かっている先になにがあるのかも薄々、分かっているんだと思う」

理理花は再度、頷いた。

元々、霊感のようなものがあることは知っていたが、今やそれが彼が扱う槍のように少し恐ろしいくらいなまでの鋭さを帯びていた。

「それが太陽君にとってはいいんだか悪いんだか本当は分からないけどね」

草月の前置きを理理花も繰り返す。

もしかしたら太陽はこの異界に適応しすぎてしまうのかもしれないし、その結果、彼や草月の恩人である堅浄のように変わり果てた姿になる可能性だってあった。

だが、太陽にとってはどうなるか分からない変質も理理花たちにとってはこの上ない僥倖だった。

今、この洞窟に存在するランタン、カセットコンロと多少の燃料、魔法瓶、ライター、鯖《さば》やトマトの缶詰などの異界ではどんな金や宝石よりも価値の高い生活用品を発見できたのは全て太陽の功績だった。

恐らくはこの異界に流され、なんとかしばらく生活していた先住者の住居にまとめて蓄えられていたものだったのだろうが、地中の割れ目を活用し、巧妙《こうみょう》にカモフラージュされたその隠れ家を見つけることは太陽でなければ不可能だっただろう。

ちなみにその先住者らしき人物は仰向けで胸を手のところで組んだ形のまま白骨化していた。複数の薬瓶がその近くに転がっているのを見た草月がぽつりと、

「自殺したんだろうな、恐らく」

そう呟いたのが耳にこびりついていた。理理花にはその気持ちが痛いほど分かった。今は草月たちと合流も出来たし、とりあえずの目標もあったので気持ちは張っていたが、もしたった一人この異形たちがうろつく世界に取り残されたら、いくら気丈な理理花でも死を選択してしまうかもしれない。

一行は合掌《がっしょう》し、若干のやましさと共に必要な品物だけ携行《けいこう》して先を急いだ。

「ねえ。太陽くん、遅いね。大丈夫かな？」

ちらりと洞窟の奥の方で立っている徳川を見て理理花が言った。徳川は微睡《まどろ》むように目をつむり、ゆらゆらと肩を揺すりながら微笑んでいた。この洞窟には例の気持ちの悪いアメーバはいないし、徳川が暴れ出す心配はないだろう。

「ん？　太陽？　いや、大丈夫だろう」

視線も上げずに草月が言った。

「あいつなら大丈夫だ」

直接、面識を持ったのは異界に来てからのはずなのに草月と太陽は随分と馬が合うようだった。この数日、二人で並んで歩きながらずっと話をしている。本来、草月は大学院生で太陽は小学生だが、ここ、異界では容姿が真逆になっていた。

だが、太陽は年長者への敬意を持って接していたし、草月もいつもの少し偉《えら》そうな喋り方ながら太陽には一目《いちもく》も二目も置いているようだった。二人とも決して人付き合いの上手い方ではないのに。

理理花にはその様が少しおかしい。そして少し物足りない気持ちもあった。草月は移動をしている間は太陽と険しい表情でなにやらずっと議論しているし、休憩《きゅうけい》時にはこうして『異なる色の月に関する伝承』ばかりに目を通していた。

理理花が決死の想いで異界に飛び込んだ話をしても、

〝大アホきわまりないな〟

呆れたような溜息をついて大げさに肩をすくめてみせるだけだった。理理花は心の底からむっとしたが大アホのところは確かに否定できないかもしれないのでそれ以上、言いつのることもなかった。

でも。

「ねえ」

理理花は意を決して声をかけた。

「ん？　なんだ？」

また顔も上げずに草月が気のない返事をした。理理花は体育座りになり、少し上目遣いで、

「ちょっとさ、色々と話がしたいんだけど」

その気持ちをストレートにぶつける。

「話？　ああ。了解」

意外なくらいあっさりと草月はノートを閉じた。そして真剣な表情で理理花に向き直る。理理花は少し胸を高鳴らせたが、

「確かに。この本に関しておまえからの意見をきちんと聞いてなかったな。少しこちらからも質問をしたい」

すぐにがっかりした。

そういうことじゃないんだよなあ、と思う。だが、草月がそんな理理花の内心にはお構いなしに、

「おまえが決めた指針は実に妥当《だとう》だと思う。俺たちがこの異界から脱出する可能性も、それか

ら舞浜先生がそこにいらっしゃる可能性も一番、高い。大したもんだな」

珍しく真っ直ぐに褒《ほ》めてくれた。理理花は照れた。

「いや、まあ。でも、太陽くんと一緒に考えることが出来たから」

理理花たちが現在、目指している最終目的地はノートの記述に基づいて決定されていた。まず最初に疑問を提示したのは理理花だった。

〝パパは異界に来るのが二度目だった。そんな時、どう行動したのかな？〟

それが出発点だった。

一回目は偶発的に、二回目は邪神によって呼ばれた違いはあっても、恐らく舞浜光太郎は一回目に異界から脱出できた場所を再度、目指したのではないだろうか？

堅浄が言うところの現世と異界をつなぐ〝穴〟が空きやすい地点は一箇所に限らないはずだ。その中でも一度、脱出に成功している地点を目指して舞浜光太郎は行動していた、と予測するのは十分に妥当性があった。

「溝呂木がこれをおまえに託したのなら、さらにその可能性は高まるな」

草月の言葉に理理花も頷いた。

溝呂木はなにかを伝えようとしてこのノートを送り込んだ。なら、現世に帰還する手がかりもこのノートに記載《きさい》されている、と考える方が自然だった。ただ、だからと言って舞浜光太郎がどの場所で異界から抜け出たのかすぐには分からなかった。

字も読みにくかったが、記載も結構、前後している上に主観的な殴り書きも多く判読には時間がかかった。

そして理理花と太陽は最終的に舞浜光太郎が『この忌まわしき地でもっとも静謐《せいひつ》な気配に満ちている』と表現したエリアこそ、脱出口が開いた地点なのではないかと判断を下した。

その結論は現在、草月と太陽の道行きでの議論によってより強固に補強されつつある。だが、同時に気になることもあった。

その文章のすぐ後に、

『だが、私は出来ればもうここにはいたくない。おそろしい』

そう一言、書き添えられていたのだ。その一文は理理花、太陽、そして後から合流した草月の間で検討されたが、結局のところリスクを取る以外、自分たちに選択肢はない、という総意が出て皆は前に進んだ。

「一つだけ懸念があるんだがな」

草月が難しい顔で言った。

「確かに俺たちが向かう先に脱出口があって、舞浜先生もその付近に向かった必然性は高い。だが、おまえの母親だけは」

「ううん」

草月の話の途中で理理花は首を横に振った。

「ママは間違いなくそこにいるよ。そうでなければ向かっている最中」

「そう、か」

草月はその根拠を示さない理理花の断定っぷりに特に反駁《はんばく》はしなかった。理理花には上手く口にすることが出来なかったが心の中にはっきりとした確信があった。

この異界にある種の法則性を感じていた。

自分がどうなのか分からないが、草月も、太陽も、徳川もそれぞれ己の内にある必然で姿を変えている気がした。この世界は願いや祈りや願望などが酷く歪んでもっとも醜い形で結実していくのだ。

(なら、どういう形でか分からないけど、必ずママはパパに会えている)

そんな直感が働いていた。

「パパの手記には沢山、私たちのことが書かれていた」

理理花はぽつりと呟いた。

「帰りたいって。ママやわたしに会いたいって。わたし、お父さんのノートを見ながら思い出していたよ。わたしたちとても仲の良い家族だった。忘れてしまっていたけど」

うっと涙が潤《うる》んでくる。

「わたしもママも本当に仲良しだった。幸せだったんだ」

草月が、

「おまえも。先生も。奥さんも。もちろん俺や徳川、太陽も。みんな揃って帰れると良いな」

ゆっくりと区切るようにしてそう言った。理理花はなんとか泣くのは堪《こら》え、代わりに草月を見た。

「ねえ、沢村さん。わたしたち、元の生活に戻れたら今度は」

とりあえず連絡をちゃんと取り合うことから始めて、色々と語り合いたかった。一緒に行きたい場所もあったし、共に見たい映画、感想を言い合いたい本が沢山あった。

こういう気持ちをなんと形容すれば良いのだろうか？

初めての経験なのでよく分からない。

そもそも草月がそれを望んでいるのかどうかがなにより知りたい。

だが、その想いを込めた問いは形になることがなかった。ずぶ濡れの太陽がいきなり飛び込んできたのだ。

「沢村さん、理理花さん」

それでも彼は驚くほどの冷静さを保っていた。

「やはり俺たちは追いかけられてました。あの沼にいた怪物たちです。迎撃の準備を手伝って下さい」

そう言って洞窟の入り口を振り返り、槍を構えた。彼の額から一筋の血が流れていた。洞窟内に一気に緊張が走った。


タチアナの父親、ザハール・グレゴリブナはニジニ・ノヴゴロド州で役人をやっていた。色白で線の細い、華奢な体格をした色々な意味でロシア人らしからぬ男だった。

まず彼は完全な下戸《げこ》だ。元々、ロシアでは日本の晩酌のように日常的に飲酒するという習慣があまりなく、お酒を飲むのはある種の特別な場であることが多いのだが、それでも飲む時はかなりの量を皆、消費する。

酒に強いロシア人、というイメージはそれなりに間違っていない。

ところがザハールはウオッカはおろかビールを一口でも飲むと顔が真っ赤になった。さらにロシアの男性は概して寡黙《かもく》な傾向が強く、あまり大げさな感情表現を好まない者が多いが、ザハールはよく泣き、笑い、きざったらしいまでに饒舌《じょうぜつ》だった。

また周囲の男性が古着を大事にし、カジュアルな服装を基本としている中、税務官のあまり多くはない給与から一定の出費を行って洒脱《しゃだつ》なイタリアンブランドの服を常に着こなしていた。

しかし、ザハールは周囲から特に浮いていたわけでもなく、その明るい人柄と巧みな話術で、職場でも、アパートの自治会でも、趣味《しゅみ》の読書サークルでも人気者で通っていた。

子供の頃から不器用でコミュニケーションが不得手だったタチアナは、自分とは正反対の父親が憧れであり、自慢でもあった。

そして一見、質実剛健なロシア男らしからぬザハールにも実にそれらしいところがあった。

それはなにより家族を大事にしているところだった。

休日は家族で料理をしたり、郊外に小旅行をしたりして共に過ごすことが多かった。ザハールはタチアナのことはとても可愛がって、勉強もよく見てくれた。

タチアナが少女時代、優等生で過ごせたのは父親の豊富な比喩に満ちた個人授業が有効だったからだと今でも思う。またタチアナの持つ日本との少なからぬ縁は父親から由来している部分が大きかった。

父親は日本文学をこよなく愛していて、本棚に川端康成《かわばたやすなり》や芥川龍之介《あくたがわりゅうのすけ》のロシア語訳をした本が並んでいた。大学の卒論は『日本文学とロシア文学における神の視座の相違』というテーマだったらしい。

そんな円満な親子関係に小さく、だが、決して修正することの出来なかった小さなひびがある時期から入った。

それはザハールの妻でありタチアナの母、オリガの死によって起こった。オリガの死因は本当に些細なことだった。元々、身体が丈夫ではなかったため、単なる風邪が肺炎となりそれが重篤《じゅうとく》化し、二週間ほどであっけなくこの世を去ったのだ。しかし、それは確かに不幸な出来事だが、ロシアに限らず世界中で見受けられる出来事だろう。問題はオリガが風邪を引く少し前、タチアナが友だちの家で遊びに夢中になって、母親との待ち合わせに一時間ほど遅刻した点にある。

その間、オリガは寒空の中、立って待っていた。

そんな出来事が風邪を引く三日ほど前にあった。

肺炎を生じさせた風邪とこの事実を直接的因果関係で結ぶことは神様でもなければ不可能だろう。

だが、最愛の妻を亡くした夫と頼りにしていた母を失った娘の心に不穏な暗い影を落とすには十分だった。ザハールはただの一度もタチアナを責めなかった。タチアナも謝らなかった。

良心の呵責《かしゃく》を感じ、誰もいないところで泣きじゃくることはあっても公然と罪を認めることはしなかった。正直なところ自分が悪いのか、悪くないのか、原因があるのかないのか、それすら分からなかったのだ。

そして二人はオリガの死後、表面的には元通りの親子に戻った。多少のギクシャクは残っていても、きちんと家族として振る舞っていた。最終的な破綻はザハールとタチアナ、そしてタチアナの祖母の三人がダーチャと呼ばれる別荘で過ごしていた時に起こった。

ロシアではそれほどの金持ちでなくても菜園付きのちょっとしたコテージを持っている家庭が多い。タチアナの家もささやかだが湖のほとりに建つダーチャを祖母と共有していた。

そこでボートの転覆《てんぷく》事故により祖母が亡くなった。同乗していたのはタチアナだった。とても気持ちの良い風が湖面を吹き抜ける秋晴れの午後でボートが転覆するような危険性など皆無だった。

だが、事実として突如、ボートは逆さまになり、祖母は溺れ、タチアナだけがなんとか岸に泳ぎ着いた。

恐らくは浮遊物かなにかに衝突したのだろう。

警察が一応の検証を行った結果そう結論づけ、祖母の死は事故として扱われた。そして父と娘に存在していた関係性の絆はそれからさらに一年ほどかけて腐食していき、二度と元には戻らなかった。

もちろんザハールも娘が妻と母の死に直接関与したとまでは思っていなかっただろう。

だが、言葉に出来ない、言葉にしなかったからこそ、わだかまったしこりやほんのささやかな苛立ち、不信が二人を徐々に遠ざけ、その仲を修復不能なまでにしていった。ザハールは妻や母を愛しすぎていたし、タチアナは相手の心を忖度《そんたく》したり、その相手の心を言葉で融和したりすることが極度に苦手だった。

気がつけばほとんど会話をしなくなり、必要最低限のことさえ書き置きでやり取りするようになった。

高校を卒業したタチアナが奨学金で日本に留学する、と久しぶりに直接、顔を合わせて伝えるとザハールは寂しさと哀しさ、そしてここ近年のよそよそしかった態度を率直に謝った。

だが、それ以上に父の顔に浮かんでいたのは明らかな安堵の表情だった。どう接してよいか分からなくなった娘と距離を取ることが出来るという、肩の荷が下りたような顔。

それを隠すことが出来ていなかったし、隠そうともしていなかった。

タチアナは日本に来て以降、ほとんど父親とは連絡を取っていない。一度だけ、伴侶《はんりょ》となった舞浜光太郎がどうしても、というので結婚式に自費で招待した。ザハールは来日し、四日ほど東京近郊に滞在し、一人娘のささやかな結婚式に出席し、父としての責任を果たした。

そして、

〝幸せに〟

そうタチアナには言い残し、光太郎とはがっちりと握手し、ロシアに戻っていった。

新年のメッセージカードのやり取りのみが現在、二人をつなぐ唯一のか細いつながりだった。

そこに愛する夫と可愛らしい娘の写真を添付することでタチアナはささやかな優越感を味わうことが出来た。自分は日本で幸せに暮らしているのだ、という宣言。

それは自分を顧みなくなった父親へのほの暗い復讐《ふくしゅう》でもあった。

日本に来た時、最初から可能であれば職も探すつもりだったし、それ以上に結婚相手を見つけることが密《ひそ》かな目標だった。父親がいて母と祖母のことをイヤでも思い出してしまうロシアには、もう帰りたくはなかった。

内向的でコミュニケーション能力に難はあったが、それを補ってあまりあるほどの美貌が自分にはあることをタチアナは知っていた。

留学先の大学で知り合った講師、舞浜光太郎から交際を申し込まれた時、結婚前提でなければ受けられないとはっきり告げた。光太郎は少し驚いた顔をしたものの、それを貞操《ていそう》観念の高さと捉えたのだろう。むしろ喜んでタチアナと事実上の婚約をし、一年後にはその言葉通りプロポーズした。

舞浜光太郎はやや浮薄で、頼りないところもあったものの結婚相手には申し分ない男だった。才気が豊かで、稼ぎも良く、なによりタチアナを大事にしてくれた。生まれてきた娘、理理花も容姿は自分に、明るい性格は夫に似て嬉しかった。

タチアナはずっと幸せだったのだ。

舞浜光太郎がいなくなるまでは。

今、タチアナは異界を一人で彷徨っていた。彼女は自分が娘時代の容姿に戻っていることも、自分の娘が自分を探しに異界にいることも知らない。そもそも娘がいたことすら覚えていない。探しているのは漠とした感覚で頭に浮かんでくる誰かだった。

自分を幸せにしてくれる、安堵する誰か。

タチアナは素足のまま、谷を降り、丘を越え、もう幾昼夜も歩き続けていた。足裏から血が噴き出しても、岩から滑り落ち、身体の広範囲をすりむいても一向に意に介さず、歩き続けた。

そしてひどく静謐な、森のような場所でとうとう目指すべき者、探し続けた相手を見つけた。

タチアナは歓喜の声を上げるとそこに向かって一心に駆けていった。

空腹も喉の渇《かわ》きももう一切、感じていなかった。

彼女は既に、この異界で禁断の食物を口にしていた――。

化け物たちの襲撃を受けてから体感として約一週間。ようやく理理花たち一行は目的の場所へと辿り着いた。歩ききってしまえばそこまで遠い場所ではなかったが、それだけ時間がかかったのにはいくつかの理由があった。

一つは夜にしか移動できなかったこと。

昼間は例の巨大なそびえる肉塊《にくかい》が見えてしまう。アレに対して影響を受けやすい理理花だけでなく、草月も、太陽もアレを心の底から恐れていた。そのため異なる色の月が浮かんでいる夜だけが理理花たちが安心して前進できる貴重な時間帯だった。

忌むべき強烈な明るさに満ちる昼。

柔らかい落ち着いた光に照らされる夜。

昼と夜の意味合いが現世と異界では正反対だった。

二つ目はもっとも頼りにしていた太陽の不調だった。地図も方位磁石もないこの世界では舞浜光太郎の研究ノートに書かれた記述を手がかりに地形を読んでいくことだけが唯一の指針だ。そしてその際には草月の綿密な分析と太陽の鋭い超常的な感覚が頼りとなる。

その両輪の一方である太陽が今、はっきりと体調不良に陥っていた。

彼自身は決してそのことを認めなかったが、蒼白な顔色、ひっきりなしに浮かぶ脂汗、時折、ふらつく足元を見れば明白だ。原因は恐らく異形のものたちが襲ってきたあの夜にあるのだろう。

カモフラージュされた沼で草月たちを待ち構え、引きずり込もうとした醜悪な化け物。

地上で目の当たりにしたそれらは腐った水死体のようにも、半魚人《はんぎょじん》のようにも、あるいはそれが入り交じったようにも見える外見をしていた。

開きっぱなしの丸く黄色い目。表面がぐずぐずの泥で覆われ、手足は一応あるが流動的に崩れ続けている。動きは緩慢としていて、歩く度、ねちゃねちゃと粘度の高い音を立てた。

おぞましい姿だが、襲撃自体は太陽を中心に、理理花と草月も手伝ってさして問題なく対処できた。

化け物たちは強烈な腐臭を放つ以外は組織だった動きもなく、攻撃も単調だった。太陽はその恵まれた運動神経と逞しくしなやかな身体を駆使して、さながら槍術《そうじゅつ》を長らくやっていた若武者のように的確に化け物たちに尖った槍を突き込んでいった。理理花も並の男よりも遥かに優れた運動能力を示し、旅の途中で手に入れたバットを縦横に振るった。草月は木の棒に油をしみこませた即席のたいまつを化け物の表面に突きつけた。

襲ってきた化け物たちはやがて撤退していったが、あまりに悪臭が残ったため、雨が上がって早々に理理花たちはそこを立ち退いた。そして太陽は恐らく一番、最初に奇襲を受けた際、負傷し、そこから某かの病原菌に感染したと思われる。

太陽は他の人間が自らの身体に触れることを一切、許さなかったが、彼の額に手を当てればきっとかなりの発熱が確認できるはずだった。

理理花も草月も太陽の身体を気遣うと同時に内心でこう考えていた。

〝果たしてもう一度、化け物たちから攻撃を受けた時に、自分たちは持ちこたえることが出来るだろうか？〟

あの化け物たちが追跡を諦めたわけでないことは苦しそうに歩く太陽が時折、後ろを振り返って安全を確認していることからも分かった。

そして三番目の理由は徳川だった。

一同の苦境を全く理解せず、気色の悪いアメーバを見かける度に飛びつき、貪り食おうとした。理理花たちはその都度、大変な苦労をして徳川をそこから引き離さなければならなかった。またそれ以外でも少しでも油断すると一行から離れ、ふらふらと違うところに行こうとした。太陽が体調不良になってからは余計に苦労が増した。

その幼児のような手のかかりっぷりに草月などはあからさまに舌打ちを繰り返したし、理理花も疲弊して時折、座り込む有様だったが、誰も徳川を見捨てようとは言い出さなかった。

皆、心の中で決めていたのだ。

一緒に帰ると。

最初、理理花は徳川と再会した際、そのあまりの変貌ぶりに痛ましさを覚え、涙を浮かべた。だが、今では徳川が浮かべている無垢《むく》な子供のような笑みに奇妙な愛おしささえ感じていた。

彼が離れぬよう、最後の方はほぼずっと理理花が徳川の手を握っていた。

そして太陽がとうとうプライドを捨て草月に支えられて歩き出した頃、一行は目的の場所に辿り着いた。

荒涼とした岩肌にぽつり、ぽつりと白い雪か氷のようなものが点在するようになり、徐々にその白い部分の面積が広がっていって、やがていつしか地面一体を覆うようになった。当初は雪か氷かと思ったそれは、塩の結晶化したものだった。

そして結晶化した塩が大地を隙間なくコーティングするようになるのと同時に同じく塩で全て塗り固められた樹木のようなものが立ち並ぶようになった。

このエリアに入ってしばらくはあちらに一本、こちらに二本とまばらに生えていたものがやがて森のように密生し、ついには理理花たち一行の視界を完全に遮るようになった。

小学生の頃、スキー教室で間違ってコースを少し外れて林間に迷い込んだ時のことを思い出した。

「雪景色ならぬ塩景色か。そのせいか空気が澄んでいるな」

ぼそっとそう呟いて、見上げるほど高い塩の木を草月が手で叩いた。

塩で空気が浄化されているからだろうか、妙に静かだ。今、空に浮かんでいる赤い色の月に照らし出されて眠るような塩の森は幻想的な美しささえ感じられた。

「これ、ほんものの木なのかな？」

理理花が小首をかしげると、

「さあな」

草月は肩をすくめた。この異界にはまるで人が建てたビルのような構造物があったが、ビルそのものではなかった。異界の特徴は現世の歪んだカリカチュア。この塩に覆われた木のようなモノも実は木ではないのかもしれない。

一行が静謐な気配に気圧されているとふいに、

「あはは」

徳川が唐突に走り出した。油断した。一同は慌ててそれを止めようとする。

その時。

「く」

体調の悪化が限界を迎えたのか太陽が膝をついた。草月が彼につくのを確認して理理花は徳川を追いかけた。

「おい、舞浜！」

草月が呼びかけてきたが、

「だいじょうぶ。すぐに戻るから！」

振り返らずそれだけ叫んで徳川との距離をみるみると詰める。こんな視認性の低い森のような空間で人を見失ったら二度と再会できないかもしれない。だが、幸い徳川はそれほど遠いところまではいかなかった。

二十メートルほど先の木の手前で小首をかしげて立っている。どうやらなにか気になるものを見つけたようだ。

（なんだろう？　木の根元になにかいるのかな？）

徳川に追いついた理理花は何気なく彼の背中越しに視線をやって、

「ひ！」

思わず悲鳴を上げた。

木の根元に膝を抱え、空を見上げているのは――。

一目瞭然だった。

塩の結晶と化した人だった。

その後、とうとう座り込んでしまった太陽にしばし徳川を任せ、目の届く範囲でざっと周囲を探索してみた。その結果、他にもう二体そんな塩の塊となっていた人間を見つけた。

三体とも年齢や性別、着ている服の形状さえはっきりと分かる。最初に見つけたのが中年の男性、次に若い女性、最後が初老の女性。最初に見つけた中年の男性は虚ろな表情を浮かべていて、二番目の若い女性は苦悶に大きく顔を歪め、なにかに助けを求めるように両手を挙げている。小枝のような細い指先が反り返って曲がっていた。

そして最後に見つけた初老の女性はまるで嘲弄するかのように大きく口を開けていた。なまじ正座をして姿勢を正しているから余計すごみがあった。

「一つ推論が出来たけど言って良いか？」

最初に見つけた男性のところまで戻ってきた時、草月が言った。理理花はおおよその内容は見当がついていたが黙って頷いた。

「ここは」

草月は結晶化した男性の傍らにしゃがみ込んでなにかを取り上げた。それはどうやらライターのようだった。見事に塩で覆われている。それを理理花に示しながら、

「やはり舞浜先生が一度、帰還した地点であり、堅浄さんが言うところの〝穴〟が空きやすいエリアなんだと思う」

理理花はその塩のオブジェと化したライターを草月から受け取り、それに視線を落とした。

草月は話し続ける。

「出会った者同士で情報交換でもするのか、あるいは直感に導かれてか分からないが異界に流された者の一定数がここにやってくる。しかし、ここには同時に恐ろしいリスクも存在する」

「しばらくするとこんな風になってしまうのね？」

理理花はそのライターに『K：M』と字が彫ってあるのを見つけた。持ち主のイニシャルだろうか？

一体、どんな人生を送ってきたのだろう？

どんな気持ちで――こんな風に塩に飲み込まれていったのだろう。声が自然と震えてくる。

「ねえ、じゃあ、パパは」

ずっと異界から戻ってこない舞浜光太郎はきっとここで。

「それ以上、考えるな。とりあえずおまえの母親も来ている可能性がある、と言ったのはおまえだろう？　まずおまえのご両親を探そう」

理理花は震え続けながらも気丈に頷いた。草月は緊張感のある声で、

「それと〝穴〟だ。ここはどうやら」

その時。

信じられないことが起きた。

二人の目の前をスーツ姿の男が通り過ぎたのだ。

あまりの出来事に理理花も草月も絶句して立ち尽くしている。スーツ姿の男性は二人の姿が目に入っている様子は全くなくふいに立ち止まった。そして腕時計に目を落とし、苛立った表情を作った後、携帯電話を取りだした。手慣れた様子で携帯を操作し、電話をかける。何事か

喋っているようで口が忙しなく開閉しているが声は全く聞こえてこない。

「あ、あの」

理理花はよろめきながら近づいた。

「お、おい」

草月が止めようとしたが理理花は構わず男性の肩に手を置いた。

しかし。

「あ、あれ？」

すかっとその手は空を切った。それと同時に男性の姿がかき消える。最後まで男性は理理花たちを一顧《いっこ》だにしなかった。どうやら完全にこちらが見えていないようだった。理理花は泣きそうな顔で草月を振り返った。

草月は重々しい顔で頷く。

「どうやらここら一帯は、本当に現世と重なり合っている部分が多いみたいだな」

そこへ、

「俺も見ていました。やっぱりここでビンゴみたいですね。手分けして早く理理花さんのご両親と〝穴〟を探しましょう」

徳川を伴って太陽もその場にやってきた。

「だいじょうぶ、なの？」

理理花が問うと、

「ええ。少し休んだら楽になりました」

にこっと笑ってそう答える。

しかし、その顔色はむしろここに来るまでよりも遥かに悪くなっていた。もしかしたら立っているのがやっとなのかもしれない。理理花はまた草月を見た。草月は一度、目を閉じ、じっとなにかを考え込んでいた。そしてまた目を開けるとなにかを振り切るようにはっきりと宣言した。

「その通りだな。確かに手分けした方が早い」

理理花にも草月の気持ちは理解出来ていた。今はとにかく時間がないのだ。ここに長くいればいつ塩の結晶と化してしまうか分からない。また太陽が行動不能に陥ってしまうのもそう遠くない先だろう。さらに言えば自分たちを追いかけてきているはずの怪物たちの動向も気になる。

太陽を休ませてあげたい気持ちは草月も理理花も同じだが。

「頼んだぞ、太陽」

あえて突き放すような口調になって草月が言った。

「当たり前ですよ」

太陽がまた笑った。

一定のタイミングで落ち合うことを約束し、互いに叫べば声の聞こえる範囲にいることを遵守《じゅんしゅ》しながら塩の森を捜索して一時間ほどが経過した。

その間に理理花はもう一体、塩の結晶と化した人を発見した。さらに幼稚園児くらいの小さな子供たちがお喋りしている声を聞き、車のライトらしき光がさっと横切るのも目の当たりにした。

ここは現世の気配があまりに濃い。だから、結晶化するリスクがあっても人々はこの空間に留まろうとするのだ。

理理花は次第に塩の森の仕組みが分かってきた。

理理花にはある種の期待があった。この異界に送り込んでくれたように、溝呂木は某かのアプローチで脱出口を作ってくれている、という期待が。口には出さないが草月も太陽もそう考えているようだった。

その目印や兆候《ちょうこう》を見逃さないようにしないといけない。

そしてついにその時が来た。

「舞浜！　来てくれ！」

草月の呼ぶ声が聞こえた。彼の姿が常に一定の割合で視界に入るよう動いていたのですぐにその場に向かうことが出来た。

立ち尽くす彼の背中からおおよその想像はついた。それでも。

草月と同じモノを目の当たりにした時、あまりの衝撃に身体を強ばらせ、数秒の後、膝から崩れ落ちた。

そこに舞浜光太郎とその妻、タチアナがいた。

異界に来た時からある程度の覚悟はできていた。だが、もう父親は帰還不可能なのだとはっきりと分かるとショックで自然と嗚咽が漏れた。父は完全に塩の彫像と化していた。

見ているだけで胸が締め付けられるような、理理花が子供の頃に大好きだった父、そのままの姿だった。研究室から消えた時に着ていたのだろう、ズボンとチョッキ。それに細いフレームの眼鏡。まだ若さの残るハンサムな顔立ち。あぐらを掻き、疲れたような笑みを浮かべたまま、固まっている。理理花はそのもう二度と動かなくなった父に抱きつき、しがみつき、何時間でも話をしたかった。

山のように報告すべきことがあったし、話をしながら楽しかった父との思い出にずっと浸りたかった。

だが、もうその時間がないことは分かっていた。

父の姿も衝撃だったが、母の状態にはそれ以上に胸をつかれた。

見ていると辛くて辛くてどんどんと涙が溢れた。

タチアナは若返っていた。娘である理理花に驚くほど似ている。恐らく光太郎と出会った頃の容姿なのだろう。そして光太郎の傍らで横座りになり、彼の肩に頭を乗せ、理理花が見たこともない安らいだ顔で微笑んでいた。

「舞浜光太郎先生とその奥様で間違いないよな?」

草月が強ばった声で尋ねてくる。

理理花は泣きながら頷き、今の自分とほとんど年齢の変わらない母の近くまでよろよろと近寄って視線を合わせた。

「いくら呼びかけても返事はない。どうやら塩化が進んでいるみたいだ」

草月が言う。タチアナの身体の表面全体をうっすらとまぶしたように塩が覆っていた。

「お母さん！」

理理花はタチアナの肩に手をかけ、涙声で母を呼んだ。

「お母さん！」

タチアナの身体はもうすでにだいぶ硬かった。先ほどから身じろぎ一つしなければ表情も変えない。目の前にいる理理花に気がついている気配は全くなかった。

ただ完全に塩の結晶と化してしまったのでないことはものすごく長い時間をかけて一回、瞬きをしたことで分かった。

意識はあるのだろうか？

こちらの声は聞こえているのだろうか？

「お母さん。帰ろう」

理理花は言った。涙を流し、母を揺すった。

「ね？　わたしと一緒に帰ろう」

だが、タチアナは反応を示さない。もう完全に心を閉ざしているように見えた。身体以上にその心はもうすでに固まりきっている。

（きっと。ママは一番、楽しかった、幸せだった頃に戻っているんだ。だって、こんなに安心しきった顔で笑っている）

鼻をすする。

それは裏を返すと——。

自分がまだ生まれていなかった時代。

「……ママ」

理理花はタチアナの首に手を回すとぎゅっと抱きしめた。色々なことが思い出された。家族旅行に行った時、張り切りすぎて熱を出し、結局、宿でずっと寝ているしかなかった幼い理理花。しかし、タチアナは苦笑気味にそんな娘をずっと看病してくれた。バレンタインデーに父のために二人でチョコレートケーキを焼いたこともある。あまり上手くいかなかったが。飼っていたハムスターを己の不注意で死なせてしまった時、泣きじゃくる理理花をたしなめながらも一緒に泣いてくれた。

一体、なぜ忘れていたんだろう?

一体、どうして思い出さずにいたんだろう?

父の研究ノートを読んだことが呼び水になっていたのか、母との記憶がどんどんと溢れてきた。

(わたしたちは、そう大事な家族だった。幸せだったんだ。パパもそうだったけど、わたしはママも大好きだった)

タチアナは確かに変わっていた。少し不器用だった。でも、愛情があったんだ。

「ごめんね。ママ、ごめんね」

タチアナはたった一人で日本に来ていた。母方の親戚と交流したことはほぼない。その意味を大人になった時、もっと考えるべきだった。

母の孤独を。

自分は分かってやれたのに。なのに。

「わたしはずっとパパを追いかけていた。いなくなったパパのことばかり考えていた。ずっとずっとママはそばにいたのに」

悔しくて、哀しくて、申し訳なくて涙が止まらない。

「ママ」

遠い記憶の彼方にある柔らかく温かい母を思い出しながら目の前の母を抱きしめた。

「ママ」

それは硬くて、とても冷たかった。

理理花は強く目をつむり、深く深く息をした。

「舞浜」

どれくらい時間が経っただろう。草月が静かに声をかけてきた。理理花は気持ちを切り替えなければならなかった。

時間をかけすぎた。草月はよく待ってくれた。

「申し訳ない。だが、さっきから太陽の反応が全くないのが気になるんだ。なんかあったのかもしれない」

理理花は鼻をすすり、涙を拭い、気持ちをその場から引きちぎるようにして立ち上がった。

「先生はもう難しいと思うが、奥さんは大丈夫。俺とおまえで担いでいこう。現世に戻れば奥さんも」

「ううん」

理理花は首を横に振った。

「ママはここでいいよ」

え、と驚いた顔を草月がした。理理花は微笑んで、

「ママはここが一番いいよ」

ほんの微かに思ったことはここで父と母と並んで自分も塩に包まれていく、という選択肢だった。

あの頃に戻れる。ずっとずっとあの頃のままでいられる。母はちょっといやがるかもしれないが、自分も幸せな夫婦の中に改めて一人娘として交ぜて貰う。永劫《えいごう》、ここで父と母といる。

それが甘美な幻想として理理花の心の一部にあった。

だが。

「わたしは行く。ママはここでパパと」

その時。

「しま――」

草月が口を開けた。理理花も振り返り、声にならない悲鳴を上げた。いつの間に回り込んできていたのか、木々の奥からあのグシャグシャに腐ったような水死体が三体ほど飛び出してきたのだ。

油断した。

完全に父と母に注意が向かっていた。

「沢村さん！」

まず草月が押し倒された。続けて自分も、

「く！　う！」

猛烈な腐臭が鼻をつく。らんらんと黄色い目が近づいてくる。距離を取っている時は動きものろく、さほど脅威に感じなかったが、こうして馬乗りになられると理理花の力でははね除けるのが難しかった。

草月と太陽が言っていた。

恐らくこいつらは異界に流されてきた人間たちのなれの果てだろう。そして自分たちの仲間を増やそうとしている。

永遠の無念と苦しみを広げ、無明の底に他の者を引きずり込もうとしている。

その口を大きく開いて理理花の顔に近づけてきた。生臭い吐息に気絶しそうになる。ぎざぎざの乱杭歯《らんぐいば》が眼前に迫ったその時。

どん、衝撃が走っていきなり重さがなくなった。

理理花は呆然としていた。

そこに立っていたのは――。

感情を欠き、目も虚ろなままだったが、

「……ママ？」

涙がぶわっと溢れてくる。あれだけなんの反応も示さなかったタチアナが立ち上がっていた。

一気に記憶が蘇った。夏休み。ラジオ体操の帰り、リードから抜け出した大型犬がじゃれて理理花に飛びかかってきた。

それをモップ一つで撃退したのはタチアナだ。

憤怒の形相で。

〝娘から離れろ！〟

そうロシア語で叫びながら。

「おい！　舞浜！　ぼうっとするな！」

草月の声を聞き、理理花も慌てて立ち上がる。タチアナの後ろから彼女に襲いかかろうとしていた怪物に、

「わあああああああああああああああ！」

思いっきり体当たりをかけてはじき飛ばした。やはり一度、立ち上がってしまえばなんとかならない相手ではない。

そこへ。

「すいません！　遅くなりました！」

太陽がその場に現れた。彼の必殺の武器である槍を驚くべき早さで連続して繰り出す。怪物たちは苦悶の声を上げ身体を折り曲げ、あるいは崩れ落ちた。しかし、塩の木々の奥からさらに何体も、何体も新手《あらて》が到着しつつあった。

「沢村さん！　理理花さん！　俺見つけました！　〝穴〟です！　絶対に〝穴〟です！」

顔は疲れ切っていたが、興奮と喜びで太陽は笑っていた。

「徳川さんにはもうそこにいてもらってます！　早く！　早く行きましょう！」

油断なく槍で怪物たちが来るのを牽制しながら、太陽は理理花に問うた。

「この方がお母さんですね」

どうしますか、というように理理花を見た。彼の隣に並んだ草月も理理花を気遣うように見てくる。理理花は一度、目をつむった。それから、

「お願い！　太陽くん！　ママを運んで！」

あとで怒られるかもしれない。けど、理理花はどうしてももう一度、タチアナと共に現世で暮らしたかった。

今度こそ。

きちんと母と娘に戻りたかった。

「任せて下さい」

なんという強い男の子だろう。

自身、身体はぼろぼろのはずなのに太陽は晴れやかに笑うとタチアナを肩に引っ担ぎ、駆けだした。

「よく決断したな」

草月も微笑を浮かべ、太陽に続いた。理理花も笑って彼らの後に続く。

〝穴〟はこれ以上ないくらいはっきりとその存在を示していた。太陽が駆けていった先、出し抜けに広い空間があって、そこに書物の山が築かれていたのだ。

高さ五メートルほどの書物の山。

風が辺りをうねるように吹き、ばらばらと紙が舞い、その頂上辺りで黒く渦巻いているのが見えた。

そして徳川が上から手を振っている。

「なるほど」

草月が苦笑した。

「これ以上ないくらい分かりやすいな」

自身も本の山に取りつく。太陽はタチアナを担いだまま、信じられないほどの速度でもう半ばまで登りつつあった。

理理花は一度、心からの感謝を小さく口にした。

「——ありがとう、溝呂木」

そして草月の次に本の山を登り始める。しかし、すぐに、

「い、つ」

自分が足を捻挫《ねんざ》していることに気がついた。どうやら怪物に押し倒された時に捻ったようだ。

平地では問題なかったが、足を斜めにすると激痛が走る。痛くて涙が出てくる。

だが、それでもゆっくり進んでいくことには問題ない。

落ち着け。

自分にそう言い聞かせながらゆっくりと這い進んだ。

焦るな。

その時、理理花の足が滑った。蒼白になる。焦りが余計に身体を強ばらせ、不必要な動きを生み出す。さらにず、ず、と二度、足元の本が下方にスライドした。

心臓が止まりそうになった。

ダメだと分かっている。

意味のない行為だとよく知っている。でも、つい後ろを振り返る。

「！」

喉の奥が干上がった。黄色い瞳の化け物たちがもうほんのすぐ後ろまで迫ってきていた。その数ざっと二十体。ぐずぐずに崩れた粘性の身体で本の山に貼りつき、じわじわと距離を詰めつつあった。

そのうちの一体がぬうっと一度、上半身を持ち上げ、腕を伸ばした。本能が最大級の警報を上げた。

もう届く！

足首を捕まれる！

声にならない悲鳴を上げる。その時である。

「ばいばい」

小さな、ささやかな別れの言葉が聞こえた。その刹那、人影がふわっと理理花の前で身を躍らせた。

一瞬の出来事だった。すれ違いざまにこっと笑った笑顔がいつまでも理理花の脳裏に残っていた。

それは徳川清輝だった。とっくに正気を失ったと思っていた徳川が。

「とくがわさあーーーん！」

理理花は絶叫した。身を挺《てい》して化け物たちに突っ込んだのだ。彼の身体が積み重なった本を下流に巻き込み、その質量を増大させながら怪物たちを直撃する。化け物たちは驚きと憤りの混じった声を張り上げた。

彼らはたちまち団子状に本の山から転がり落ちていった。

「とくがわさん！」

理理花は泣き叫んだ。

「とくがわさん！」

手を伸ばした。思わず助けにいこうとした。下の方で狂乱の雄叫《おたけ》びを上げながら化け物たちが徳川に群がり寄っているのが見えた。

「ダメだ！」

理理花は一度、戻ってきた草月に抱き留められた。

「ダメだ！　分かるだろう？　ダメだ！」

理理花は涙と鼻水で顔をぐしゃぐしゃにしながら言った。

「分かる！　でも」

「ダメだ！」

「分かる！　でもお」

「行くぞ！」

「とくがわさあん」

弱々しく最後に一度だけ手を差しのばしてから理理花は全てを振り切って前を向いた。唇を嚙みきらんばかりの勢いで嚙みしめ、血を流し、その痛みと哀しみと怒りと悔しさ全てを身体中で飲み込んで死ぬ気でよじ登った。

はっきりと分かっていた。ここで足踏みすることはもはや許されない罪であるということを。

理理花はしゃにむに本の山を登り切った。手足の全ての力を使い切り、呼吸を荒らげながら、とうとうその頂上に達した。目の前に黒い渦のようなものがある。

その前に草月が立っていた。

「奥さんと太陽は先に行った。俺たちも」

手を伸ばしてくれる。

ほんの一瞬、脳裏をよぎったことがあった。

〝異界に行った者はナニカを失う〟

父は異界から戻ってきた時、娘が怪物に見えるようになった。そして家族の絆は崩壊した。

自分は？

一体、どうなのか？

（失ったモノはもう二度と、戻らない。でも）

前に進もう。

強く頷くと決意をする。草月の手を取り、その黒い渦の中へと共に飛び込んだ。

今、この手にあるモノを。

強く強く、もっと強く摑んで。

「沢村さん！　わたし！」

ぐるぐると視界が反転し、理理花は意識を失った。

そして。

それと同時に沢村草月という存在は彼女の中から跡形もなく消え去った。

エピローグ　沢村草月のささやかな蛇足

しゃいしゃいしゃいしゃい、と蟬が合唱している。どこまでも青い空に入道雲。出かける前に母親から今年一番の暑さになるからちゃんと帽子をかぶりなさい、と言われて、所属しているチームの野球帽をかぶってきた。今年でリトルリーグは最後になる。ショートで三番。

こちらに戻ってきてからきちんと時間を有効に使って身体を鍛え、区代表にも選出された。チームメイトや監督《かんとく》、家族、特に父親からは地区内の強豪校に進学するよう勧《すす》められているが、今のところそんな気はない。

それよりも中学生になったらあちらこちらの図書館や資料館に通うつもりだ。いくつかの申請を通せば十八歳未満でも国会図書館の資料を閲覧できると知って今から準備に余念がない。幸いそんなことに協力してくれそうなオトナにも心当たりがあった。

今日は、およそ一年ぶりに彼と出会う。

待ち合わせに指定されたのはこの公園。

「えっと」

首筋に垂らしたタオルで一度、汗を拭ってから辺りを見回した。木陰の多いそれなりに広い公園なのでうだるような暑さの中、子供とその母親を中心にそれなりに人はいた。

他には昼休みの休憩中なのかベンチで昼寝をしている作業服の男、ペットボトルのお茶をわざわざマグカップに注いでから飲んでいる品の良い老人、膝にパソコンを置き、器用に携帯で電話しているスーツ姿の女性、中央のベンチではバスケットと魔法瓶を置いてちょっとしたピクニック気分の家族連れもいる。

「えっと」

太陽の目が一度、周囲をさっと見渡した。それから真っ直ぐに公園の奥まった一角で古いハードカバーの本を読んでいる四十代くらいの男に向かった。彼は少年が目の前に立ったことに怪訝そうな表情を浮かべた。読書を邪魔された、とでも言うようにやや不機嫌《ふきげん》そうに眉をひそめている。

太陽は二秒かけて相手を観察した。

この暑いのに黒いズボンと長袖の白いシャツ。太陽は立っているだけで汗が噴き出るほどだが、男はむしろ涼しげだ。襟元をやや緩めている以外は暑さを感じている気配が全くない。肌はやや病的なくらい青白く、革靴は嫌みなくらい綺麗に磨かれている。

白いモノが混じったやや長めの頭髪。銀縁《ぎんぶち》の眼鏡。手には辛うじて本と財布くらいは入りそうな麻の巾着袋《きんちゃくぶくろ》を持っていた。

眼鏡の奥から覗く眼光が鋭く、口元には皮肉げな笑みが浮かんでいる。今でも十分、端整な顔立ちだが、その頬には確かな年輪が刻まれていた。そしてそれ以上に全体から漂う、なにか長患《ながわずら》いでもしているような不健康さが彼の外見年齢をさらに押し上げていた。

見た目から受ける印象はさしずめ、マニアックな品揃えの古本屋店主、怪奇小説作家、非常勤講師からずっと上がれない大学関係者、サナトリウムの住人といったところか。

浮き世離れした雰囲気と得体の知れない謎めいた態度。

太陽は確信を持って挨拶した。

「お久しぶりです、沢村草月さん」

男はしばらく押し黙っていた。それから、

「ちっ」

面白くなさそうに舌打ちする。

「イヤなやつだなあ。いいか？　俺は二つのことを楽しみたかったんだ。まず待ち合わせの公園に行っても俺が分からず右往左往するおまえを見て楽しむ。もう一つは俺に出会い、あまりの変貌ぶりに驚き、さらにその痛々しさに言葉を失うおまえを見て楽しむ。そんなイベントを期待していたのに、それをあっさりと当てやがって」

「趣味が悪いですね」

さらりと言う太陽に、

「ああ。元々悪かった性格に拍車《はくしゃ》がかかったみたいだ。なにしろこんな身体になった上に病気がちでな。ひねくれに磨きがかかっている」

太陽は落ち着いて草月を見ていた。

草月はにやっと笑いながら、

「どうやらあまり同情もしてくれていないようだな？」

太陽は静かに言った。

「俺たちは異界から帰ってきたんです。仕方ないことかと」

どこか冷たさを感じさせる声だった。

「そうだな」

今は四十歳ほどの外見年齢となった草月は肩をすくめてみせた。

「これくらいで済んだのは幸いだったのかもしれないな。さて、俺を呼び出した理由はなにかな、少年？　くだらないことなら帰るぞ？」


二人が異界から戻ったのは夜風も涼しくなった月の煌々《こうこう》と照る夜のことだった。太陽は道ばたで昏々《こんこん》と眠っているところを警官に保護され、その後、捜索願を出されていたことが照会され、あっという間に両親に連絡がいった。

彼が失踪してから一月弱の時間が経過していた。太陽は病院に搬送されたが感染症に冒されていることが判明し、そこからさらに一週間ほど集中治療室で過ごし、泣きじゃくる家族との対面はそれだけ延びた。

目覚めた太陽は己に起こった出来事を全て記憶していたが、聡明な彼は語るべきことと語っても意味のないことをしっかりと弁《わきま》えていたため、ただ一言、〝なにも覚えていない〟で全て押し通した。

父親も母親も教師もクラスメートも当初は腫れ物にでも触るような態度で太陽に接してきたが、彼があまりにも普段通りに振る舞ったので、やがて太陽が失踪していたことをほとんど意識しなくなった。

一方、草月の方は彼の孤高《ここう》とも孤独とも言えるキャラクターに合った異界からの戻り方をしていた。誰にも気がつかれない路地裏で目覚め、なにも影響を与えない形でひっそりと行動を再開した。彼は太陽とは異なり、昏睡のようなことは起こらなかった。その代わり身体の変調はもう始まっていた。彼は内臓をちくちくと小さな針で突《つつ》かれるような痛みと闘いながら、なんとか唯一、頼れる存在である恩師の元へ向かった。

川村教授は当初は不信と疑念で迎えたものの草月をすぐに当人だと認めてくれた。そしてこの点も太陽とは対照的だが、草月は自らの経験を全て包み隠さず恩師に語った。それが偏屈で反抗的な自分に目をかけてくれた師に対するせめてもの礼儀だと思ったのだ。だが、草月が詳細を語っていく最中で、

〝待て。止めてくれ〟

ふいに川村教授は草月を止めた。怪訝に思って草月が教授を見ると教授は青ざめ、手を震わせていた。海外でのフィールドワーク中、山賊《さんぞく》崩れの輩から銃を突きつけられても平然と笑っていた剛胆《ごうたん》な男が、だ。

〝申し訳ない。止めてくれ。情けないやつだと思うかもしれんが、これ以上、自分の常識が崩れていくことに耐えられねえ。おまえの言ってることは本当なのかもしれないし、頭かなんかを打って見た妄想なのかもしれない。だけど、もし本当だったら……。その先は知りたくない。悪い。関わりたくないんだ〟

草月はその気持ちがよく分かった。どうやら自分は異常な経験を重ねすぎて感覚が麻痺していたようだ。世の中にはみだりに口にしてはいけないことがあると誰よりも分かっていたはずなのに。彼は謝罪し、恩師の前では二度と異界のこと、怪異のことは話さなかった。

その後、教授があてがってくれた助手としての細々とした仕事と、徳川の書籍を整理する業務でなんとか食いつなぎながら日々を生きてきた。

「お身体の調子はずっとよくないのですか？」

木陰のベンチで並んで座りながら太陽が聞いてきた。草月は薄く笑って、

「まあ、小康状態かな。ずっと悪いのは変わらないが別に今すぐ死ぬってほどでもない」

淡々とそう答えた。

容姿の変化と身体の不調は異界から戻ってすぐに起こったが、太陽と最後に会った一年ほど前はまだ二十代後半くらいの外観を保っていた。それがこの一年でみるみると衰えた。幸いここ二月ほどは外見の老化現象も落ち着いたが、それが終わったことなのか、それとも一時的なものでまた再び始まるのかまだよく分からない。

ただ自分という存在が崩壊しかけている実感はある。

なぜなら魂の一部がまだ異界に残っていて、未だに還《かえ》れていないから。そんな気がするのだ。

「おまえの方は特に変化はないのか？」

草月が逆に尋ねると太陽は黙って首を横に振った。二人は異界から帰還してすぐに互いの安否を確認するため連絡を取りあい、一度、直接、会っていた。そしてほぼ一晩中、様々なことを語り合った。

「……その目」

「ああ」

ぼそっと呟いた草月の言葉に太陽が自分の右目を右手で覆ってみせた。木々の切れ間から差

し込んでくる強い陽光の下ではほとんど分からないが、太陽の目はほんのわずか青みがかっていた。

草月は知っていた。

その目は日の光ではなく、昼と夜の境である薄暮《はくぼ》や灯明しかない屋内などではっきりと分かる青さを帯びていた。

草月は知っていた。

かつては自分も同じ目をしていた。堅浄に血によって受け継いだ因業を祓って貰うまでは自分も同じ目をしていた。

その目は――。

太陽はめんどくさそうに説明した。

「大丈夫です。ほとんど誰にも気がつかれてませんから。俺、出来るだけ普通に振る舞うようにしてるんです。勉強も。友だちづきあいも。野球だってもうあんまり興味ないけど、とりあえず周りを心配させないようにきちんと頑張りました。だから俺は大丈夫です。それより沢村さん。俺、きょうお願いしたいことがあって」

「断る」

草月は即答した。太陽がむっとした顔をする。

「まだなにも言ってませんけど」

「分かるって」

草月は痛ましさを冷笑で押し隠し、

「俺に色々と手助けしろっていうんだろう？　怪異にまつわることを色々と調べたいんだろう？」

太陽は少しぽかんとして、

「はい、まあ、そうなんですけど」

「——やっぱり。分かるんだよ俺には」

今度はあまり成功しなかった。声に哀れみの感情がわずかだが宿る。だが、太陽は気がつかなかったようだ。

「体調のことが気がかりなんですか？　なら今の沢村さんに可能な範囲で良いんで」

そう説得してこようとする。草月は手で制した。

「違うんだよ、山崎。俺はな、もう無理なんだ」

「なんで」

太陽に口を開かせないようにさらに草月は畳みかける。

「俺は今、徳川の残した膨大な本の整理を行っているんだ。もちろんきちんと報酬を貰ってな。周到なあいつは自分がいなくなったケースも含めてありとあらゆる状況に対応できるよう弁護士と話をしていた。俺は正式にあいつの書籍関連を管理する立場になっている」

「……」

「そんな状況だから、あいつのマンションに山のように積んであった本の山を何年かかるか分からないけど、こつこつと崩してるのさ。でも、一つ一つあいつの本を仕分けしているとだんだんと気が滅入ってなあ。あいつがどれくらい怪異に深く思い入れを持っていたのか、なまじ俺もそっち側だった分、はっきりと分かってきて寒気がするんだ」

苦く笑う。

「おまえが怪異に興味を持とうとその結果、折角、間抜けの極みとしてまた異界に飲み込まれようと正直なところ俺にはどうでもいい。だが、頼むから俺を巻き込まないでくれ」

草月は太陽がじっとこちらを見ていることに気がついて皮肉っぽく、

「どうした、失望したか？」

「いえ。ただ思っていた方と少し違うな、と。徳川さんや堅浄さんが異界に飲みこまれたままなのに、もう全て終わったみたいに仰るから」

やや挑発的な物言いだった。

「どうしろってんだ！」

少しだけ草月の語気が荒くなった。

「俺はもうこんななりなんだぞ？　怪異に人生をずたずたにされ、身体もいうことをきかず、生きているのが背一杯だ。無理なんだよ、もう」

最後の言葉はゴホゴホとわざとらしく咳き込みながら口にする。

「……」

太陽はまだ草月を見ている。その瞳には強い光が宿っていた。草月は肩を落とし、力なく笑った。

「なあ、おまえ、なんでまだ怪異に関わろうとするんだ？　まさか本気でまた異界に行こうとしているんじゃないだろうな？」

太陽の肩がぴくりと動く。彼は膝の上で手を組むとそこに視線を落とし、

「俺は別にそこまでは考えてません。もう一度、行けば恐らくもう戻って来られないのも分かりますし。でも、堅浄さんたちがまだ」

そう繰り返す太陽に、

「あの人たちはもう無理だ」

草月がきっぱり言った。太陽は声を張り上げ、

「あなたは堅浄さんに人生を救って貰ったんでしょ！　徳川さんだって最後にみんなを救う行動をみせた！　なんとも思わないんですか？」

「――そうだな」

草月は話し声をひときわ明瞭にして答えた。

「だからこそ、あの人たちが喜んでくれるようこの場所でしっかりと生きていく。それが俺の役目だと思っている」

太陽は納得がいかないというように首を振った。それからぼそりと、

「……理理花さんだったらそんなことは」

「おい」

草月が厳しい口調で遮った。

「あいつのことはもう口にしない。一年前にそう約束しただろう？」

太陽は頷き、素直に謝った。

「――すいません。そうでしたね」

それから二人はしばらく黙り込んだ。遠くの方で小さな子供たちが騒ぐ甲高《かんだか》い声が聞こえてくる。一度、止んでいた蟬の声がまたジワジワと辺りに染み渡った。長い沈黙の果てに、

「さっきも言ったように俺は別にあえて異界に行こうとしている訳じゃないんです。堅浄さんたちだって必ずしも救えると思っている訳でもない。ただもっと知りたいだけなんです。俺たちに一体なにが起きたのか。アレはなんなのか」

「止めろ、と言っても？」

太陽は首を振る。

「無理です。もう無理です」

「おまえは堅浄さんに負い目を感じているのか？　自分のせいで堅浄さんが帰って来られなくなったと、そう考えているのか？」

太陽は一拍黙った。それから肯定も否定もせず、

「俺はただ耐えられないだけなんです。このあまりの理不尽さに耐えられない。だから、俺は動きたい。自分が出来る全てを使って。あなたや舞浜さんがもう止めるというのなら」

彼は立ち上がると挑むような表情で笑った。

「俺が怪異《デーモンシーカー》を追いかける者になります」

「……」

草月は黙って太陽を見上げている。正確にはその青みがかった瞳を見つめていた。太陽はその視線を真っ直ぐに受け止め、言った。

「すいませんでした。これ以上、沢村さんに無理強いしません。もう二度と会うこともないで

すね。お元気で」
　草月も頷いた。
「ああ。おまえもな」
　二人とも淡々と別離の言葉を述べる。そして去りかけた太陽に草月はタイミングを計ってい
た質問を投げかけた。
「なあ。おまえの変化に気がついたのはほとんどいないってさっき言ったよな？　ってことは
誰か一人はいたのか？」
　その問いに戸惑ったように太陽が振り向いた。なんでそんなことを聞く、というような顔を
している。それから、
「あー、そうですね。親も先生も友だちも誰も特になにも言わなかったんですけど、唯一、俺
の幼なじみで戸川彫美というやつが気がつきましたね」
「女の子か？　その子はどう言っている？」
「どう言っている？」
　太陽は怪訝そうに、
「いや、最近、全然、連絡を取ってないんで分かりません。なんか近頃の俺は怖いっていって
あまり近寄ってこなくなりました」
　彼は明るく笑う。
「いや、ちょっとべたべたしてくるところがあったんで、ちょうど良かったんですよ。こっち
もあの子のことを怖い目に巻き込みたくないですしね」

草月は深く瞑目した。

太陽が自分と同じように魂の重要な部分を異界に置き忘れてきたのだとはっきりと分かって
それが痛ましかった。

太陽の青い目は——。

怪異を見つめすぎた者のそれだった。

「こちらからも一つ言っていいですか？」

太陽にそう問われ、草月は即答した。

「断る」

太陽は苦笑した。

「それは意固地になって言ってるんですか？　それともさっきみたいに俺が言うことをあらか
じめ予想して断ってるんですか？」

「むろん後者だ。おまえのことだ。俺がなんでここを待ち合わせ場所にしたかおおよそ察しは
ついているんだろう？　そしてそれを未練がましい、というんだろう？」

太陽は少しの間、口をつぐんだ。

それから今日、初めて浮かべる優しい笑みで、

「やっぱり沢村さんは捻くれ者ですね。逆ですよ。俺は素直になってもいいんじゃないですか、
と言いたかったんです」

「……」

「僕たちはもうあまりお互いに会わない方がいい。一年前、確かにそう決めました。でも、あ

れからずっと考えていたんです。理理花さんがあの場にいたら果たしてそういう結論になったのかなあ、って」

「どういう意味だ？」

「俺たちがばらばらになることをきっと反対したんじゃないかなって。なにしろあの人は」

くすっと笑って、

「僕たちを救うためにたった一人で異界まで追いかけてきた女性ですから」

草月もやや力なく苦笑した。

「確かにな。無謀の代名詞みたいなやつだからな。勝手に決められていると知ったら怒りそうではある」

「まあ、俺の言いたいことは大体そんなところです。じゃあ」

太陽はそう言ってあっさりと身を翻した。草月は思わず大きな声で言っていた。

「太陽。気をつけろよ！」

太陽はちらっと笑みを浮かべて振り返ると、手だけ振り、そのまま真っ直ぐに歩いて公園を出て行った。入り口近くに止めてあった自転車にまたがり、漕ぎ出すとみるみるうちに見えなくなった。

草月は深く溜息をついた。

太陽が今後、どんな人生を送るかそれは分からない。だが、先ほど太陽も言ったとおりもう二度と彼と出会うことはないだろう。

それがよく理解できていた。

身体がまた少しだけしんどくなった。外気は熱いのに、体内はひんやりと冷えていた。どうやら太陽との会話でただでさえ乏《とぼ》しい体力が消耗したようだ。目をつむり、心と身体を休ませる。

眠気があった訳でもないが、疲れからかつかの間寝入ってしまったようだ。うだるような暑さと蓄積された過去の悪夢に数分ほどうなされる。

その時。

声が聞こえた。

「はいはい。今、投げるね！　ちょっと待ってて！」

溌剌《はつらつ》とした夏の陽光のような声だった。草月ははっと目を覚ました。気だるさも悪夢の気持ち悪さも一瞬で消し飛ぶ。誰の声かはすぐに分かった。思っていたよりもずっと近いところに金髪の若い女性がいる。

ほっそりとしなやかな身体。抜けるような白い肌。青いワンピースと帽子が似合っている。一年経ち、再び夏の季節を迎え、その眩く透明な光の下で美しさがさらに醸《かも》されていた。

「えい」

彼女はボール遊びをしていた子供たちにボールを投げ返した。とても綺麗なフォームだった。草月は思わず見とれた。

「ふう」

彼女は額の汗を拭った。ぺこりと頭を下げた子供に手を振って笑いかけた。草月は思った。どうやら異界の環境も、今のあまり芳《かんば》しくない状況も彼女の明るさは奪えなかったらしい。

舞浜理理花は舞浜理理花のままだった。

彼女は気持ちよさそうに一度、伸びをした。

その際、目が合いそうになり、草月は慌ててハードカバーに目を落とすふりをした。それから苦笑する。

今、理理花が自分を認識することは絶対にないのだ。草月の外観が変わってしまったからではなく、理理花にはここ数年の記憶自体が存在していなかった。だから、当然、草月と間近で話しても彼女が草月に気づくことはあり得ない。

異界の代償《だいしょう》は彼女から思い出を奪い取っていた。草月や徳川たちだけではなく、父親や母親との記憶も所々、抜け落ちているらしい。異界から帰還して早々、理理花に会いに行った太陽が教えてくれた。彼女は申し訳なさそうに首を振って、

〝ごめん。君のことは覚えていない。どこで会ったのかな？〟

そう尋ねたそうだ。聡明な太陽はすぐに、

〝いえいえ。ちょっと図書館とかでお話ししただけですよ〟

そう言って退去し、その日の夜には草月と話した。そして二人で出した結論がもう互いに関わるのは止めようというものだった。怪異は相関によってまるで感染するように広がる。一度、異界から戻ってきたからこそ分かる。自分たちは決してまだ安全圏にいるわけではないのだ。

理理花が記憶を失っているのはむしろ僥倖だった。異界に行ったことはおろか怪異を追いかけ続けた日々もその理由も忘れている。それならばもう互いに干渉し合わない方が良い。

その方針は今でも妥当だったと考えている。

ただ理理花が現在、置かれた環境も決して良好な訳ではなかった。まず彼女が必死の説得で現世に連れ帰った理理花の母親は、自発的な意思も人間らしい感情もほぼ失って日がな一日、車椅子の上で微笑んでいるだけの人になってしまった。

理理花はその母親の見舞いに行くため二日にいっぺんは、この公園を通って近くの病院へと通っている。

また理理花自身も過去の思い出だけではなく、現在進行形の記憶障害に悩まされているらしい。極端なときは自分が昼間に食べた食事やさっきまで電話していた内容が頭から飛ぶようだ。病院通いは彼女自身の治療のためでもあった。

だが、それでも理理花はやはり明るかった。

それを目の当たりに出来ただけでも良かったのかもしれない。正直なところ怪異によって草月の人生はほぼメチャクチャになってしまったが、彼女が笑っているのならほんのわずかだがそれによって救われる。

ふとその時、理理花が真っ直ぐにこちらを見ていることに気がついた。どきりとした。

理理花は近寄ってくるとにこっと笑ってきた。

まさか？

俺のことが分かったのか？

「その本、面白いですよね？」

なんだ、と思った。

草月は肩の力を抜いた。微苦笑を浮かべる。そうだ。そうそう都合良くはいかないだろう。

記憶が急に蘇るなんて。

「ええ」

草月は静かに答えた。

「なかなか読ませるミステリーだと思います」

「奇遇なんですけど、わたしもまさにちょうど今、その本を読んでいるところなんです。それでお声がけしちゃいました」

「へえ。この本を？　しかし、これは結構、古いミステリーですけど？」

「父の蔵書にあったんです。ちょっと父のことを色々と考えてみたくて読んでいて」

「なるほど」

草月はゆっくりと言った。

「――良い趣味のお父様ですね」

「ええ」

理理花は笑った。本当に夏の光が煌めくような笑い方だった。

「自慢の父です」

そして会釈《えしゃく》をすると去っていく。

あっさりと。

ごく自然に去っていく
そうだ。

それでいいんだ。草月は目をつむった。やはり自分たちはこうなるべきなんだ。理理花が都合良く記憶を取り戻すこともあり得ない。草月の身体が急に元のように良くなることもなければ、徳川や堅浄がいきなり現世に戻ってくる訳もない。理理花と自分のリスクを考えるならこのまま二度とお互いに会わない方が良い。

ふと痛みにも似た感覚が身体を走る。

〝理理花さんがあの場にいたら果たしてそういう結論になったのかなあ〟

太陽の言葉が脳裏に蘇る。

理理花の背中がどんどん小さくなっていく。この日を逃せば自分はもう彼女と会うことがない。

太陽の時と同様、そんな確信が自分の中にあった。

それで良いんだと思うのと同時に心のどこかが違う、と叫んでいる。ソレではダメだと焦れている。

痺れにも似た感情が草月を揺さぶる。

〝僕たちを救うためにたった一人で異界まで追いかけてきた女性ですから〟

そうだ。

彼女はいつだって追いかけてきた。

ならば。

今度は自分が彼女を追いかけてみよう。

それは驚くほどふいに、そして、あっさりと決断された。

たとえそこにどんな結末が待っていようと。

自分はもう一度、理理花と巡り会う。

そう決意すると、草月は本を閉じ、ベンチから立ち上がった。まず今一度、彼女と話すべく足を前に踏み出す。

明るい日差しに目を細め、堪えるような笑みがその頰に浮かんでいた。

本作は書き下ろしです。
またこの物語はフィクションです。実在する人物、団体等とは一切関係ありません。

中公文庫

DEAMON SEEKERS《デーモンシーカーズ》 3
——異《こと》なる色《いろ》の月《つき》

2019年12月25日　初版発行

著　者　宮《みや》沢《ざわ》龍《たつ》生《き》

発行者　松田陽三

発行所　中央公論新社
〒100-8152　東京都千代田区大手町1-7-1
電話　販売 03-5299-1730　編集 03-5299-1890
URL http://www.chuko.co.jp/

ＤＴＰ　嵐下英治
印　刷　三晃印刷
製　本　小泉製本

Published by CHUOKORON-SHINSHA, INC.
Printed in Japan　ISBN978-4-12-206817-9 C1193

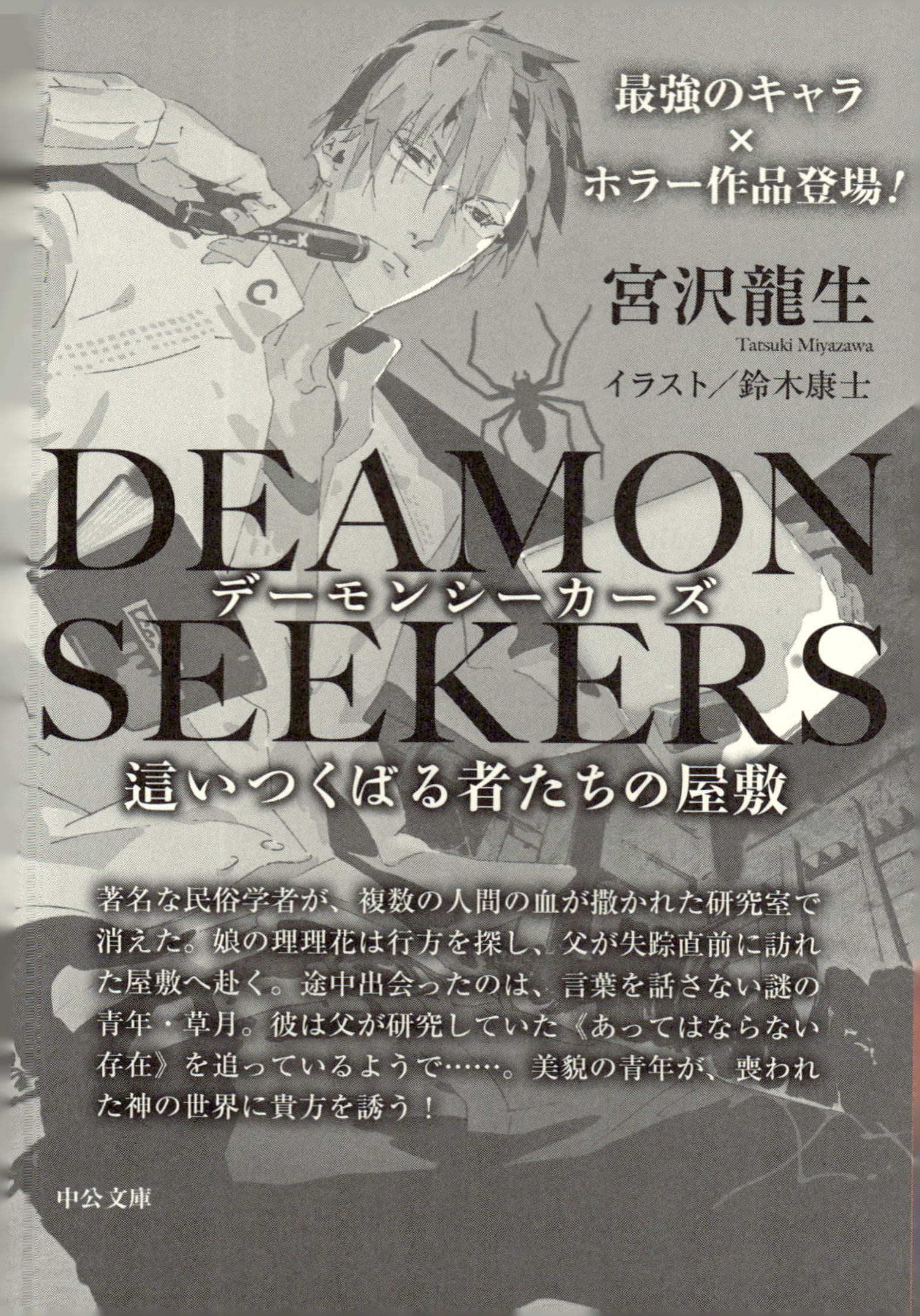

最強のキャラ
×
ホラー作品登場！
宮沢龍生
Tatsuki Miyazawa
イラスト／鈴木康士
DEAMON SEEKERS《デーモンシーカーズ》
這いつくばる者たちの屋敷
著名な民俗学者が、複数の人間の血が撒かれた研究室で消えた。娘の理理花は行方を探し、父が失踪直前に訪れた屋敷へ赴く。途中出会ったのは、言葉を話さない謎の青年・草月。彼は父が研究していた《あってはならない存在》を追っているようで……。美貌の青年が、喪われた神の世界に貴方を誘う！
中公文庫

大人気
第二作！
イラスト／鈴木康士
宮沢龍生
DEAMON SEEKERS《デーモンシーカーズ》 2
壊れたラジオを聞く老女
田舎の屋敷で不可思議なモノに遭遇した理理花は、その後、普通の日常を取り戻していた。そんな彼女の平穏は、顔だけが取り柄の傲岸不遜で忌々しい男・草月の登場で終わりを遂げる。彼は失踪した理理花の父親の記録を見せろと、家に押しかけてきたのだ。だが時を同じくして、理理花の家に別の侵入者が。それはなんと、怪力を駆使する老婆で――!?
中公文庫